# El dios de
# los helechos

# DANIEL GALERA

## *El dios de los helechos*

### *Tres novelas*

Traducción de Rosa Martínez-Alfaro

RANDOM HOUSE

Papel certificado por el Forest Stewardship Council®

**MIXTO**
Papel | Apoyando la
silvicultura responsable
FSC® C117695

Penguin
Random House
Grupo Editorial

Título original: *O deus das avencas*

Primera edición: febrero de 2024

Obra publicada com o apoio do Ministério das Relações Exteriores do Brasil em conjunto com a Fundação
Biblioteca Nacional - Ministério do Turismo / Obra publicada con el apoyo del Ministerio de Relaciones
Exteriores de Brasil en cooperación con la Fundación Biblioteca Nacional – Ministerio de Turismo

 BIBLIOTECA NACIONAL

 MINISTÉRIO DAS
RELAÇÕES EXTERIORES

*Printed in Spain* – Impreso en España

ISBN: 978-84-397-4248-7
Depósito legal: B-21.345-2023

Compuesto en La Nueva Edimac, S.L.
Impreso en Liberdúplex
(Sant Llorenç d'Hortons, Barcelona)

R H 4 2 4 8 7

# ÍNDICE

El dios de los helechos . . . . . . . . . . . . . . . 9

Tokio . . . . . . . . . . . . . . . . . . . . 67

Bugonía . . . . . . . . . . . . . . . . . . . 167

# EL DIOS DE LOS HELECHOS

Están esperando a que empiece a sangrar, a que sienta dolor. Manuela ya está harta de tanto retraso. Desde hace dos semanas ya no soporta ir cargando con la barriga por ahí, por las escaleras del edificio sin ascensor; por las aceras abarrotadas de adoquines sueltos que aún le salpican, en las espinillas hinchadas, el agua sucia de las últimas lluvias de octubre. Quiere dormir boca abajo y sin el amparo de las almohadas, levantarse del inodoro sin tener que apoyarse en la pila del lavabo, dejar de recibir patadas en las costillas desde dentro. Quiere volver a follar sin que esa masa que se ha agigantado en su cuerpo la derrote siempre. Y Lucas, que tiene de sí mismo la imagen de una persona que lleva toda la vida dominando el cansancio sin dejarse vencer, seguro del perpetuo motor de vigor que alberga en sus entrañas y que lo mantiene siempre en la lucha por más que esté sufriendo, se siente paralizado en los últimos tiempos por una sensación de peligro que no acaba de entender. Tiene miedo de no disponer de dinero para lo básico, de que Manuela sufra demasiado, de que le dé un ictus o un infarto, de que el país entre en una guerra civil la madrugada del lunes. Su cuerpo, entretanto, no solo atraviesa incólume esta etapa de sus vidas, sino que ha adelgazado y está más definido que nunca. La autobiografía en la que trabajó como escritor fantasma durante seis meses salió a la venta en junio y el autobiógrafo, un joven empresario que había corrido ultramaratones en todos los continentes y vivido una experiencia cercana a la muerte en el desierto de Atacama, le pagó la última cuota del contrato la semana anterior. Ahora Lucas apenas trabaja, en parte porque no hay mucho trabajo remunerado para un periodista como él, que empezó cubriendo la escena cultural y en los últimos años se ha contentado con ejercer cada vez más como autónomo. Se pregunta si hacer de asesor de comunicación de una empresa de construcción es realmente lo que está dispuesto a aceptar para no tener que mudarse de la capital al interior, donde el coste de vida no les presionaría tanto.

Pero también ha habido una cierta pereza en ello, estima ahora, como si deseara saborear las últimas migajas de indolencia que tendría el lujo de recibir durante unos años, y quisiera acomodarse poco a poco en el asiento de la paternidad no programada. En los momentos en que se ve a sí mismo bajo la luz más favorable, cree estar haciendo todo lo que está a su alcance pero, en realidad, se ha instalado en la negación. Debería haber aceptado todos los trabajos mal pagados y desalentadores, acosado a sus contactos y contratantes del pasado, hasta acumular tareas que no podría cumplir. Ha asistido asiduamente a sus clases de boxeo en un gimnasio barato y con aspecto de calabozo, cerca del viaducto de la avenida Goethe, donde tiene que lidiar con el sarcasmo de los fisioculturistas calvos de mediana edad que lo ven como un hippie comunista que ha entrado por la puerta equivocada. En los últimos meses ha aumentado la carga de los entrenamientos como si quisiera responder al hecho de que su cuerpo, a diferencia del de Manuela, no se transforma. Con todo, es plenamente consciente de que su estado ya está demasiado deteriorado como para que tanta dedicación suponga realmente una diferencia. Desde que decidieron que el apartamento sería un entorno libre de humo, sale a fumar a la placita que hay a dos manzanas de casa y aprovecha para hacer flexiones en los columpios infantiles, para descontento de todos los presentes. Uno de esos días se sorprendió a sí mismo haciendo flexiones y fumando al mismo tiempo, dándole una calada al Camel al bajar y soltando el humo al subir, mientras su mente fabricaba escenas muy realistas y serenas que incluían su muerte por enfermedad, accidente o suicidio.

Pero están contentos. Han llegado a casa casi al mismo tiempo, él procedente del dentista, donde le han empastado una muela picada, el último punto en su lista de actividades pendientes antes del nacimiento de su hijo, y ella de una cita en el salón de belleza para hacerse la manicura y la pedicura y para depilarse. Las calles de la ciudad están más congestionadas que de costumbre hacia el final de aquella tarde, y Manuela se ha quedado atrapada durante veinte minutos en el coche que llamó a través de una aplicación, hasta que finalmente ha pedido bajarse antes de llegar al destino y ha caminado las seis manzanas restantes hasta la puerta de casa, deleitándose con la brisa refrescante y el sol todavía cálido de las cinco mientras los peatones abrían paso a su barriga como si fuera una profeta separando las aguas. Lucas ha venido de pie en el autobús lleno de gente, mordisqueándose el labio anestesiado como si fuera el aro de goma de la tapa de una olla a presión, degustando con secreto placer el olor a sudor ajeno y apartando la mirada todo el rato del flujo indistinguible de anuncios y trivialidades proyectados en la pequeña pantalla de televisión del autobús. Mientras comparten unos instantes el espacio exiguo de la entrada del apartamento, ella se quita las sandalias y él elogia las uñas de sus pies, oscuras y lisas como la porcelana, con la piel de alrededor todavía rosada por la acción reciente de la tijera de cutículas.

La casa está desordenada en la medida que consideran acogedora, con pilas de toallas recién lavadas en el sofá a la espera de ser dobladas y guardadas, una sartén con restos de huevos revueltos en la cocina, tazas en equilibrio precario sobre un puf blando, exhalando aroma a café seco, un par de calcetines blancos de Manuela y la camisa del pijama verde agua de Lucas olvidados en el suelo del cuarto de baño entre pelos y cabellos, pilas de libros y revistas reclamando atención encima de todas las superficies libres, dispositivos electrónicos y sus respectivos cargadores esperando caninamente a sus dueños en los lugares donde los dejaron. Manuela es la responsable de los cuadros de los jóvenes artistas locales colgados en todas las habitaciones, de las lámparas pesadas que atenúan la luz de las bombillas en consonancia con su amor por la penumbra, de las piritas y los cuarzos variados que adornan los estantes, incluyendo una imponente geoda de amatista cuyo origen y significado emocional insiste en guardar en secreto. Cuando Lucas se mudó al apartamento que ella ya ocupaba hacía cinco años, no encontró resistencia para acomodar en las estanterías parcialmente vaciadas por su novio anterior sus cientos de libros viejos con lomos descoloridos, ni para atestar la cocina con sus trastos industrializados y sus destilados, pero por lo demás no tenía intención alguna de interferir mucho en la decoración. Su presencia dejaba marcas de otra índole, el tufo a tabaco, las especias fuertes y los aromas artificiales, los detritus corporales, la electricidad de su constante inquietud o su compulsión por los alineamientos, que le llevaba a ordenar los trapos de cocina y los frascos del cuarto de baño en una búsqueda eterna de líneas paralelas, ángulos rectos y superficies niveladas. Les encanta el lugar en el que viven juntos ahora, reconocen allí sus olores, sus constelaciones de iconos culturales, el aura vestigial de los polvos que han echado y de sus discusiones.

Hoy también hay lirios fragantes en el jarrón de la mesita cuadrada del comedor que esparcen un aroma dulce y fermentado. En el frigorífico hay una reserva festiva de frutas enteras y troceadas, agua de coco, un cuenco de gazpacho, gelatinas y queso de cabra, alimentos que Manuela deseaba consumir durante el parto. Los helechos se mantienen firmes, incluso privados desde hace nueve meses de su dosis regular de sangre menstrual diluida en agua. Un sábado de la semana más calurosa del verano pasado, Manuela abonó las macetas y se olvidó un vaso con las sobras de la poción nutritiva en la encimera de la cocina. Lucas estaba al corriente de aquella práctica, pero llegó a casa un poco borracho y pensó que tenía delante un resto del excepcional zumo de uva de Sierra Gaúcha que habían comprado en el mercado de la calle José Bonifácio. La ingesta accidental todavía hoy les perturba un poco, no por asco o pudor, sino porque parece haber sido el elemento sorpresa de una liturgia que los unió, un pacto de sangre no premeditado que había sellado sus destinos. Fue la última menstruación de Manuela. Unas semanas después del episodio, se hizo un test de farmacia. La aplicación infalible para el control del ciclo menstrual no era, está claro, infalible. Se quedaron mirando, pasmados, pero los minutos fueron pasando y ninguno de los dos mencionó el aborto. Se abrazaron y se susurraron al oído lo mucho que se querían, que todo saldría bien, que serían la familia más espectacular que el mundo había conocido y que nada podía ser tan malo ahí fuera que les impidiera ser felices y dar al niño una vida que valdría la pena vivir. Se fueron a dormir tranquilos por primera vez en mucho tiempo.

A las siete de la tarde de ese viernes, con el sol en horario de verano echando una última mirada sobre los tejados de los edificios vecinos, Manuela llama a Lucas al salón y le dice que cree haber sentido una contracción. Está encaramada en el raído sillón estilo Charles Eames que trajo de la casa de sus padres en Caxias do Sul cuando vino a estudiar a Porto Alegre, con las rodillas separadas y los pies juntos, con una mano en la barriga y la otra sujetando el móvil. Tiene la mandíbula proyectada hacia delante y los dientes inferiores se superponen a las puntas de los superiores, lo que le confiere una fisonomía prognata que a veces adopta sin darse cuenta, en momentos de fuerte emoción, para su propio disgusto y deleite de Lucas, a quien ese tic resulta enternecedor y que nunca pierde la oportunidad de elogiar sus colmillos inferiores puntiagudos. Se imagina cómo sería si diera a luz allí mismo, en el salón, en cuestión de minutos, como dicen que a veces pasa. Desea secretamente que algo así de inesperado acelere el largo ritual de dolor y sangre, que se vea obligado a lidiar con la expulsión, con placenta y mucosidades, un hombre medio embobado con un recién nacido empapado en los brazos todavía unido a la madre por el cordón, aunque en realidad solo tenga un conocimiento especulativo de lo que les espera y esa sea una fantasía regida al mismo tiempo por el deseo viril de protagonismo y el apuro. Pero ahora ninguno de los dos tiene el control de la situación. Son siervos diligentes del proceso que desencadenaron con un polvo sudoroso una tarde bochornosa. Puede que las contracciones duren varias horas, que se prolonguen hasta la madrugada. Manuela quiere esperar a la siguiente para estar segura. Sabe que hay contracciones falsas, de preparación. No pasa nada durante unos minutos. Deja el móvil y vuelve a coger el ejemplar de *Crash*, de Ballard, al que está enganchada desde ayer. El final del embarazo ha despertado en ella el apetito por narraciones extremas y llenas de horror corporal. Ha visto impasible películas horribles que hacían que Lucas se fuera del salón con alguna excusa. En la trigésima séptima semana descargaron un *torrent* de la tetralogía de *Alien* e hicieron una maratón. La metáfora de la película original era poderosa pero un tanto insolente, la criatura llena de dientes, tiesa como una polla dura, reventando el vientre del astronauta como en una cesárea masculina abominable y operada sin el menor cuidado por el propio feto. Y la teniente Ripley, mujer fuerte, delgada, sin pecho, con una mandíbula potente, con una constitución que, era imposible no darse cuenta, recordaba un poco a la de Manuela, sobrevivía y se libraba del monstruo fálico lanzándolo al espacio sideral como quien se libra de una araña usando una azada. Lo más sorprendente para ellos fue volver a ver la cuarta película de la serie. Ninguno de los dos recordaba bien el final en el que un alien con rasgos humanoides es parido por la reina-monstruo, que a su vez es hija de un clon de la Ripley de las películas anteriores. Aquella bestia que llegaba al mundo horrorizada de su propia deficiencia y vulnerabilidad, concluyeron ambos mientras aparecían los créditos, era la caricatura de un bebé humano. Más que la sanguinolencia y el derramamiento de sustancias viscosas y secreciones, aquella deficiencia feroz y angustiada del alien híbrido les pareció un anuncio inquietante de lo que estaba por venir, y Lucas notó que Manuela parecía asustada como nunca antes de su condición de gestante, tanto que tardó en conciliar el sueño y tuvieron su primera noche de insomnio compartida.

La contracción siguiente llega unos diez minutos después y sorprende a Manuela de nuevo distraída con la lectura. Gime como si una broma se hubiera vuelto algo serio de un instante para otro, convirtiéndose en la violencia a la que tan solo aludía. Frunce el ceño, reniega, aspira aire con un gemido y luego lo expulsa, mirándose primero la barriga y después a Lucas con una expresión que es a la vez un susto, un amago de sonrisa y una pregunta. Es la misma expresión, piensa Lucas, de las cláusulas de consentimiento redactadas al calor del momento cuando están inventando algo nuevo o echando un polvo salvaje. La mira con gesto expectante, esperando alguna descripción útil, algo que tenga sentido para poder opinar y moverse. Ahora Manuela está segura de que no es una falsa alarma. El pinchazo se extiende por el vientre, la barriga se endurece. Lucas se acerca al módem de banda ancha, cuyas lucecitas parpadean con diligencia como si hicieran un llamamiento a la vida, pone los dedos en la fuente conectada a la toma de corriente y mira a Manuela esperando una confirmación, que ella reafirma acto seguido moviendo la cabeza. Lucas desenchufa. Cogen sus smartphones y desactivan la transmisión de datos móviles. La interrupción de internet parece restar al ambiente una parcela de ruido y agitación, como si se hubiera apagado el fuego de una olla. Saben que es una ilusión, pero también que, de cierta manera, están silenciando un poco el mundo, construyendo un refugio contra el asedio de las demás urgencias. Habían llegado a un acuerdo sobre la desconexión tras la última ecografía, en la que el bebé se había tapado la cara con sus deditos de anfibio como si quisiera protegerse de la fuente de ultrasonidos. Durante unas horas instaurarían una burbuja que dejaría fuera no solo el bullicio motorizado de las calles del centro histórico, la avalancha de información y notificaciones, la nube venenosa de la polarización política, las noticias falsas y los memes, sino también a los amigos y la familia, a los que se avisaría en cuanto llegaran al hospital. La obstetra de Manuela, una mujer de unos cuarenta años, de pelo corto y aspecto de levantadora de pesas, una de las pocas que atendían en Porto Alegre de acuerdo con la cartilla de parto humanizado, les había dicho que se pusieran en contacto con ella por teléfono en cuanto empezaran las contracciones, ya que en sus idas y venidas de la consulta al ala de obstetricia muchas veces no podía atender los mensajes de texto ni los audios. Manuela llama a la obstetra, que no responde. Se miran el uno al otro. ¿Habrá sido realmente una buena idea contar solo con el teléfono? No han pasado ni cinco minutos y ya quieren volver a tener internet. Manuela está convencida de que la doctora le devolverá pronto la llamada y empieza a deambular por la casa recogiendo prendas de ropa, servilletas arrugadas y envoltorios de alfajor. Lucas va detrás de ella y le acaricia el pelo y las caderas. Siente una especie de ternura un tanto estúpida, como si se estuvieran despidiendo. Mientras alisa los pliegues del edredón de la cama, Manuela barrunta la posibilidad de que le den el alta en el hospital a tiempo para ir a votar el domingo. Él hace un cálculo mental y lo cree poco probable, pero ella insiste en que sí, en que es totalmente posible. Si el parto es realmente natural y todo va bien, podría recibir el alta al día siguiente. En muchos países de Europa la suelen dar el mismo día. Quizá tengan que ir de uno en uno, él que se quede con el bebé mientras ella va al colegio electoral. Lucas le pregunta si cree que la dejarían entrar por la cola prioritaria si acude sin el bebé. Haber dado a luz treinta y seis horas antes sigue siendo una prioridad, ¿no? ¿La creerán? Están entretenidos con esas elucubraciones cuando suena el móvil de Manuela.

El retazo de cielo entre los dos edificios más cercanos adquiere una tonalidad salmón con vetas rojas y una nueva agitación surge en las ventanas vecinas. Adultos y niños llegan del colegio y del trabajo, caminan de una habitación a otra con toallas de baño, hablan a distancia, a gritos que de lejos parecen mudos mientras los televisores brillan con noticiarios azulados o dibujos animados ultracoloridos. Lucas cierra las ventanas de doble acristalamiento que instalaron en el salón y en los dos dormitorios para proteger el sueño del futuro bebé, cortesía de los padres de Manuela, que también compraron gran parte de la ropa, biberones y accesorios indispensables según una especialista en ajuar para bebés que la madre conocía porque era la hija de su antigua mejor amiga del colegio de Caxias, ese tipo de cosas. Ellos mismos tuvieron la dignidad de comprar al menos los muebles infantiles, en cuatro plazos, y también se las han arreglado para pagar el seguro médico con el presupuesto que combina el sueldo de Manuela en la PUCRS, la Pontificia Universidad Católica de Río Grande do Sul, donde impartía clases de literatura en un grado, y el dinero que Lucas tenía en su cartilla, regada con el excedente de sus honorarios como escritor fantasma y con las remuneraciones de docenas de textos de todo tipo y tamaño que escribía sobre todo para productoras de contenido fundadas en los últimos años por periodistas más jóvenes que él, muchos de los cuales eran víctimas recientes de los despidos colectivos que se extendían por los medios de comunicación tradicionales, chicos y chicas que se arriesgaban a emprender por convicción o por falta de alternativa e intentaban dar la vuelta a las cosas proporcionando material a los mismos medios que los habían despedido, solo que por menos dinero y sin derechos ni garantías. Mientras cierra las ventanas de la habitación del bebé, que ha sustituido al antiguo despacho, Lucas oye a Manuela hablar con la obstetra por el móvil. Tiene una contracción en medio de la conversación, y acto seguido intenta describir a la doctora lo que ha sentido. Después enmudece unos minutos, limitándose a escuchar y asentir con monosílabos. Lucas coge el paquete de cigarrillos de la mesa del salón, busca la mirada de Manuela, que lo ignora con un aire de concentración que dice mucho, y se va a fumar al ventanuco del lavadero. Echa de menos fumar a gusto en cualquier lugar de la casa. Cuando vivía solo, fumaba hasta en el cuarto de baño. Un buen amigo suyo dejó de fumar cuando su hijo de tres años dijo que su padre apestaba. Por costumbre, consulta el móvil y entonces recuerda que se han desconectado. Ahora le gustaría activar los datos móviles solo para echar un vistazo, pero se contiene. La mano mastica el dispositivo como si el impulso mental de satisfacer el hambre de datos pudiera ser sustituido por el tacto. Piensa en Manuela en el salón. Todo lo que necesitan está allí dentro, todo, se repite a sí mismo, sintiendo en la boca el sabor del filtro chamuscado del cigarrillo. Siempre había intentado tomar las mejores decisiones y preocuparse por el futuro que le esperaba, pero no estaba realmente preparado para de repente tener una familia. Porque parece haber sucedido de repente, a pesar de haber construido juntos, paso a paso, esa realidad en detrimento de otras, aunque con distintos grados de intención y conciencia a lo largo del proceso. ¿No será que el miedo que le asalta a veces por sorpresa tiene que ver con la constatación de que no lo planificó ni decidió lo suficientemente bien hasta llegar a la situación actual de sus vidas, que falló al detectar las etapas realmente decisivas y las consecuencias graduales de sus elecciones a medida que se presentaban en los últimos años? ¿O tendrá más que ver con la apreciación de que la inestabilidad general de las cosas y las amenazas que conciernen más directamente a su estabilidad material, a los valores que considera básicos para una existencia digna, nunca han sido tan aterradores? El nacimiento del bebé es una isla provisional en un macareo lleno de desechos. Manuela y él son ese tipo de pareja a la que le gusta entregarse a fantasías de aislamiento forzoso. Al menos en su mente, afloraban de vez en cuando escenarios especulativos de caos social, desastre climático o ruptura definitiva con el modo de vida urbano, forzándolos a una reclusión heroica y hedonista en el calor del hogar o a un refugio idílico en rincones lejanos. Solo anhelan ese tipo de cosas los que aman más allá de cualquier duda, le gustaba pensar. Amar más allá de cualquier duda era la boya que le permitía respirar un poco en los peores momentos y no le gustaba pensar en lo que podría pasar si la boya se hundiera. Antes de conocerla mejor, Lucas tenía la impresión de que Manuela era una mujer altiva y arrogante, quizá hasta con un poco de mal carácter, una cría de la élite demofóbica de Serra Gaúcha. Los lugares de fiesta buenos en Porto Alegre en la época en que se conocieron no eran muchos, de vez en cuando se encontraban y se saludaban con cierta desconfianza, interesados pero sin querer dar el brazo a torcer. Y ella salía con un heredero vitivinícola que al parecer viajaba en moto la mayor parte del tiempo. Cuando un amigo que tenían en común murió en un accidente de coche, hablaron en el velatorio y compartieron sus anécdotas favoritas de su relación con el finado, superponiendo facetas incompletas de una vida interrumpida, y aquello fue lo único que lo reconfortó un poco. Un tiempo después se sorprendió al encontrársela en un bar de billares donde un grupo de amigos del instituto de Lucas solía tocar covers de grunge. Aquella noche conversaron con más soltura y él descubrió que, a pesar de su fachada aristocrática, Manuela era una revolucionaria disfrazada que traducía voluntariamente textos de ecofeminismo para un colectivo que los publicaba en internet y en ediciones baratas en papel. No era fácil hablar con ella, parecía preferir que la gente supiera lo mínimo de su persona, pero una pregunta adecuada abría puertas como las de un museo poco visitado en una ciudad pequeña. Lucas se arriesgó mucho al decirle que le gustaría que lo buscara cuando su relación con el motorista llegara a su fin. Ella fue elegante y defendió a su novio. Un par de meses después, Manuela le pidió a Lucas su dirección por mensaje de texto. Ese mismo día sonó el timbre y un mensajero le entregó la tarjeta de acceso a una habitación del hotel Everest. Una nota en la tarjeta sujeta con un clip decía que no tenía que llamar. Fue al hotel, tomó el ascensor hasta el décimo piso y acercó la tarjeta a la puerta. A mitad del siguiente cigarrillo, mientras la conversación con la obstetra prosigue en el salón, Lucas se asoma a la cocina y se acuerda de cuando se dio cuenta de que Manuela solía cambiar las ollas y los cazos de fogón cada vez que calentaba o cocinaba alguna cosa. Cuando por fin le preguntó el motivo, ella le dijo que había que procurar utilizar todos los quemadores en la misma proporción, sin favorecer ni descuidar ninguno. Poner siempre la tetera en el fogón inferior izquierdo era una falta de consideración hacia los demás. Y así Lucas desveló el significado de una serie de manías suyas que antes solo le habían parecido síntomas de un leve trastorno obsesivo compulsivo. Manuela, se dio cuenta en ese momento, sentía una empatía especial por los objetos inanimados. Era importante distribuir de manera ecuánime el cuidado y la atención que les prestamos, no dejarlos en cualquier sitio, asegurarse de que están limpios y guardados de forma que hagan honor a sus funciones, en definitiva, tratarlos con toda la consideración y el respeto que normalmente dedicamos a los seres animados que están bajo nuestra custodia o responsabilidad. Lucas se muere de miedo por no ser de una especie tan fantástica como la suya. Aun siendo mayor que ella, teme que la banalidad de sus creencias y el infantilismo de sus deseos se desenmascaren tarde o temprano.

Cuando Lucas vuelve al salón, Manuela está en la penumbra, trajinando con el móvil con aire irritado. La obstetra le ha explicado que las contracciones que siente ahora son muy débiles y que pueden pasar horas antes de que sean lo suficientemente intensas como para indicar la dilatación necesaria. Intenta utilizar en el móvil la aplicación gratuita para controlar las contracciones que se había descargado días antes, pero la versión gratuita tiene funciones limitadas y no consigue que los anuncios dejen de aparecer en la pantalla. Manuela tiene otra contracción, que dura unos cuarenta y cinco segundos. Hay que joderse, suelta para desahogarse. Su rostro está asolado por la tensión. Lucas va al dormitorio a por el portátil y mientras tanto ella pone el aire acondicionado a veintiún grados, enciende las dos lámparas, pone una lista de reproducción previamente preparada y descargada en el móvil para que suene en el equipo de música, y va a buscar un tarro de bayas de açaí del congelador. Se acomodan juntos en el sofá y Lucas trabaja con el Excel mientras habla con el bebé, diciéndole que traiga una toalla y un bañador porque va a hacer calor. Manuela lleva un pantalón de chándal blanco y una especie de blusa de seda azul-violeta que compró durante un viaje que hicieron a Serra Gaúcha, en una tienda de segunda mano de São Francisco de Paula. La barriga y los pechos hinchados brotan de su cuerpo escuálido como mutaciones carnosas y recauchutadas. Tiene las mejillas enrojecidas y los pies abultados. Termina una canción de CocoRosie y empieza otra de Tom Zé. Manuela se está metiendo una cucharada de açaí en la boca pero interrumpe el movimiento, gruñe y se agarra al reposabrazos del sofá. Lucas cronometra. Esta dura cincuenta segundos y llega solo seis minutos después de la anterior. Se miran y sonríen, pues todo parece estar siguiendo el guión y por lo visto no tardará mucho. La canastilla del hospital está preparada desde hace días con la primera puesta de ropa, gorritos, calcetines, mudas para ellos, galletas integrales, cargadores, documentos, e-reader. Lucas enseña a Manuela la pantalla del portátil. Acaba de crear una plantilla para controlar las contracciones con casillas para la hora de inicio, la hora de finalización y la intensidad del uno al cinco. Las fórmulas actualizan automáticamente la duración de cada contracción, los promedios cada media hora y el intervalo desde la anterior. Dice que pueden utilizar un código de colores para la intensidad. Una hoja de cálculo aparte traduce todo eso en gráficos que, por el momento, son anomalías geométricas y no informan de nada. Manuela agarra la barba de Lucas y le planta tres besos seguidos. Qué suerte tengo de que seas más mayor y sepas utilizar el Excel, le dice. La luz del sol ya se ha desvanecido. Solo quedan el alumbrado público y las luces de los apartamentos vecinos que tiñen de amarillo azufre las paredes de la ciudad. Los faros de los coches que suben por la ladera a veces proyectan haces de luz que recorren el techo durante fracciones de segundo, como si atravesaran el obturador de una vieja cámara de fotos e imprimieran escenas desconocidas en el enlucido.

Manuela encara su retazo de cielo tímido y sin estrellas con aire desafiante. Tiene miedo de la noche desde que estuvo a punto de morir por una reacción adversa rara a un antidepresivo. Hoy duda de que realmente necesitara que le prescribieran aquella medicación para lidiar con sus crisis, aunque también entiende que puede que sea solo un error de percepción causado por el paso del tiempo ya que, tras salir después de ocho días en la UCI con los riñones afectados por una rabdomiólisis, los episodios de depresión no se han vuelto a repetir. Pero otra sombra transitoria, menos debilitante, que parece querer interrogarla en vez de asfixiarla, se instaló. Se siente observada por los ojos de oscuridades más grandes contenidas en la noche. El apartamento es su cápsula y Lucas, una especie de portero o casero. Es para eso, sobre todo, para lo que necesita a los hombres, para que cuiden la puerta y para tener sexo. No podría seguir adelante con su vida sin eso. Lucas la conquistó porque desde el principio no parecía esperar mucho de su relación con ella más allá de compañerismo y saciedad física. Con el tiempo ha aprendido a identificar mejor la inseguridad que se esconde detrás de su grosera cosmética de hombre hetero, el inconformismo contenido en su admirable disposición para el trabajo, el placer puro que obtiene en agradar a la gente de las formas más sencillas. Puede que los deseos de Lucas fueran feroces, pero a ella le gustaba someterse. A veces lo único que necesitaba era que la utilizara un poco, sabiendo que en poco tiempo, cuando recuperaran las fuerzas, la apoyaría en lo necesario, sin riesgos y sin exigencias. Con Lucas cerca, Manuela encuentra valor. Quiere demostrar a los cíclopes del cielo nocturno que está a la altura de las dificultades biológicas, que todo sigue dentro de la normalidad. No está fuera de sí, no se ha transformado en el animal endemoniado de las escenas de cine, mantendrá cierta compostura mientras expulse a ese habitante que la gobierna, que le chupa los nutrientes, que palpa las paredes de su útero como si quisiera comprobar la integridad de su escondite. Aún es la misma y lo seguirá siendo cuando esto termine, será difícil notar la diferencia. Estira la mano y acaricia la polla de Lucas, que está recostado en el sofá, medio catatónico, y ahora jadea y proyecta la pelvis en reconocimiento al manoseo. Bromean con que sería un buen momento para follar, se divierten imaginando juntos ese escenario hipotético, hasta que una nueva punzada hace que Manuela gima fuerte y jadee durante un minuto. Siente como si la desgarraran por dentro, es lo peor que ha sentido nunca. Lucas lo registra todo en la hoja de cálculo.

Tres horas después, Manuela intenta llamar de nuevo a la obstetra. Lucas analiza la plantilla de las contracciones con el afán de un periodista de investigación, buscando un patrón o un código secreto que les diga qué hacer. Las barras y líneas de los gráficos no revelan tendencias, la estadística es inútil para iluminar el camino. Todas las orientaciones previas a las que habían tenido acceso hablaban de contracciones que aumentarían en intensidad y frecuencia, existía la promesa de una constancia. Las de Manuela llegan desordenadas, con intervalos que varían entre dos y diez minutos, de débiles a martirizantes, sin un patrón discernible. Ya se ha dado dos duchas calientes sentada en una pelota de pilates. La bolsa no se ha roto, no hay sangre, mucosidad, nada. Manuela está ahora con el móvil pegado a la oreja, sentada en el sofá con los ojos cerrados, con la expresión de quien atraviesa el pantanoso servicio de atención telefónica de una gran empresa en busca de una voz humana, en este caso la de la obstetra, convaleciente en el valle entre dos picos de dolor, respirando casi de manera imperceptible, vibrando con una energía trascendente. En ese momento, el apartamento sin internet ya ocupa una dimensión aislada en el tiempo y el espacio, es una cabaña remota impregnada del aliento y el sudor de dos humanos descarriados del rebaño. Si aún no han abierto una rendija en la ventana o encendido la televisión, es porque confiaban en la ejecución de un algoritmo que a estas alturas ya debería haber alcanzado determinados resultados, e interferir en su funcionamiento todavía no parece prudente. Sin embargo, poco a poco, la ingenuidad de cualquier expectativa previa empieza a ser nítida para ellos. Se encuentran en un territorio salvaje e imprevisible.

La obstetra atiende la llamada unos minutos después. Está en la cafetería del hospital, comiéndose un bocadillo de queso después de hacer una cesárea. Manuela le dice que siente mucho dolor, que la media de los intervalos es de unos cinco minutos. Escucha la respuesta durante unos segundos, se despide, deja caer el móvil en el asiento del sofá y empieza a llorar. Lucas la consuela, le acaricia el cuello un poco pegajoso, le pregunta qué le pasa. La obstetra le ha asegurado que todavía quedaba lejos el momento de ir al hospital. Le ha dicho que su voz sigue sonando muy normal, muy lúcida. Le ha sugerido que llame a alguien para que le haga compañía además de su marido. Una amiga, un familiar, una comadrona. Y le ha pedido que la volviera a llamar solo si ocurría algo nuevo o si ya estaban de camino al hospital, porque ahora ella se iba a casa a dormir un poco y a ver a sus hijos.

Una nueva contracción los interrumpe. Es de las fuertes. Manuela intenta respirar con regularidad, inclina el torso hacia delante y Lucas le masajea la espalda. No saben si el masaje ayuda de verdad o si existe un tipo específico de masaje que sea más adecuado. Empiezan a darse cuenta de lo poco preparados que están, por mucho que lo hayan planificado todo. Pero Manuela no quería tener amigas ni familiares cerca. La relación que tiene con sus padres se caracteriza por una gran distancia emocional e ideológica, aunque tampoco hay odio ni rencor, y las aportaciones económicas ocasionales son para ambas partes un sustituto conveniente del afecto presencial. No los odia, no han tenido una gran discusión en una comida de domingo ni han roto relaciones por culpa de la política, como les ha pasado a conocidos suyos y de Lucas que también tienen padres acomodados e instruidos, observadores preocupados por las desigualdades naturales de la sociedad, que han conseguido controlar los chistes racistas y homófobos tras una década de entrenamiento a regañadientes, pero que no se rebajarían hasta el punto de discutir los valores de la meritocracia, la propiedad y la familia tradicional. Manuela creía que el esfuerzo de intentar cambiarlos era inútil e ingrato, así que les concedía una cláusula de exclusión en la ley moral con la que juzgaba al resto de la humanidad. Al evitar el conflicto a toda costa, sin embargo, acababan prescindiendo todavía más de la convivencia. Quizá una pelea fuerte los acercara y al final les hiciera más bien que mal. Reinaba una especie de guerra de intimidación, como si padres e hija guardaran armas secretas que pudieran aniquilar para siempre a todos los implicados. Al reconocer su derecho a votar a un autoritario de extrema derecha, como dieron a entender que harían dentro de dos días para hacer valer su forma de entender el orden y la decencia, ella se arrogaba el derecho de alejarlos del acontecimiento íntimo que suponía la llegada de su hijo, su nieto, al mundo. Y si dependiese de su madre, Manuela ya estaría hospitalizada y un buen médico de confianza de la familia la estaría abriendo. En cuanto a las amigas, Manuela simplemente cree que son prescindibles en este momento. Había pedido cita con una comadrona durante la gestación, pero volvió del encuentro asqueada por el misticismo y la visión idealizada de lo femenino que la mujer demostró tener con respecto a la maternidad. Conocían parejas que habían pasado por las primeras fases del parto solas en casa, con privacidad, bastándose a sí mismas. Creían formar parte de la misma tribu. Ahora tenían la impresión de que las historias de esas parejas estaban incompletas.

Manuela recuerda haber leído el testimonio de una embarazada que decía que la mejor manera de acelerar las contracciones era reírse. Lucas se anima con esa nueva idea. Se pone a hacer palomitas en la sartén mientras Manuela, respetando el bloqueo a internet y a los servicios de streaming, revisa su HD externo en busca de películas y series que han descargado en los últimos años. Lucas se emociona cuando vuelve al salón y ve que Manuela ha puesto un episodio de *Louie* en el que la hermana del antihéroe se pone de parto y la llevan entre gritos al hospital. Besa a Manuela y le agarra la cara con los dedos grasientos y sucios de sal. El amor que siente por ella, por su sentido del humor inapropiado, relaja de inmediato la tensión que había endurecido sus articulaciones. Las facciones huesudas de Manuela, ligeramente acolchadas por el aumento de peso de la gestación, se iluminan con una sonrisa pueril. Carcajean sin parar durante los veinte minutos que dura el episodio, a sabiendas de que el pandemonio y los aullidos de la mujer acabarán con un pedo gigantesco en la camilla del hospital. Manuela tiene una larga contracción en ese momento y derrama lágrimas de risa y de dolor, sujetándose la barriga esférica como si fuera a desprenderse de su cuerpo y salir rodando por la alfombra peluda. Lucas no se olvida de coger el portátil para actualizar la hoja de cálculo, cosa que les parece absurda de por sí y potencia aún más sus carcajadas, que se convierten en una auténtica crisis justo en el momento en que Lucas, como si quisiera añadir un comentario al final del episodio, se tira un pedo corto pero perfectamente audible. Intentan contenerse, las risas empiezan a parecerles inadecuadas para el momento e incluso arriesgadas en algún sentido oculto, pero los hipidos siguen brotando unos minutos más, cada vez más espaciados. En esa especie de lasitud poscoital que se produce, Manuela confiesa que lo que necesita ahora es una copa y durante unos instantes consideran seriamente la posibilidad de prepararse un whisky sour, pero enseguida entran en razón y siguen viendo algunos de sus episodios favoritos de la serie. Después ponen la película en la que unas celebridades jóvenes y drogadictas de Hollywood se ven sorprendidas por el fin del mundo en una fiesta en la mansión del actor James Franco. Han visto el largometraje media docena de veces, pero nunca falla. Se sientan cogidos de la mano, iluminados solo por la lámpara y la tele, con la cabeza un poco caída y los ojos vidriosos, riéndose y bostezando por turnos. Manuela aprieta con fuerza la mano de Lucas durante las contracciones y él, consciente del cliché, le dice que respire, que respire hondo, con cadencia, eso es, así. De ese modo, la noche se prolonga unas horas, libre de apuros y miedo. Piensan que la vida es intensa y que están protagonizando una aventura.

Pero todavía no logran saber si las contracciones son más fuertes, si el bebé está ya a punto de nacer. Poco a poco, la aprensión regresa. Los cuerpos fallan, los bebés mueren. La vida es resiliente hasta que se apaga. Por el aire flotan susurros que dicen que esas cosas pasan y les entran escalofríos, pierden el aliento, sienten náuseas. Manuela se repite a sí misma, como un mantra, que lo contrario de la muerte no es la vida, es el nacimiento. Nadie sabe qué es lo contrario de la vida. No sabe si lo hace para calmarse o para sumirse de una vez por todas en la desesperación, pero la frase se le graba en la mente. Se han metido en un lío y solo se están distrayendo, perdiendo el tiempo. Haciéndolo todo mal. Después de ver unos cuantos episodios de las primeras temporadas de *Seinfeld*, Manuela se levanta y empieza a caminar por el apartamento, gimiendo y suspirando, diciendo que se agobia de estar siempre en el mismo sitio. El desplazamiento no dura mucho y enseguida se tumba en la cama para intentar descansar un poco. Lucas se sienta en el borde del colchón, le aprieta el muslo durante otra oleada de dolor y acto seguido se tumba también, un poco indeciso. Manuela insiste en que salga de allí y vaya a ver una película, lea algo, baje a fumar a la calle, pero él responde que no tiene la cabeza para hacer nada. Le dice a Manuela que siente una mezcla extraña de culpa e impotencia. Ella se enfada con él: «El niño ni siquiera ha nacido y tú ya estás ahí con cara de cordero degollado». Se sienten como en una burbuja de tiempo que se ha desprendido del flujo circadiano habitual. Las revoluciones del sol y de la luna dan paso a una sucesión desordenada de contracciones. A veces Lucas tiene la impresión de que Manuela duerme entre una contracción y otra, de tanto en tanto balbucea palabras sin sentido o pide ayuda, opinión, consuelo. Él intenta imaginar la sensación de dilatación del cuello uterino y tiene visiones dignas de horror gótico con masas de tejido fibroso, huesos planos y úvulas revolviéndose. Manuela ha perdido el apetito y solo bebe agua a sorbos cortos tras mucha insistencia. Hacia la una de la madrugada los dolores se hacen mucho más fuertes. Manuela empieza a ser incoherente y a aislarse del mundo que la rodea. El final de un suplicio es solo el inicio de la anticipación aterrorizada del siguiente. A las dos de la mañana, siete horas después de las primeras contracciones, Lucas llama a la obstetra y le dice que van a ir al hospital. Con voz pastosa y somnolienta, la obstetra no parece convencida, pero le responde que se reunirá con ellos en una hora.

Cualquier duda que tuvieran sobre si era el momento adecuado para ir al hospital se desvanece en cuanto se acomodan en el asiento trasero del taxi. En la situación hay cierta comodidad cinematográfica: el coche circula sin prisa ni interrupciones por la calzada despejada en la noche cálida, solo rodeado ocasionalmente por otros vehículos que llevan a personas no embarazadas a las fiestas de esa madrugada de sábado, gente que no está a punto de tener hijos sino yendo a bailar, a emborracharse, a pelearse, a llenarse la barriga de frituras y queso, a besarse, a follar, a mirar el cuerpo y la ropa de unas y otras, a tener conversaciones entusiastas sobre series de televisión, a celebrar o a deprimirse por las calles y los bares con las últimas encuestas antes de las elecciones, a ansiar o a temer por su libertad. Ellos dos no tienen nada que ver con nada de eso ahora, solo piden permiso para pasar, necesitan ocuparse de una cosa que supera a todas las demás, un niño que va a salir de una barriga. El conductor, un hombretón imberbe con acento de pertenecer a la colonia alemana, mantiene la calma y conduce despacio incluso cuando Manuela aúlla de dolor. Les explica que uno de sus tres hijos nació en el hospital al que se dirigen, que se quedaron atrapados en el embotellamiento de final de la tarde, pero que llegaron a tiempo y que todo salió bien, que solo le queda el recuerdo de una felicidad enorme. El hospital se encuentra en el límite de una zona semirrural que hay en el corazón urbano de Porto Alegre, un enclave de pequeñas granjas y villas, antiguos caserones y leproserías engullidas por sus antiguos jardines durante décadas, huertos y pastos que la mayoría de los habitantes de la ciudad ni siquiera saben que existen, aunque solo estén a quince minutos del centro en coche. El taxi sube una pendiente sinuosa entre viviendas precarias y enormes árboles de bosque autóctono cubiertos de hollín y residuos de plástico. Ahí, el cielo tiene más estrellas. Pronto estarán en una sala de partos, bajo los cuidados de la obstetra y las enfermeras, sus dudas se resolverán, los milagros del protocolo médico se pondrán en práctica y, aunque tarde un poco, ya no hay vuelta atrás. Bajan del taxi frente a la entrada de la zona de urgencias. La encargada del triaje detecta inmediatamente la situación de parto y se llevan a Manuela en una silla de ruedas por una pesada puerta de cristal esmerilado mientras la enfermera que la empuja le hace preguntas sobre los intervalos de las contracciones y si ha roto aguas. Indican a Lucas que suba a la segunda planta, donde está la recepción de maternidad, para rellenar los formularios. El edificio del hospital parece dormido. Las luces automáticas se encienden en algunas esquinas mientras atraviesa una sala vacía y sube por las escaleras. Pasa junto a tablones con carteles que hablan del sarampión y de donación de sangre. La empleada del mostrador le pide datos sobre el seguro médico y el nombre del bebé. La sala de espera está vacía y tiene tres filas de media docena de sillas estrechas, hay un dispensador de agua y un pequeño televisor adosado a la pared y afortunadamente apagado. Estar solo en el hospital vacío le aporta, por fin, algo de calma. Coge el móvil, mira las últimas fotos que ha hecho, resiste la tentación de conectarse. Han acordado que solo saldrían de la burbuja después de que él le haya dado el primer baño al niño. Piensa en sus padres que viven en Imbé, a una hora y media de Porto Alegre, con cuatro perros que son, individualmente y entre sí, asimétricos en su anatomía hasta el punto de parecer la obra de un genetista loco, en una casa a tres manzanas del mar color chocolate, con una enorme zona de césped delante que siempre huele un poco a cloaca. Manuela los describió una vez como dos niños hipertrofiados. Dos criaturas gritonas y apolíticas, bondadosas solo en el sentido en que solemos atribuir esa cualidad a los seres ingenuos, adictos a comer en pizzerías y a las series de televisión de bajo presupuesto. Su felicidad inmune a las crisis de cualquier tipo, un tanto ofensiva para las personas serias, resultaba contagiosa durante unos minutos, tras los cuales Lucas sentía un deseo desesperado de desaparecer para nunca más volver a verlos. En una o dos horas tendría que llamarlos, prepararse para los regalos inadecuados y la alegría histérica que traerían. No es que no quiera verlos, anticipa la euforia babeante de su madre y los ojos llorosos en la cara de muñeco de su padre, y cree que parte de la gracia de tener un hijo es pagar una deuda afectiva que tiene con sus progenitores y antepasados. Pero cuando se imagina la alegría, no puede evitar imaginarse también la fatiga espiritual que lo acometerá en cuestión de treinta minutos. La principal ventaja de ser así es que apenas parecían ser conscientes de que había unas elecciones en marcha y que siempre votaban a quien Lucas les mandaba. O eso decían.

Una mujer corpulenta con una bata de hospital pasa en dirección a la puerta de la maternidad, y por un momento Lucas cree que es la obstetra, pero la impresión se desvanece en cuanto intercambian una mirada rápida. Poco a poco empieza a cuestionarse la pertinencia de tanta intimidad, tanta autoprotección, tanta autonomía. No quiere estar allí solo con la sensación extraña de que están haciendo algo en secreto, una huida, un aborto. Coge el teléfono, abre los ajustes y se queda mirando el botón virtual que activa los datos móviles. El pulso se le acelera, su cuerpo cansado se tensa anticipándose a lo que está por venir. Acerca el dedo a la pantalla, el móvil transmitirá una vibración ínfima, pero de enorme potencia erótica, a la mano que lo sostiene, y ya está. La puerta de la maternidad se abre de nuevo y una enfermera delgada y pelirroja se acerca a él. El dedo se aleja de la pantalla luminosa. La enfermera confirma su identidad y le dice que Manuela está a punto de salir. Lucas guarda el teléfono en el bolsillo, coge el mechero y juguetea con él entre los dedos, con la cabeza palpitando por un cigarrillo. Ella aparece un minuto después, con los brazos colgando a los lados y una cara de muerte estampada en el semblante, escoltada por la enfermera. El obstetra de guardia le ha dicho que solo ha dilatado un centímetro. Un centímetro, Lucas, un centímetro, repite Manuela, atónita. El médico le ha propuesto romper la bolsa amniótica y administrarle oxitocina, pero ella se ha negado, entonces le han aconsejado que vaya a casa y espere. Mientras aguardan al taxi que el portero llama en la recepción, Manuela telefonea a la obstetra, que se limita a decir que ya la había avisado, que se fueran a casa y se relajaran, y que volvieran a llamarla solo si rompía aguas o si las contracciones se hacían más intensas y frecuentes, ya que ahora ella necesitaba dormir unas horas más antes de visitar a una paciente en recuperación. Esta semana está siendo una locura, dice, parece que los bebés se hayan puesto de acuerdo. No deben preocuparse si no está disponible cuando vuelvan, uno de sus colegas les atenderá hasta que ella llegue. Se quedan contemplando la oscuridad indiferente que rodea el hospital y no logran decir nada. Se sienten como muñecos en un diorama lúgubre observado por las siluetas de los enormes árboles. Constatan en silencio su inocencia perdida, el fin de la ilusión de que todavía detentaban un cierto control sobre lo que les esperaba, de que una cierta dosis de conocimientos, de buenas intenciones, de expectativas razonables y de fe en el mecanismo de causa y efecto podría ayudarlos en el duelo contra las fuerzas oscuras y viscerales que han ido ejerciendo, cada vez con más empeño, su dominación.

Cuando entran en el apartamento tienen la persistente impresión de que está habitado por uno de esos moradores secretos que se esconden durante días o meses seguidos en armarios, altillos o debajo de la cama. Las persianas y ventanas siguen cerradas y el aire acondicionado y la televisión se quedaron encendidos, dejando el ambiente frío y eléctrico. No recuerdan haber usado los cubiertos, hay vasos y cuencos sucios esparcidos por el salón y el dormitorio. El baño está húmedo y caliente, como si alguien acabara de salir de la ducha. Manuela dice que es como si ya no vivieran allí, como si estuvieran a punto de abandonar aquel hogar. Las próximas horas serán las más difíciles para Manuela y empiezan con ella sentándose en el sillón de lactancia que han puesto en la habitación del bebé. Manuela balancea el cuerpo como si la silla fuera una mecedora. Lucas la mira desde la puerta y ve su cara abatida, una mueca casi silenciosa y sin lágrimas visibles, para la que no se le ocurren palabras de consuelo. Fuma en el ventanuco del lavadero y entre un cigarrillo y otro va a comprobar si Manuela sigue en el sillón. Después del cuarto cigarrillo oye la ducha y el murmullo de una canción que suena en el equipo de música. La puerta abierta del cuarto de baño exhala una bruma luminosa que le recuerda a un laboratorio de experimentos secretos. Se acerca y ve a Manuela desnuda, sentada en la pelota de pilates bajo la cascada ardiente, con los ojos cerrados y los labios apretados, las manos posadas en la barriga, moviendo ligeramente las caderas y susurrando una melodía que suena como un conjuro. La visión le impacta, se le llenan los ojos de lágrimas y da pasos subrepticios hacia la penumbra de la habitación de matrimonio, que parece más bien un garaje donde se almacenan maletas, libros, montones de zapatos y cajas llenas de objetos que no saben dónde poner desde que reorganizaron el hogar para la llegada del bebé. Se tumba en la cama y llora durante unos minutos escuchando a Manuela cantar bajito, gemir y respirar con regularidad, acurrucada en su nube de vapor. La imagen del cuarto de baño no se le va de la cabeza y siente que ha sido testigo de un misterio arrebatador, el instante flagrante de un cuerpo y una mente perfectamente alineados con la experiencia de estar viva, como una de esas flores raras que florecen unas pocas horas al año en el corazón de selvas remotas. Lo que ella está viviendo, concluye Lucas, él no lo puede vivir, y lo que ella está viviendo tiene que ver con cosas que vivió mucho antes de que él entrara en su vida, aunque en ese instante la vida de uno sea la vida del otro en una superposición casi completa. Este casi, sin embargo, es inmenso, es la distancia infranqueable de una hebra de cabello, el universo compactado en una cabeza de alfiler, es tantas cosas que no le conciernen y que nunca le concernirán. El chirrido de la pelota de goma sobre las baldosas de la ducha se detiene una vez más y Manuela vuelve a inspirar hondo y a soplar con fuerza, en cadencia con el dolor. Esto no puede durar mucho, balbucea él, tiene que terminar pronto, por favor, que acabe pronto.

Lucas abre los ojos y se da cuenta de que se ha quedado dormido. Se levanta apresuradamente y la encuentra en el salón, tumbada de lado en el sofá, con los ojos abiertos. Todo sigue igual, dice Manuela. No tiene ni idea de cuánto tiempo ha pasado durmiendo, una o dos horas, quizá. Lucas abre un poco la ventana y tira de la correa de la persiana. Un haz de luz cegadora atraviesa la oscuridad del salón y dibuja una franja dorada en la pared. Se protegen los ojos. Una bocanada de aire caliente desafía el frío del aire acondicionado. Manuela encuentra el móvil en el sofá y toca la pantalla. Son las nueve de la mañana del sábado, dice, con la mirada de quien pensaba que a esas alturas ya tendría un bebé mamando del pecho. De la calle llega el ruido de un helicóptero que sobrevuela las inmediaciones y las voces de los barrenderos comentando a gritos sus problemas de pareja. Lucas abre un poco más la persiana y los ve distribuidos por las dos aceras de la ladera, hombres y mujeres negros con uniformes naranjas y gafas oscuras, barriendo colillas, envases de plástico de colores y montones de folletos de propaganda electoral. La sirena lejana de una ambulancia o de un camión de bomberos resuena entre los edificios. Le apetece pasear por el barrio, saludar a los barrenderos y ofrecerles cigarrillos, bajar al cuartel de la calle Andradas y encararse con los soldados como si esos jóvenes de veinte años fueran en sí mismos el enemigo al que hay que intimidar.

Para Manuela, los sonidos de la calle parecen el eco de una especie de conflagración de la cual han pasado las últimas horas refugiados. La última contracción sobrevino como una ola que deja una espuma espesa. Para su propia sorpresa, a Manuela la invade el deseo de salir a la calle. Sabe que muchos de sus amigos y amigas están por ahí en ese mismo momento tratando de persuadir a desconocidos para que cambien el voto. Había querido protegerse de todo eso, pero ahora parece que su organismo se haya frenado en pleno proceso de dilatación, está demasiado cansada, sola y asustada, incluso en compañía de Lucas, y la idea de que pueda haber un cierto alivio en la colectividad le parece perfectamente razonable. Ha hecho todo lo posible en los últimos meses para demostrarse a sí misma y a los demás que el embarazo no era una excusa para la pasividad, aunque en la práctica haya hecho poco más que opinar en las redes sociales y ponerse pegatinas en la ropa. Ahora vuelve la misma preocupación de los últimos meses, deformada hasta el absurdo por las circunstancias. La reclusión para la preparación al parto, le dice su psique temerosa y agotada, es solo una excusa más para no enfrentarse al proceso histórico, al imperativo moral de posicionarse y actuar mientras tal vez todavía esté a tiempo. Pero antes de que pueda pensar en lo que haría, a dónde iría o a quién buscaría, los músculos de la pelvis se contraen y se estiran de nuevo y se limita a inspirar y espirar, inspirar y espirar, hasta que llegue el alivio y al otro lado solo quede un espectro enrarecido de las ideas tan urgentes a las que intentaba aferrarse. Mira a Lucas, que sigue atisbando por la rendija de la ventana, él también reducido en cierto modo a una proyección menos consciente de sí mismo, como un animal que está siendo golpeado sin entender que se trata de un castigo, mirando a Manuela con cara de quien dice es lo que hay, con el pelo ya completamente grasiento y los ojos entrecerrados por el sueño. Sé exactamente lo que quieres, le dice ella, quieres salir un poco a la calle ahora, a fumar al sol y a comerte alguna fritura. Él empieza a negarlo, pero ella toma una decisión. Coge el móvil y, con varios toques, llama a Brenda.

La amiga de Manuela llega media hora después y enseguida las dos echan a Lucas a la calle. Hace cuatro años, Brenda parió a Sávio en una bañera llena de agua con la ayuda de una comadrona y el padre del bebé. Manuela no cree que su amiga tenga muchas cosas útiles que enseñarle, pero su presencia le proporciona un alivio inmediato al reconfigurar al instante el espacio y el tiempo, perforando la cápsula en la que está metida desde la noche anterior. Cuando se conocieron de jóvenes, Brenda se describía a sí misma como poeta, y durante algunos años publicó poemas en fanzines y trabajó en la organización de eventos literarios en la ciudad, pero hoy es la exitosa gerente de recursos humanos de una tienda de decoración y muebles de madera a medida. En algunas etapas de su vida fueron confidentes y compañeras de fiesta, pero si ahora estaba allí era sobre todo por ser una de las pocas amigas de Manuela que era madre. Manuela se siente mejor al poder describir lo que siente a otra mujer que ha pasado por lo mismo que ella está pasando. Con todo, enseguida se ponen a hablar de la crisis de los cuarenta del marido de Brenda, de las elecciones, de los libros de Elena Ferrante. Manuela se da cuenta al cabo de un rato de que las contracciones parecen haberse espaciado más. Puede desarrollar razonamientos largos y escuchar las historias que Brenda le cuenta entre cada contracción, y tiene la sensación de que el dolor está siendo un poco menos intenso. Esa no era la idea. La obstetra le dijo que no serviría de nada volver al hospital antes de que estuviera fuera de sí, aullando a intervalos regulares de pocos minutos. Pero no está fuera de sí. Está muy lejos de ello. Nunca le ha gustado estar fuera de sí. Sus experiencias con las drogas son una mierda porque se mantiene consciente y atenta a las alteraciones del cuerpo y de la mente, sin perder nunca el control, ni siquiera durante la pérdida de control. La idea de que va a tener un parto complicado por su incapacidad de ceder siquiera un milímetro de su autodominio, precisamente ese autodominio del que siempre se enorgullecía en las circunstancias más diversas, aparece de repente trayendo un olor de mal agüero. Manuela vuelve a cerrar la ventana y la persiana, restableciendo la atmósfera cavernosa, y empieza a dar vueltas por el espacio exiguo del salón, sollozando y suplicando ayuda. Brenda se asusta y trata de consolarla con débiles palabras de ánimo, sugiriéndole que vuelva a la ducha caliente y no salga de allí. Manuela menea la cabeza, no soporta más duchas. Empieza a quedar claro para las dos que la fácil intimidad de antaño ya no es posible, pero no pasa nada, en el fondo ninguna de las dos se sorprende. La contracción siguiente llega con una violencia inesperada, como si el cuerpo respondiera a las súplicas de la parturienta. Brenda ayuda a Manuela a ponerse en cuclillas encima del sofá y le acaricia la espalda, las caderas y los muslos, mientras le susurra que el dolor es bueno, que el dolor que está sintiendo ahora es en realidad un placer, el dolor le traerá a su bebé, hay que entregarse, recibir el dolor, abrazar el dolor, disfrutar del dolor. Tras un minuto interminable, la calcinación en el vientre cesa y Manuela se relaja, pero sigue pensando en lo que acaba de escuchar. ¿Cómo que tiene que sentir placer en las contracciones? Brenda insiste. Es el mejor consejo que le puede dar. Tiene que sentir placer en las contracciones. Un placer sexual, añade, como si por fin hubiera osado entregar un conocimiento prohibido. Tiene que dejarse guiar por el cuerpo, sin pensar, sin analizar lo que ocurre, sin resistirse. El parto es un goce, le dice. Más bien parece un estupro, replica Manuela. Después se queda callada, pero en el fondo está deseando que Lucas vuelva pronto. Placer en las contracciones de tu culo, diría él. Pronto llegará a casa y podrán reírse juntos de esa idea. Él está mucho más asustado de lo que ella esperaba. Tiene que acordarse de decirle que no tenga miedo. Si él sigue asustado, ella estará perdida. Manuela quiere su olor fuerte, su indolencia, sus chistes groseros, su inseguridad disfrazada de macho. Quiere las miradas lujuriosas que la hacen sentir como un niño indomable, un mancebo, como dice

Lucas. Pederasta y mancebo, se burlan de sí mismos cuando retornan a lo que eran. Esas fantasías que se insinúan poco a poco hasta que ambos las reconocen al mismo tiempo y pasan a integrar la gramática de su relación. ¿Serán capaces de retener esas cosas a partir de ahora? Necesita aferrarse a ellas, no quiere tener que sustituirlas, renunciar a las historias que sus cuerpos han construido juntos.

Aunque lleva casi una hora en la calle, Lucas no se libra de la sensación de que el mundo fuera del apartamento es un escenario artificial construido especialmente para él. Desdeña tanto la paranoia solipsista como los delirios tecnológicos que harían posible un escenario así. Pero es un hecho que la luz de última hora de la mañana parece excesiva, que la circulación de coches y el comportamiento de los transeúntes parecen el resultado de una sofisticada escenografía concebida para engañarlo o al menos distraerlo. Pero ¿de qué? De que su mujer está en casa en este momento exacto, lejos de él, sin internet, pariendo una criatura, solo puede ser eso, porque ahí está él, paseando y comiendo empanadillas como si se tratara de una jornada laboral más, alimentada con tabaco y Jim Beam e intercalada de indolencia y pajas. Las empanadillas de su taberna favorita le han proporcionado un éxtasis pasajero. Se ha comido dos de carne y una de queso, intentando saciar el hambre feroz que le acometió nada más poner los pies en la calle. Ha aplazado la urgencia del regreso al recordar que Manuela lo había animado a airear la cabeza. Se dirige de vuelta a casa con dos latas de Coca-Cola y una empanadilla de carne en una bolsa de plástico, espera que Manuela sea capaz de comer algo más que melón y gelatina, porque resulta angustioso verla tanto tiempo sin ingerir alimentos consistentes ni dormir. Mira el móvil cada dos minutos como si pudiese haber dejado de escuchar una llamada. En la calle Andradas, un grupo de padres lleva a una troupe de niños pequeños a visitar la Casa de Cultura Mario Quintana. En la televisión de una panadería mira los resultados de otra encuesta electoral y trata de olvidar lo que ve como si hubiera abierto sin querer los correos electrónicos privados de alguien y encontrado un secreto macabro. Pasa cerca de los militares que patrullan el cuartel. Por primera vez, sus ametralladoras en bandolera le parecen advertencias que hay que tomar en serio.

Cuando Lucas entra en la casa, lo recibe la mirada tierna y vulnerable de Manuela. Deja la bolsa en el suelo, se quita los zapatos y la abraza. Brenda, tendida entre cojines que forman un lecho sobre la alfombra, no los interrumpe. Cuando los dos por fin se separan, todavía sobrecogidos por una palpitación ardiente de amor y miedo, Brenda se levanta y le da a Lucas un fuerte abrazo, suspira y le pregunta cómo está.

Entonces suena su móvil y desliza el dedo por la pantalla, pasando fotos y mensajes con una velocidad que a los observadores les parece robótica. Cuando se da cuenta de que su comportamiento inocente perturba el orden impuesto, se apresura a aclarar a Lucas que estaba avisada de la censura a los medios de comunicación impuesta por el rey y la reina de aquel castillo y que no ha comentado nada del mundo exterior desde que llegó. Manuela no quiere comer empanadilla ni beber Coca-Cola. Las contracciones siguen produciéndose cada seis o siete minutos. Los tres discuten qué hacer a continuación. Manuela llama a la obstetra y le pregunta cuánto tiempo pueden esperar todavía, intentando establecer un límite claro. Si va al hospital ahora, dice la voz al otro lado de la línea, tendrán que revisar todo el plan de parto, administrarle oxitocina, romperle la bolsa o hacerle una cesárea. La obstetra no lo ve necesario, pero todo depende de ella, de sus preferencias y de lo que esté dispuesta o no a soportar. Manuela decide aguantar. Lucas admite que está asustado. Teme por la salud de Manuela y del bebé. Brenda los convence para que se pongan en contacto con Cristiane, la enfermera que la ayudó en el preparto hace cuatro años. Manuela llama y la mujer dice que puede visitarlos en breve, a las dos de la tarde. Brenda se despide, tiene que recoger a su hijo en casa de sus suegros y llevarlo a casa de sus padres en Pelotas, donde toda la familia está censada electoralmente. Tened fe, dice Brenda, agitando el móvil antes de cruzar la puerta. Hay posibilidad de cambio.

La enfermera llega diez minutos antes de lo previsto y ambos se sorprenden de lo joven que es. Tiene la cara y el cuello sudados, lleva un jersey negro y rosa intenso, y el pelo largo y liso recogido en una cola de caballo apretada. De hecho parece que acabe de llegar del gimnasio, pero ninguno de los dos se atreve a preguntar. Acepta un vaso de agua y se informa de la situación. Lucas se queda en el salón y las dos van al dormitorio. Cristiane palpa la barriga, cronometra las contracciones y corrige la respiración de Manuela, que no puede dejar de pensar en lo insólito que es ser examinada y asistida por esa chica mucho más joven que ella, de mejillas sonrosadas y pecho y culo abundantes, dueña de un semblante severo que destila una sabiduría vasta e insospechada. Tras un examen táctil, Cristiane saca los dedos de la vagina de Manuela, pone los labios en forma de pico y opina que la dilatación no pasa de dos o tres centímetros todavía. De una gran bolsa de nailon Nike saca un aparato de forma ovalada, blanco con detalles rosas, más o menos del tamaño de los antiguos reproductores portátiles de casetes y equipado con lo que parecen ser unos auriculares. Utiliza el monitor fetal varios minutos, manteniendo un aire de serenidad que calma a Manuela. Concluye que todo parece estar bien con el bebé y que no hay signos de sufrimiento fetal. Al oír estas palabras, la tensión abandona los músculos de Manuela como un espíritu invasor saliendo de su cuerpo. Le pregunta a Cristiane si tiene permiso legal para hacer todo lo que está haciendo, profesionalmente hablando. La enfermera se encoge de hombros y dice que de algunas cosas sí, de otras no. Que asiste a muchas madres en parto humanizado, que forma parte de una red de apoyo a mujeres necesitadas o que no encuentran el tipo de atención deseada en los hospitales. Llaman a Lucas y los tres hablan un rato más. Si realmente quieren esperar la dilatación y un parto natural sin intervenciones, dice Cristiane, la casa sigue siendo mejor que el hospital. El bebé está bien, pero Manuela necesita alimentarse y, sobre todo, poder descansar un poco. Le sugiere que se acueste de lado e intente dormir entre una contracción y otra. A Lucas eso le parece imposible, pero segundos después Manuela se queda dormida. Él y la enfermera velan el sueño de la parturienta unos minutos, como si cuidaran a una niña convaleciente. El aparato de aire acondicionado chasquea y ronronea, renovando el chorro de aire helado. Un poco más tarde, Lucas paga a la joven ciento cincuenta reales en efectivo y la acompaña a la puerta.

Durante muchas horas apenas conversan, no ven la televisión ni escuchan música, no comen y no beben casi nada, y ni siquiera se les ocurre conectar de nuevo internet y restablecer contacto con la palpitación de la realidad exterior. La labor de parto se ha convertido en el límite de su mundo. Manuela sigue tendida de costado en la cama, durmiendo entre una contracción y otra, sintiendo cómo la barriga se le pone dura como una roca, gimiendo y cambiando de lado en la penumbra helada como una criatura troglófila arrancada de su hábitat y alojada en un laboratorio. Lucas deambula por el apartamento hablando solo, bisbiseando delante de las hileras de estuches de películas como si las reseñara para un interlocutor inexistente, fumando en el lavadero o haciendo intentos, casi siempre frustrados, de registrar en la aplicación de notas del móvil lo que pasa y lo que siente. De vez en cuando se asoma y observa los contornos opulentos y jadeantes de la madre de su hijo, y aguarda un poco antes de entrar en la habitación y acostarse a su lado. Cuando sucede que abren los ojos simultáneamente, encuentran reflejado el sentimiento mutuo de estar viviendo por primera vez en sus vidas algo que no puede describirse como sufrimiento, sino más bien como una especie de martirio, una prueba de la que no son ni agentes ni víctimas, un lugar de espera que los arranca poco a poco de la forma que los contenía para que puedan acceder, remodelados o deformados, a una revelación. A veces Manuela habla suavemente con el bebé, pero sus palabras no tratan del futuro, de las cosas que conocerá, que vivirán juntos. En vez de eso le habla del pasado, de cómo en la infancia solía refrescarse en la finca de sus abuelos colgando una manguera de los alambres que sujetaban la parra del patio y se quedaba allí sentada en el suelo embarrado, debajo de la pequeña cascada, comiendo sandía directamente de la cáscara. Más adelante, el encadenamiento de recuerdos la lleva a sucesos más insólitos, que rememora con cierta sorpresa y empieza a evocar en silencio, como la vez, durante las vacaciones de invierno de su primer año en la universidad, en que iba en autobús a Curitiba a visitar a una amiga y se sentó junto a un chico de su edad, llamativo por su cara redonda y sus ojos grandes, a quien se referiría en sus recuerdos como el chico con cara de galleta, que viajaba sin rumbo con una mochila y una guitarra para componer un disco basado en sus aventuras. Durante una parada de descanso en una de esas gasolineras en medio de la carretera el chico la invitó a bajarse del autobús con él y hacer autoestop hasta alguna ciudad cercana, una invitación que hasta el día de hoy se arrepiente de haber rechazado, porque él parecía una de esas almas especiales que pasan por el mundo, alguien que le proporcionaría experiencias que ella ni siquiera podría imaginar, pero nunca más supo de él y todavía hoy se mantiene atenta a los discos independientes y a los hombres que tocan música en vivo en bares y espacios públicos con la esperanza de reconocerlo. Manuela duerme en medio de esos relatos susurrados o silenciosos y, a veces, despertada por los dolores de la contracción siguiente, los retoma desde donde los dejó con una eficacia subconsciente de la que el bebé es quizá el único testigo, ya que Lucas siente que es importante distanciarse de ella en esos momentos, un gesto de consideración, casi como si Manuela no estuviera en condiciones de darse cuenta de que él está presente y pudiera balbucear cosas que no están destinadas a sus oídos. Los cigarrillos en el ventanuco del lavadero lo sacan del torpor pastoso de la privación del sueño.

Siente el hedor en las axilas, el sabor acre en la boca. Calcula cómo huiría de Brasil con la familia en caso de que fuera necesario, lo que haría para intentar ganar algo de dinero a principios del año que viene. En los últimos tiempos, la hipótesis de que la vida será mucho más dura se le presenta como una especie de prueba ciega de cuya respuesta dependerán sus modestas conquistas. Una victoria de la izquierda el domingo será de vital importancia simbólica, pero teme las convulsiones sociales que se producirán de una manera u otra. Manuela tiene una gran fe en lo que apropiadamente llama resistencia a la barbarie, y vislumbra, tras los resultados derivados de las urnas, un país en el buen camino, una vida pública más sana. Pero quizá no importe, porque todo está en las manos de capitalistas de riesgo de California, hackers rusos, fundamentalistas religiosos armados, negacionistas climáticos. Entonces piensa que huir no tendría ningún sentido. Tal vez ya estén en su sitio, ya se hayan resistido a echar raíces en este país desgobernado, ajenos a la desconfianza pasivoagresiva de sus familias. No importa mucho dónde están o adónde irán, son ellos contra la crisis planetaria. Se revitaliza un poco al pensar eso, pues siente que no será fácil detenerlos. La energía de la vida fluye por sus venas y ahora se está transmitiendo. Encaja los golpes, pero no cae. Boxea contra la sombra unos minutos y se tumba jadeante en la alfombra del salón. Estoy cansado, piensa, solo cansado. Oye a Manuela emitir un pequeño grito y llamarlo por su nombre. Sale corriendo hacia la habitación, pero se detiene delante de la puerta del cuarto de baño. Manuela está sentada en el retrete, solo con un camisón de seda, mirando fijamente un gurruño de papel higiénico. Dice que le ha salido una sustancia viscosa. Lucas se acerca, mira, toca y huele. Debe ser el tapón mucoso, concluyen. Se acuerdan del alienígena de las películas y se ríen. Después de tantas horas, de tanta espera, de tanto dolor, un acontecimiento. Ninguno de los dos tiene idea de la hora que es, Lucas solo sabe que es de noche. Manuela busca el móvil. Nueve y media de la noche. Los dos se sientan juntos en el sofá del salón y empiezan a actualizar de nuevo la plantilla de las contracciones. Manuela se come la mitad de la empanadilla. En el momento de valorar la intensidad del dolor para consignarla en la hoja de cálculo después de cada contracción, Manuela se lo piensa bastante y dice que es alta o muy alta. Pero el bebé no llega. Después de unas cuantas horas más de cronometrajes, gruñidos, cabezadas, baños calientes, episodios de series, castañas, agua de coco, masajes y cigarrillos, se percatan de que van a volver a adentrarse en la madrugada en la misma situación y constatan que están empezando a perder el juicio. Durante un periodo que desde su punto de vista podría ser de tres minutos, media hora o tres horas, Manuela llora desconsoladamente, más de frustración que de dolor, dejando que las contracciones lleguen y pasen como neumáticos salvando un badén, meros inconvenientes en un trayecto inexorable, mientras Lucas la consuela como puede, cariñoso, diligente y angustiado. En algún momento eso se pasa y da lugar a un buen humor levemente demencial. Lucas se burla de las muecas de dolor de Manuela, ella se burla de los sonidos y gestos que él hace para intentar ayudarla, y los dos se arrastran riéndose por el apartamento sucio y desordenado, imitándose y haciendo chistes morbosos y escatológicos que llegan incluso a implicar la muerte de todos ellos, incluido el bebé. La música de los bares cercanos y los gritos de los bohemios más eufóricos atraviesan la barrera de las ventanas de doble acristalamiento como ecos efímeros de la vida en otra galaxia. Lucas entra en la habitación del bebé y se queda allí, aspirando el aroma a pino de la cuna, interrogando en silencio el misterio que aún llena el cuarto. El estallido de fuegos artificiales justo al lado de la ventana lo saca de ese trance. Los petardos explotan una, dos, tres veces, violentando la sensación de distanciamiento. Cuando encuentra a Manuela en el salón, está mirando la pantalla del móvil y deslizando por ella el dedo. La luminosidad del aparato encubre como una máscara tornasolada sus facciones prominentes y andróginas. Le pide disculpas y le dice que lo necesitaba.

Lucas se arrodilla a su lado, le acaricia el pelo, le besa la mejilla untuosa y fría. Había muchos mensajes de amigos sobre diversos temas, le dice, desde memes políticos a invitaciones para dar un paseo, pero solo uno, el de su hermano que vive en Brasilia, preguntando por el parto, un único mensaje que les recuerda que hay gente fuera que puede ser consciente de las cuarenta semanas completas de espera, de que ese fin de semana decisivo para todo un país coincide con la llegada prevista de su hijo. Ningún mensaje de sus padres. El esfuerzo por alejarlos del día del nacimiento del nieto había sido un éxito, ya que se mantenían realmente al margen o no se sentían cómodos para intromisiones. Y ahora ha entrado en Instagram y está leyendo en el *timeline* las declaraciones de voto útil contra la barbarie y las nuevas y reiteradas denuncias de manifestaciones racistas, misóginas y homófobas, sobre seguidores con esvásticas, disparos ilegales, de mensajes de WhatsApp con noticias falsas, la profanación de un homenaje a una diputada asesinada, las promesas de ataque a los indígenas, al medio ambiente, a los artistas, a los periodistas. Manuela pincha en un enlace elegido casi al azar y empieza a leer un artículo de un periódico en el que varios intelectuales explican por qué nada de eso es fascismo, a lo sumo una tendencia autoritaria con algunos elementos fascistas. Entonces, para sorpresa de Lucas, cierra de repente las aplicaciones una a una, desconecta de nuevo los datos del móvil y lo esconde debajo de un cojín. Sentada con las manos entrelazadas en la barriga, chasqueando las uñas pareadas entre sí, mira fijamente la pantalla de la tele apagada en la que se ven reflejados como en el negativo de una película, con contornos blancos y anaranjados sobre un fondo oscuro. Con el tono firme y tranquilo de quien formula una teoría tras una larga reflexión, Manuela dice a Lucas que cree que el bebé no quiere nacer. Él no reacciona, está a punto de reírse de eso como se habían reído de las bromas escabrosas hasta poco antes, piensa en decirle que eso es una tontería, en enunciar lo evidente, pero al final no logra pronunciar palabra. O quizá, añade Manuela, quizá yo no quiera que nazca. Lucas protesta refunfuñando, pero de nuevo no puede articular nada, ofrecer ningún contrapunto. Da igual, concluye ella. Lucas coge la mano de Manuela, pero siente que, además de fría, la mano está rígida, esquiva, y entonces la suelta.

Manuela contiene la respiración, emite un gemido largo y grave, resopla y resuella como si telegrafiara una oración en código Morse. Lucas sugiere que sería mejor llamar a un taxi ahora mismo y avisar a la obstetra de que quieren una cesárea. Que quizá hayan llegado hasta donde eran capaces. Desde el principio apoyó y entendió su preferencia por un parto natural de tipo humanizado, la obstetra era una especialista, pero tenía que haber una línea a partir de la cual se pudieran revisar ciertas convicciones. Ahora ella ya estaba siendo terca. Estaba poniendo en riesgo su propia salud y la del bebé. Puede que su cuerpo se estuviera realmente rebelando, como ella misma acababa de sugerir, y el bisturí podría resolver la situación de forma práctica y segura. Pronto volvería a rayar el día. Hacía treinta y seis horas que estaban metidos en una cueva y sin dormir. Mientras escucha todo eso, Manuela se acuerda de la embarazada de Encantada. De cuando se fue a vivir unos días a una comunidad del litoral de Santa Catarina, que esperaba el fin del mundo según el calendario de cuenta larga maya. Recién licenciada, quería escribir un libro, sería su primer libro, y después de oír a su profesora de yoga mencionar aquella comunidad, desarrolló un interés un tanto cínico por saber qué pasaría con aquellas personas en el instante en que el día 22 de diciembre llegara y se dieran cuenta de que el mundo seguía igual. En el invierno de 2012, fue a visitar la granja donde los cerca de treinta residentes vivían con escasos recursos, ganando dinero con las verduras orgánicas y el pan que vendían en los mercados locales. Declaró su intención de convivir con ellos con el fin de investigar para escribir una obra de ficción. Se mostraron amables y receptivos, y parecieron no dar importancia a quién era o qué quería hacer. Entre ellos se sintió como una niña de un grupo étnico discriminado, un animal doméstico necesitado de cuidados, pero cuyo destino en el fondo no le importaba a nadie. El terreno al pie de una colina empinada quedaba en sombra después de las tres de la tarde y un arroyo pedregoso fluía por él, refrescando el aire y esparciendo un olor mineral. Las casas eran de madera prefabricada, algunas completamente nuevas, relucientes de barniz dorado, otras más viejas o incluso con décadas de antigüedad, con pintura azul o amarilla descolorida y maderas un poco torcidas y porosas, invadidas de malas hierbas. En la primera y rápida visita que hizo en invierno, llamó su atención una chica de unos veinte años, de pelo encrespado y muy delgada, que solo se protegía del frío húmedo con una chaqueta roja de Adidas y un gorro de lana, y que por la barriguita prominente parecía estar embarazada. Manuela no dejó de pensar en ello durante cinco meses. Y cuando regresó a la comunidad en verano, a principios de diciembre, a menos de tres semanas del supuesto fin del mundo, vio que la chica todavía seguía allí, con una barriga descomunal de casi cuarenta semanas, caminando de aquí para allá en chanclas y acompañada de un perro Rhodesian Ridgeback viejo y del tamaño de un ternero, vestida solo con unos pantalones cortos de nailon y la parte superior de un biquini amarillo casi perforado por los pezones de sus pechos hinchados. Manuela instaló su saco de dormir en el salón de una de las casas y pronto se integró en un programa de limpieza de cuartos de baños, elaboración de comida, corros de conversación y rituales holísticos que pretendían prepararlos a todos para el fin de los tiempos. Había una pareja líder que actuaba como una enciclopedia de teorías escatológicas y datos arqueológicos, tejiendo lo que, en opinión de Manuela, era un entramado más o menos improvisado de cálculos astronómicos, leyendas de pueblos originarios y cruces de símbolos de todo tipo y origen para afirmar y renovar, día tras día, la creencia compartida de que el día 21 se produciría una gran transformación, muy probablemente la colisión de un cuerpo celeste con nuestro planeta. La clave de todo estaba en la comparación del calendario largo de los mayas con el calendario gregoriano, llegando a la conclusión de que para aquella avanzada civilización mesoamericana el recuento del tiempo terminaba el 21 de diciembre de 2012. La naturaleza de esa transformación variaba dependiendo del día y del interlocutor; para unos era solo el fin de un ciclo y el inicio de otro, algo así como un cambio en la dirección del viento, pero para la mayoría se trataba realmente de la muerte en ese plano de la existencia y la aniquilación de un mundo en el que todo había salido mal, y entre estos últimos estaba la joven embarazada. Manuela no lograba entender. ¿Cómo podía parecer tan serena y ligera cargando con una criatura en la barriga rumbo al apocalipsis? A aquella chica no le importaba hablar, y durante días se convirtió en su mejor amiga. Su familia no la quería cerca desde que su aborto a los dieciséis años salió a la luz y le valió la excomunión del pequeño pueblo donde vivía al pie de los desfiladeros de Santa Catarina. Esta vez se había quedado embarazada a propósito, de un surfista de São Paulo del que estaba enamorada, pero el tipo desapareció sin avisar, antes incluso de saberlo, y nunca más volvió a coger sus llamadas ni a responder a sus mensajes. La comunidad la había acogido, y para ella todos los cálculos, leyendas e interpretaciones de señales religiosas y seculares eran nada menos que convincentes. Si el mundo iba a empezar otro ciclo, pasar por una transición cósmica, razonaba la joven, esa transición sería sin duda para mejor, pues el viaje del universo hacia la perfección era autoevidente, por más que nuestra diminuta participación en él dificultase nuestro entendimiento. Si, en vez de eso, el mundo se fuera a acabar de verdad, era mejor estar entre gente lúcida y consciente, preparada espiritualmente para afrontar el cataclismo. Si ella iba a pasar los últimos nueve meses de su existencia llevando esa vida incipiente en su interior, alimentándola y compartiendo su cuerpo, mucho mejor. Sería un alma más en este mundo que no abandonaría sola. Pero estaba convencida de que el mundo después del fin del calendario sería un hogar mejor para su bebé que el mundo que existía ahora, ese mundo enfermo y degradado que ansiaba evidentemente una renovación, ya fuera apocalíptica o simplemente energética. Manuela pasó sus días en Encantada intentando posicionarse frente a aquella lógica a la vez ingenua e inmune a los ataques. Recordaba el argumento de Pascal, de que vivir como si Dios existiera garantiza una recompensa mayor que vivir como si no existiera, independientemente de que exista o no. Como todos los argumentos lógicos a favor de la existencia de Dios, este se basaba clandestinamente en la fe, y Manuela intentó en vano interceder utilizando la razón. Aquella chica solo se había hecho una ecografía y acudido una única vez a un centro sanitario al principio de la gestación. A veces Manuela pensaba que estaba loca, y se ofreció en varias ocasiones a ayudarla a concertar una cita en la consulta o a llevarla al hospital para el parto, pero nada de eso le parecía necesario a la gestante. La víspera del fin del mundo, los habitantes de la comunidad ayunaron y empezaron el día enfrascados en una secuencia de rituales, cantos y oraciones que poco a poco fueron dando paso a un colapso colectivo y a un festival de brotes de neurosis. Hubo peleas a puñetazos, ataques de llanto, un conato de incendio, sexo grupal y, quizá, sospechaba Manuela, estupro. La chica embarazada se instaló con su enorme perro en su habitación y observó todo aquello por la ventana. Manuela anotaba lo que veía con un afán que era también una defensa contra el nerviosismo, porque las emociones sombrías que afloraban en ella le infundían la intuición infundada de que algo importante estaba realmente a punto de suceder. Sin embargo, la granja enmudeció antes de medianoche, la gente se retiró exhausta a sus habitaciones y cabañas, traumatizada o extasiada, y pronto empezó a oírse únicamente el gorgoteo tranquilizador del arroyo, el murmullo crepitante del bosque y los gemidos afectados de las ranas, que sonaban como un coro de niños pequeños imitando a bebés. En un momento determinado, Manuela se dio cuenta de que se había olvidado de la chica embarazada y al entrar en su habitación descubrió que había desaparecido. El perro estaba tumbado de lado, desparramado sobre una colchoneta, completamente inmóvil, y al día siguiente, al recordar que parecía una estatua de jardín por lo rígido y tieso que estaba, dedujo que en aquel momento ya estaba muerto. Pero antes de eso, Manuela salió a buscar a la chica por toda la granja, en todas las casas, en la glorieta donde dormían los cuerpos entre varillas de incienso, botellas de vino y cestas tejidas y coloridas de artesanía indígena caingang, en la hoguera que todavía ardía impetuosa con alegres llamas, en las lindes del bosque que parecía empujarla lejos, como si alejara a una ciega del peligro. El sol se elevó hacia los lados del litoral tiñendo las nubes de un color naranja suave y el rugido de los motores más ruidosos de la lejana carretera llegó a la comunidad aún adormecida. La vio de reojo, en un momento en que ya no la estaba buscando. La chica estaba en la orilla del riachuelo, en una pequeña ensenada de piedras lisas y oscuras, desnuda, con las manos en la barriga, las piernas ligeramente flexionadas y abiertas, esperando a que el bebé terminara de ser expulsado por la vagina. La cabeza ya asomaba y la joven parecía concentrada en el último gran esfuerzo por hacer que salieran los hombros, gruñendo con una voz profunda que nada tenía que ver con la voz suave y amodorrada, de clarinete, con la que hablaba normalmente. A veces daba uno o dos pasos cortos hacia delante o hacia un lado, ajustando su posición. De repente el bebé salió por completo, con un pequeño chorro de sangre y mucosidad que pronto cesó. La chica recogió al bebé entre las piernas antes de que cayera al suelo, se lo llevó al pecho y empezó a acariciarlo, con el cordón umbilical aún colgando sobre el vientre. Manuela avanzó unos pasos, pero se detuvo en cuanto escuchó el llanto chirriante del recién nacido. Estaba a unos cincuenta metros de la ensenada del riachuelo, todo lo veía de lejos, y completaba lo que sus ojos y oídos registraban con los esfuerzos que la mente hace para garantizar un mínimo de significado a lo que captan los sentidos. No sabría explicar a

Lucas por qué, pero en ese momento dio media vuelta, recogió sus cosas, se colgó la mochila al hombro y caminó los ocho kilómetros hasta la carretera, donde hizo autoestop hasta la estación de autobuses. Manuela nunca escribió el libro, porque creía que la literatura se basaba en respuestas a preguntas pertinentes y ella había salido de aquel episodio sin respuestas. Más tarde comprendería que la literatura era justamente lo contrario, pero la vida la pondría en una posición en la que nunca más se sintió apta o autorizada para escribir. Un regusto residual de fracaso persistía en ella. Ahora le dice a Lucas que no, que no quiere que le hagan una cesárea, todavía no. Todavía está presente, consciente, tiene tiempo y fuerzas, siente que el bebé está bien y quiere seguir adelante a su manera, porque no se trata solo de obstinación ni de creencia en alguna supuesta pureza natural contra las perversidades machistas de la medicina, sino de enfrentarse, mediante una adhesión valiente e incondicional a su voluntad, a algo mortífero que les rodea desde hace un tiempo, a esas cosas sin nombre que intuimos y vemos avanzar en los detalles y señales de una vida cotidiana atentamente observada. Le dice a Lucas que todo saldrá bien, que ella y el bebé van a aguantar, que sabe que él también es lo suficientemente fuerte, que confíe en ella. Él le dice que confía.

Lucas va a lavar algunos platos. Cocina huevos, coloca fruta y galletas en un bonito arreglo en una bandeja, prepara café. Quizá a partir de ahora su vida sea así, bromea. Ella estará siempre pariendo, el desarrollo del niño se estancará, él traerá empanadillas y lavará los platos, solo habría que volver a conectar internet y seguir adelante. Manuela entraría en el *Libro Guinness*, daría entrevistas en la televisión gimiendo cada cinco minutos para delirio cómico de la audiencia. Manuela se acuerda de una historia, nunca supo si era verdad o no, de una muchacha que dio a luz en el cuarto de baño, sentada en el retrete, creyendo que solo iba a evacuar. Plaf, hola bebé. Se vuelven a reír. Están viviendo en uno de esos bucles temporales que se han convertido en la trama de tantas películas, un *El día de la marmota* en pareja. Bill Murray tenía que aprender a ser amable con la gente y ganarse el corazón de la chica. ¿Qué tienen que hacer para escapar? Ya compraban productos orgánicos directamente a los productores, iban a manifestaciones por los derechos humanos y de los trabajadores, difundían vídeos de abusos policiales e informes sobre el calentamiento global. Ya se amaban. A lo mejor si iba al Parcão y cambiaba el voto de diez personas el bebé nacería, especula Lucas. ¿O quizá, en un perverso giro argumental, para deshacer el hechizo necesitan apuntar con los dedos a modo de pistola llevando a un niño en el regazo, derribar un árbol centenario, filmar a un profesor en clase y denunciarlo por comunismo? Quizá puedan simplemente salir a dar un paseo por ahí, sugiere Manuela. Puede que un poco de movimiento facilite la dilatación. Lucas se da cuenta de que ahora está hablando en serio. Su hijo podría venir al mundo en una acera sucia en plena jornada de elecciones presidenciales, ¿por qué no?, cosas más raras han pasado. Manuela come algunas uvas, galletas, recupera un poco el vigor y el apetito. Lucas abre la ventana del salón y la luz del amanecer les eriza la piel e ilumina las superficies de los muebles, el suelo, las paredes, las hojas de papel de seda verde de los helechos. Sus móviles incomunicados les informan de que pasa un poco de las siete de la mañana. Vamos a la panadería, dice Manuela. La panadería, Lucas lo sabe, es un establecimiento a unas cuantas manzanas del edificio donde viven que sirve zumos recién hechos y bocadillos aceptables para los estándares de Porto Alegre, con mantequilla en lugar de margarina y fiambres en capas generosas, pero que es famosa por estar abierta incluso en días festivos como Navidad y Carnaval. Manuela llama y nadie contesta, pero vuelve a intentarlo pasadas las siete y media y una voz femenina malhumorada le dice que sí, que ese domingo van a abrir. Aprovechando hábilmente los intervalos entre las contracciones, y manteniendo en el semblante la expresión mordaz de quien ejerce una paciencia irónica contra los caprichos del destino, Manuela va a cepillarse los dientes, lavarse la cara, echarse un poco de crema y cambiarse el camisón de seda por un vestido de punto, rojo con un estampado de hojas negras, que resalta la esfericidad de su barriga. Cuando Manuela ya está lista, Lucas se apresura a mojarse la cara, cambiarse la camiseta de tirantes maloliente por una amarilla con la frase UN LUGAR COJONUDO y unos vaqueros negros desgastados. Tienen la precaución de llevarse la mochila del hospital, en caso de emergencia.

Tienen que recorrer dos manzanas de subida, otra de bajada y otras dos planas. Manuela camina despacio, pero con desenvoltura. Las nubes se desparraman por el cielo azul como puñados de cal arrastrados por el viento. En el silencio matinal del centro histórico se propagan las pisadas y pedaladas de los deportistas que avanzan por el carril cerrado de la avenida Beira-Rio, la algazara de las bandadas de cacatúas en las copas de las jacarandas y la aceleración de los autobuses en calles muy lejanas. Los sintecho descansan en sus nidos de cartones, trapos y bolsas de plástico llenas de pan o envases reciclables, solos, en parejas, rodeados de perros. Han pasado la madrugada despiertos, luchando por la vida o simplemente en alerta, a la espera de que el amanecer les traiga un poco más de seguridad. Manuela se agarra del brazo de Lucas, reduce el paso hasta que se para y se encoge porque tiene otra contracción. Fuera del apartamento, el dolor se le antoja más soportable. Siguen caminando. Lucas fuma cuando le apetece, a Manuela ya no le importa el humo pasivo, están más allá de consideraciones de este tipo. Flota un ligero olor a orín y a alcantarilla, como siempre. Pero en la panadería enseguida aspiran el aroma a pan caliente, a naranjas exprimidas, a café humeante. La mayoría de las mesas están libres y eligen una con sillones tapizados. Manuela se sienta en el borde, con la espalda bien erguida y las piernas abiertas e inquietas como alas de mariposa. Pide una infusión helada de frutos rojos y un sándwich mixto. Lucas se decide por un expreso doble y un brownie. El *Unplugged* de Gilberto Gil suena bajito. Aunque se trate del más prosaico hedonismo burgués, se sienten subversivos y orgullosos. Apenas pueden contenerse cuando finalmente una mujer de la mesa de al lado les pregunta si Manuela se encuentra bien. Hablan uno por encima del otro, atropelladamente, deleitándose con la reacción de los demás clientes ante la información de que Manuela está de parto desde el viernes por la tarde, que el bebé puede nacer en cualquier momento, pero que por qué no salir a tomar un té y dar un paseo, ¿no? Lucas pide otro expreso doble, la cafeína y la nicotina desatan sus inclinaciones maníacas y gesticula cada vez de manera más expansiva, hasta que sus chistes sobre el estreñimiento y la inexistencia de coste físico para el padre durante la gestación y el parto hacen que la gente se concentre de nuevo en sus panes de queso, capuchinos y mensajes instantáneos. A Manuela le gusta verlo así de suelto, provocador, inadecuado sin caer en la imbecilidad, porque eso le indica que, incluso después de años juntos y del calvario de los últimos días, siguen siendo tolerantes con la forma de ser de uno y otro y todavía conservan sus cualidades personales intactas, listas para manifestarse de nuevo en las condiciones apropiadas. No quiere que el hijo los desfigure espiritualmente, que defectos nuevos sustituyan a los antiguos, a los que la convivencia ya ha conferido encanto y ternura.

Cuando ya están pensando en volver a casa, un grupo ruidoso invade la panadería. Muchos llevan camisetas de líderes o partidos políticos de izquierda y uno de los chicos enarbola una bandera arcoíris. Compran botellas de agua, refrescos y pastas saladas para llevar. Entre los que esperan en la acera hay dos niños pequeños, uno es un bebé explorando el mundo desde una mochila de porteo colgada del cuello de su padre, y el otro un niño de unos cinco años que va en patinete. Los clientes de la panadería empiezan a reaccionar. La mujer que había iniciado la conversación con Manuela grita «Él no», y el grupo reacciona inmediatamente, haciendo un coro entusiasta y dirigiéndose a su mesa para brindar ceremoniosamente. Otra mujer, que está sentada con un hombre en una mesa un poco más al fondo de la panadería, grita, no sin cierta ligereza, que el gran líder de la izquierda está en la cárcel. Risas, abucheos y consignas rebotan con intensidad creciente, hasta que el hombre que está en la caja mira al grupo con lo que podría describirse como una petición amable para que se vayan. Mientras el grupo acata la petición y sale por la puerta de la panadería a la acera, Manuela coge del brazo a una chica cuyas extremidades, a la vista por fuera de unos vaqueros cortos y una blusa azul abotonada, están cubiertas de docenas de pequeños tatuajes, poco profesionales y dispersos, como si hubiera sido víctima de un niño con un estuche de sellos de estampación, y le pregunta si están yendo a votar. La chica dice que sí, que van al colegio Bom Jesus, el lugar de votación de todos ellos, a pocas calles de allí. Lucas sabe que ese es también el centro donde debe votar Manuela. Saca la carpeta de documentos de la mochila y comprueba que sus carnets de identidad están dentro junto con los demás papeles, certificados y tarjetas sanitarias. Se miran y toman una decisión sin necesidad de mediar palabra.

Manuela va a pagar la cuenta mientras Lucas persigue al grupo unas decenas de metros y les pide que esperen un minuto. Ella aparece enseguida en la acera caminando hacia ellos con paso firme y una sonrisa en los labios, sujetándose la barriga con las manos. El niño del patinete se ajusta las gafas de montura redonda en la cara y grita, señalando, que esa mujer debe de haberse tragado un elefante. Al ver que ella se ríe y acaricia el pelo del niño, a Lucas le entran ganas de estrangularla de tanta pasión. Su propio hijo se prefigura en su mente, esta vez como un recién nacido al que Manuela y él bañan en una bañera llena de agua tibia con jabón, todavía perdido, necesitando amor incesante, buscando con sus ojitos de salamandra la imagen borrosa de la madre. ¿Qué inesperada poción de instintos y representaciones mediáticas es capaz de evocar dicha imagen? Era difícil imaginar con tanta nitidez al hijo que estaba a punto de llegar, y desde el inicio de las contracciones de Manuela apenas había pensado en él, exhausto y angustiado como estaba, pero ahora el vástago de sus genes vuelve a ser una entidad presente en su mundo, esa potencialidad casi realizada, una ignición de vida lista para sumarse a la conflagración general de la existencia. Contiene las lágrimas mientras echan a andar todos juntos y Manuela explica a los nuevos compañeros su estado actual. La chica llena de tatuajes y el padre con el bebé en la mochila de porteo los miran con cierta desconfianza, o quizá solo con recelo, pero ahora ni Lucas ni Manuela tienen espacio en sus pensamientos para sentimientos de irresponsabilidad o consideraciones de riesgo, son cuerpos movidos por pura emoción y júbilo, reintegrados en un flujo de energía social del que se habían apartado. Otra chica con un peto vaquero y cola de caballo ayuda a Manuela y alaba su actitud, dice que es realmente increíble e inspirador que salga de casa en ese estado para garantizar un futuro digno para su bebé. Manuela levanta el puño y grita «Embarazadas contra el fascismo», y acto seguido una nueva contracción la inmoviliza. El grupo de jóvenes se desestabiliza, el niño del patinete queda petrificado, asustado, las madres de los niños se acercan para ayudarla a respirar o simplemente para observar el episodio con mirada consternada, evocando sus propias vivencias. Una de ellas estuvo de parto tres horas, la otra tuvo eclampsia y se le practicó una cesárea. Manuela se recompone, siguen adelante y la subida hacia la plaza Marechal Deodoro se vuelve empinada. El grupo se cuestiona si Manuela conseguirá llegar, si no quiere llamar a un Uber para salvar la distancia que aún le falta, que ya está siendo bastante heroína solo por haber salido de casa, pero ella no admite esa posibilidad. En lo más íntimo, la caminata hasta la urna se ha convertido ya en una cuestión de vida o muerte, siente que tiene la misión de registrar su voto, que, si había algún designio en un sufrimiento tan prolongado y absurdo, era precisamente ese, y que el parto solo se materializará tras esa romería.

Cuando llegan a la calle Duque de Caxias, son hostigados por los pasajeros de un coche que pasa. «¡Llorad, petistas!», les gritan. «¡Fuera maricones de nuestras calles!». No es posible distinguir muy bien a cada persona, pero se puede entrever que todos los asientos están ocupados. El chico que enarbola la bandera de colores se queda callado, agitando mecánicamente su estandarte. El coche, un jeep urbano pequeño y compacto, se detiene frenando bruscamente en el semáforo en rojo que hay un poco más adelante, evitando colisionar con los vehículos que ya aceleraban en la vía perpendicular. Una parte del grupo aminora la marcha y sugiere esperar hasta que el coche avance con el semáforo en verde, para evitar líos, pero los demás, incluidos Manuela y Lucas, dicen que ni pensarlo, nadie se para. Cuando llegan al cruce, el semáforo de peatones está parpadeando en rojo, pero empiezan a atravesar la calle de todos modos. En medio de la travesía, Manuela se para. Lucas, que camina a su lado, todavía da unos pasos antes de percatarse y volver la cabeza. Manuela está mirando el parachoques del jeep y parece estar a punto de hacer o decir algo. Por un instante, la realidad se contrae a su alrededor como un músculo electrocutado. Lucas quiere tirarle del brazo, se prepara para forcejear, pero no pasa nada y de repente Manuela se mueve, da unos pasos más y llega a la acera de enfrente. El jeep acelera, cruza el viaducto Otávio Rocha y desaparece en la siguiente curva. Caminan la manzana y media que aún los separa del colegio electoral temblorosos y efusivos, deleitándose con la travesía entre los peñascos de cemento que se yerguen a ambos lados de la avenida Borges de Medeiros, seguros de que el acto que están a punto de desempeñar tendrá alguna importancia en la gran mejora de las cosas.

Todavía es pronto, pero el colegio alberga dos decenas de secciones y ya se están formando colas para acceder a las cabinas. Lucas se percata de que hay varias personas con camisetas de la selección brasileña y otros atuendos amarillos o verdiamarillos, el uniforme del nacionalismo de la derecha. Abre la mochila y encuentra, para su alivio, la camiseta gris sin estampar que se ha traído de repuesto por si iban directamente al hospital. En medio de la pequeña multitud que se forma en la entrada, se quita la camiseta amarilla con el título de la canción de Júpiter Maçã y se pone la gris. Espera la recriminación de algún interventor, pero nadie parece haberle prestado atención. Quien atrae todas las miradas es Manuela, que se ha colado en la fila para consultar el aula donde está su sección y tiene una de las contracciones más fuertes delante de las listas expuestas en un tablón. Sin hacer caso del alboroto, da la mano a Lucas y lo conduce por los pasillos hasta una de las salas, donde de nuevo se salta la cola, esta vez siguiendo las normas de prioridad, firma el formulario, entrega el documento, accede a la cabina y vota. Lucas escucha el sonido que emiten las distintas urnas electrónicas que le rodean y empieza a embargarle una sensación de fatalidad que se manifiesta como un hedor. Comienza a sentir náuseas que podrían ser de hambre, de nerviosismo o del ascenso a la superficie de una percepción tan venenosa como natural, tan sorprendente como evidente, como el metano que burbujea en el hielo derretido de las tundras siberianas y en el lecho de los océanos recalentados. Manuela regresa con la mirada radiante de la misión cumplida y él decide utilizar todas sus fuerzas para mantener sumergida esa percepción nefasta, para tragarse las arcadas, pues lo que se requiere de ambos ahora todavía es potencia de vida, credulidad, esperanza. En la entrada del colegio se encuentran con algunos de sus compañeros de caminata y se despiden con largos abrazos. Todos desean a Manuela que tenga un buen parto y se ofrecen a ayudar de alguna manera. Manuela pregunta a Lucas si también quiere ir a votar, pero su sección está demasiado lejos, en la zona residencial IAPI. Deliberan y deciden volver a casa, esta vez llamando a un coche por la aplicación.

Entran en el apartamento y se besan en el aire enfriado. Unos pocos rayos de sol iluminan el salón, pero el pasillo que lleva a las habitaciones los recibe con una oscuridad profunda y fértil. Manuela no deja que Lucas se aleje, lo sujeta por los brazos y le dice que necesita apoyarse en él. Se aferran el uno al otro, sus corazones palpitan. Hay un deseo irreprimible de contacto, de un amor que va más allá de lo mental. En el dormitorio iluminado solo por las rendijas de la persiana cerrada, esquivan cajas y bolsas con ropa que van a desechar y aparatos electrónicos viejos, tienen cuidado de no derribar las lámparas y una máquina de escribir eléctrica que están cerca del borde de la cómoda, se desnudan y se tumban en la cama deshecha por tanta espera. Llega una contracción y esperan a que termine, una mera manifestación de vida a esas alturas. El calor y las caricias, piensa Manuela, quizá accionen las hormonas del placer que desatarán el último nudo, inyectarán un alucinógeno que revelará el legendario placer de las contracciones de las que hablaba Brenda, la abrirán por dentro para liberar a su vástago. Se imagina presillas siendo abiertas en sus vísceras retorcidas. Todo eso la calma, pero no inaugura nada, ninguna etapa nueva. Cuando se despegan, Lucas echa una cabezada boca arriba, con las manos detrás de la cabeza, respirando despacio y sobresaltándose de vez en cuando. Ella se toca, siente al bebé. Dialoga con él en las sábanas sumergidas y preverbales de la introspección hasta que llegan a un acuerdo. La calma da paso a la resignación, y esta a una resolución. Manuela se levanta, se da otra ducha, se viste y decreta el fin de las negociaciones con el cuello del útero. Llama a la obstetra y la avisa de que en una hora estarán en el hospital para hacer lo que sea necesario para que el bebé salga.

Cuando entran en el taxi, es casi mediodía del domingo. Manuela no tiene miedo, pero le amarga el sabor a derrota por no haber podido cumplir lo que se había impuesto a sí misma. Algo le dice que no es posible, que debe estar con diez centímetros de dilatación después de casi tres días de suplicio, lista para parir bajo la orientación de la obstetra en un ambiente creado únicamente para eso, con equipamiento y profesionales. El taxista anciano y taciturno contribuye al clima pesaroso. Lucas está catatónico pero le agarra la mano con fuerza, y ella intenta concentrarse en el alivio de pensar en la resolución que se avecina, sea cual sea. Él rompe el silencio para preguntarle si de verdad no quiere que entre en la sala de partos para hacerle compañía. Manuela, que está casi todo el tiempo con los ojos cerrados, como si escuchara música atentamente con unos auriculares invisibles, gira la cabeza y abre los ojos. No, dice, será peor. Prefiero entrar sola. No vuelven a abrir la boca durante el resto del trayecto. La fachada soleada del hospital enclavado en el bosque parece un lugar completamente distinto al que visitaron la madrugada del sábado. El edificio brilla, la gente entra y sale como si estuviera allí por voluntad propia, visitando una atracción cultural, los pájaros cantan y los cursos de agua susurran en el bosque circundante. Se repiten los mismos procedimientos de admisión, la llevan al área de obstetricia en una silla de ruedas y Lucas va a rellenar los formularios. Es día de visitas, por lo que las salas de espera y los pasillos están llenos de parientes y amigos que esperan visitar a pacientes o recibir noticias. Nadie allí parece estar pensando en las elecciones. Los rumbos de la democracia o los ecosistemas terrenales son futilidades risibles frente a la supervivencia o el bienestar inmediato de aquellos a los que esas personas más quieren en la vida. El mundo entero palidece ante la reacción a un medicamento, la precisión de un bisturí, la eficacia de una anestesia, la actuación de un sistema inmunitario, la constatación corrosiva de que el dolor es, a pesar de los paliativos de la medicina y del afecto, una experiencia solitaria. Hasta que llegue una buena noticia, estar vivo se limita a esa angustia, a la preocupación por las facturas del hospital o por el trabajo que no se está haciendo. Pero hay quien ya tiene buenas noticias en la maternidad, abuelas llorando de alegría incluso antes de que el padre aparezca con el recién nacido por la ventanilla, amigos comentando con un brillo en la mirada que hoy un bebé prematuro o una madre en recuperación tienen mucho mejor aspecto. En un rincón de la sala, una familia numerosa se pelea a gritos con sus hijos pequeños que no paran de armar follón. En otro, una adolescente con la cara muy maquillada, delicados pendientes dorados y una barriga de nueve meses espera a ser atendida sentada junto a su madre, que la hace sonreír de vez en cuando enseñándole algo en la pantalla del móvil. Por todas partes, los campanilleos de mensajes entrantes y de juegos tintinean como móviles sonoros al ritmo de una brisa inexistente. Lucas engrosa las colas de la sala de espera de la maternidad, mirando fijamente la pantalla del televisor sin registrar qué programa se está emitiendo, dejando que los haces de electrones acaparen su visión para que su mente pueda desconectarse lo más posible. Pronto empieza a cabecear, nunca ha sentido tanto cansancio, se ha transformado en un inmenso invertebrado para el que la gravedad y la presión atmosférica de este planeta son insalubres. Le duele la cabeza y sus pensamientos ya no pueden formarse a partir de la masa bruta de la emoción. Una enfermera lo llama por su nombre. Manuela está bien, pero solo ha dilatado tres centímetros. Lucas le da las gracias y se levanta de la silla de plástico. La gestación ha sido impecable, todos los análisis ejemplares, es como si Manuela estuviera siendo castigada ahora para alcanzar la media de sufrimiento reservada a todos los que se atreven a mancillar con vida el candor de la materia inerte que estaba tranquila en su rincón sin molestar a nadie.

Una figura familiar entra en la visión periférica de Lucas. Es la obstetra, que camina presurosa hacia la puerta del ala obstétrica. Da media vuelta y se acerca a hablar con él, apurada y sonriente. Manuela la ha puesto al corriente de la situación por teléfono, pero le pregunta si hay alguna novedad y él menciona los tres centímetros de dilatación. La obstetra hace una mueca cómica y dice que probablemente pasarán el resto del domingo allí. La ligereza con la que maneja la situación es cautivadora, Manuela la adora precisamente porque es un poco desenfadada y loca. Se coloca una toca cuadrada de hospital en la cabeza, junta las manos para chasquear los diez dedos a la vez, se despide y se marcha con sus piernas musculosas embutidas en unos vaqueros con el dobladillo subido, y atraviesa la puerta batiente. Lucas se queda en la sala de espera en estado de suspensión. Cada movimiento de inspiración y espiración parece endurecer un poco más la argamasa homogénea de su cuerpo. Recapitula las cosas más dispares y aleatorias. Una receta de salsa barbacoa, el rendimiento de su cuenta de ahorro, un comentario torpe que le hizo a una compañera de clase, un nivel de un videojuego. Párrafos de artículos en los que trabajó durante horas en busca de la perfección aparecen en su mente íntegros, desde la primera hasta la última palabra, con la sintaxis codificada en colores y con marcas de revisión. Se duerme algunas veces y se despierta de pronto asustado, como si el desenlace de todo lo que importa ahora también dependiera de su vigilia. Dos horas más tarde, la obstetra vuelve a aparecer y le dice que todo va bien, que Manuela ha sido anestesiada y que quizá el parto se produzca en una o dos horas. Pero Lucas se queda en la sala de espera hasta bien entrada la tarde y no pasa nada más. El hospital empieza a vaciarse. En un momento dado se llevan a la adolescente que estaba allí con una bata quirúrgica a la sala de partos, y poco después una enfermera se asoma a la ventanilla y enseña un bebé a la emocionada abuela, que le hace fotos con el móvil. Sus solicitudes de información a las enfermeras que entran y salen se quedan sin respuesta o se limitan a repetir que la paciente y la obstetra siguen en la sala de partos esperando la dilatación. Finalmente Lucas quita el modo avión del móvil. El aparato vacila como un insecto rescatado de las aguas de una piscina, pero quince segundos después empiezan a aparecer notificaciones. En la portada del periódico online, Lucas comprueba que las votaciones se han cerrado hace unos minutos y revisa los sondeos a pie de urna. Hay mensajes de preocupación de sus padres, sus suegros y su cuñado. Llama a todos y les dice que ya están en el hospital, que el bebé puede nacer en cualquier momento y que ya pueden venir. Las voces familiares lo reconfortan un poco. Sin embargo, en ese momento piensa que los ha convocado de manera precipitada, a la vez demasiado pronto y demasiado tarde.

Después de eso deambula por el hospital como un espectro, examinando las salas y las plantas en busca de distracción, explorando pasillos ya vacíos de visitantes y ahora solo recorridos por enfermeras de semblante estoico que caminan lentamente, como si estuvieran un poco perdidas como él. Sabe que no puede quedarse mucho tiempo por allí, que su hijo puede nacer o pueden llegar sus familiares. Todavía tiene una o dos horas de autonomía, quizá el último tiempo de soledad que tendrá durante meses o años. Pero la sala de espera se le hace insoportable, una celda que se llenará poco a poco de un gas mortífero hasta que descifre un enigma que aún no sabe ni dónde encontrar. Llega a la tercera planta, donde están las salas de hospitalización para las madres y sus recién nacidos. Algunas de las puertas junto a las que pasa están entreabiertas y ve a mujeres amamantando a sus retoños, bebés que ya han salido de ellas pero que siguen dependiendo de sus cuerpos como antes. Tras volver sobre sus pasos hasta la recepción de esa planta, ve que una monja con hábito está al otro lado del mostrador. Se acuerda de que el hospital está administrado por una congregación de monjas católicas. La mujer le da las buenas noches y él le corresponde. Es baja y delgada, tiene la cara seca, como de ave, y lleva unas gafas de aros finos y redondos. Lucas se da cuenta de que tiene lágrimas en las mejillas y se las enjuga, avergonzado. La monja le pregunta y él se lo cuenta todo. Cree que su mujer y su hijo podrían morir. Tiene miedo de ser un pésimo padre, de no poder ganar dinero. Tiene miedo de lo que será del país el año que viene. De no entender ya nada más. La monja le pregunta si tiene fe. Él responde que no. Ella opina que puede ser importante para él tener algo de fe, del tipo que sea, siempre que no sea en cosas inútiles como el dinero o aprovecharse de los demás. Él no dice nada. En cuanto a ser un buen padre, sigue diciendo la monja, enseguida descubrirá que no es difícil. Que es muy sencillo. Tiene que enseñar a su hijo a amar la vida. Eso es todo. A amar la vida y a todas las criaturas que existen, desde el hombre hasta las cosas más pequeñas y frágiles. Por su cabeza pasan todas las razones por las que el desafío no es tan sencillo como dice la monja. Le dan ganas de decirle que en ese preciso momento se está causando un gran daño a la sociedad y a la existencia de innumerables criaturas, desde el hombre hasta las cosas más pequeñas y frágiles. Un daño que puede tardar años, quizá toda la vida, en ser remediado. Que quizá sea irreversible. Y que no pocas veces es justificado por sus perpetradores en esos mismos términos de amor a la vida. No, está a punto de responderle, todo es mucho más complicado. Y sin embargo las palabras de la mujer le quitan, hay que reconocerlo, parte del miedo que lo atormenta. ¿Por qué resistirse? No importa tanto lo que ella le dice, sino el gesto y su resultado. Lucas permanece callado, deja escapar una sonrisa forzada. No es el tipo de hombre que se confesaría en su lecho de muerte tras toda una vida de rechazo a la religiosidad y al misticismo. Pero no tiene objeciones importantes a la recomendación de la monja, aparte de la alegada suficiencia. Amar a todas las criaturas, sí, especialmente a las más débiles. Es algo que tendrá el placer de enseñar a su hijo. Él mismo se convertirá en alguien mejor a través del esfuerzo que dedique a hacerlo. Por alguna razón piensa en los helechos de Manuela, en sus hojas diminutas, suaves y finas. La monja dice que en esa misma planta, un poco más adelante por el pasillo y girando a la izquierda, hay una pequeña capilla donde se pueden dejar notas para que el sacerdote rece por alguien. A algunas personas les gusta ir allí y dejar una nota, añade, incluso las que no tienen religión. No hace ningún daño. A Dios no le importa si él cree en Él. Puede hacerle bien. Lucas asiente con la cabeza, le da las gracias y las buenas noches. Duda un poco, pero va a la capilla. La sencillez del recinto le recuerda a un aula de una clase para adultos. Hay una pizarra blanca sin nada escrito, una hilera de bancos de madera, la mesa del cura, un jarrón con flores naturales que empiezan a marchitarse, crucifijos, un Cristo. Lucas encuentra la urna, arranca una hojita cuadrada de la libreta, coge un boli y escribe un ruego para que recen por la salud de Manuela y del hijo que va a nacer. Introduce la nota por la ranura y baja a la segunda planta, donde solo encuentra más puertas y más silencio.

Hace horas que no fuma, pero extrañamente no tiene ganas. Apoya las manos y la frente en el cristal de una ventana que da a la calle y ve una colina coronada por una empalizada de antenas y torres de telecomunicaciones. Las luces parpadean en la penumbra como si fueran el panel indicador de las innumerables transacciones humanas que están siendo enviadas por las ondas de radio. Las informaciones sobre todo y todos circulan a la fuerza, de forma instantánea, deseada o no. El resultado de las elecciones, las series de televisión, las muertes y las curaciones, todo menos lo que él necesita saber. Un barullo de estática y una sensación de humedad penetran en sus oídos y su garganta, se filtran en su piel, le irritan la nariz, llenan sus venas de ruido blanco. Saber tantas cosas y no entender nada, es desconcertante. Suspiros profundos, involuntarios, estallan en el pecho de Lucas. Cuando consigue recomponerse, retoma el camino a la sala de espera de la maternidad y se acomoda de nuevo para aguardar la llegada de noticias.

# TOKIO

–Empecé a odiar de verdad a mi madre después de cierta noche en Tokio, cuando tenía dieciocho años –anuncié al círculo de diez personas que me escuchaba atentamente–. Ahora no es momento de entrar en detalles. Antes de aquella noche ya había empezado a despreciar un poco en lo que se había convertido, sentía que la había perdido, o que me había sometido a un abandono lento y gradual que nunca se asumió como tal. A pesar de ello, a nuestra manera, nos llevábamos bien. Ella cuidó muy bien de mí hasta cierto punto, sabía ser cariñosa, incluso en los últimos años, a distancia. Pero nuestra relación no... acabó bien. –Hice una pausa, tratando de buscar las palabras para continuar–. Era una mujer pequeña y pelirroja que se pasó la vida refinando una sensibilidad inhumana, más aficionada a las máquinas ficticias y a las abstracciones financieras que a sus familiares o a sus semejantes, como si quisiera negar ante la sociedad la apariencia angelical que la genética le había concedido. En los años de mi preadolescencia se convirtió en eso que se solía llamar una capitalista de riesgo, la primera mujer brasileña y una de las pocas del mundo que figuraba en ese club de multimillonarios que buscaba definir el futuro invirtiendo en nuevas tecnologías. Tuvo una breve etapa mediática como gurú neoliberal en la década de los años veinte y fue noticia aquí y allí cuando invirtió en proyectos de rastreo de datos y geoingeniería en Brasil. Los que estaban al corriente de estos temas sabían que apoyaba a algunos gobiernos autoritarios para obtener ventajas en el acceso a materias primas, y cosas por el estilo. Sin embargo, también invirtió en investigaciones constructivas. Vacunas, bioenergía. Seguro que aquí algunos se acordarán de ella. No de la persona en particular, por supuesto, porque era huraña y casi nadie la conocía. Revelé su nombre. Algunos de los miembros más veteranos del grupo sentado en el círculo de sillas dieron muestras de reconocimiento, levantando las cejas o sonriendo ligeramente y asintiendo con la cabeza.

—Pues bien —dije, evidenciando que estaba a punto de concluir mi discurso de presentación. Saqué a mi madre de la mochila de lona beige y raída que sostenía entre las piernas. Enseñé a todos el dispositivo ovoide que la contenía, sintiendo en las palmas de mis manos sudorosas el tacto agamuzado y tibio del revestimiento sintético—. Aquí está. —Y, mirando al Terapeuta con una intensidad que puso de manifiesto todas mis inseguridades, añadí que mi propósito, como él y los demás ya debían de sospechar, era matarla.

—Matar —repitió el Terapeuta, como si yo acabara de recordarle la existencia de la palabra—. Formatear. Borrar, enterrar, dar descanso, suspender, desconectar, liberar. Las palabras que elegimos para ese gesto son muy diversas, y aquí en el grupo ya hemos escuchado de todo tipo. Algunas bastante curiosas.

El Terapeuta hizo una pausa y se ajustó las gafas de montura redonda. Tenía el pelo claro y desgreñado, iba sin afeitar y sus dientes parecían soldados con un sarro verdoso. Con todo, su postura era aplomada, vestía ropa nueva o bien conservada, y de alguna manera se notaba, incluso a distancia, que olía bien. Su trabajo allí era voluntario y muy probablemente las contribuciones espontáneas fueran su única fuente de ingresos.

—Es interesante observar también —siguió diciendo— que has llamado madre a la copia que traes. «Mi madre». Quizá nunca hayas reparado en ello. Los términos de parentesco son los más comunes, pero no los únicos. La gente viene aquí portando a sus maridos, esposas, padres, madres, nietos, abuelos, hermanos. Amigos. Compañeros. Una vez, incluso, tuvimos una niñera. La familia escaneó a la mujer que había cuidado a cuatro generaciones de sus bebés. Sin embargo, también hay otras formas de dar nombre a las copias. Uno de los términos más comunes es «pupa». Lo propusieron los primeros psicoterapeutas encargados de resolver el problema de las copias y ha acabado siendo adoptado por los medios de comunicación. Al igual que las pupas de los insectos, las copias existen en una fase intermedia, ni larvaria ni adulta. Son criaturas latentes. La cuestión de si podrán o no superar ese estadio y salir del capullo, desplegando sus alas, todavía es incierta. Y la idea de este grupo de apoyo es que podamos ayudarnos mutuamente a lidiar con esa incertidumbre. –El Terapeuta dejó que sus palabras flotaran en el aire unos instantes–. Bento y Nora llaman a los suyos pupas –dijo, señalando a un hombre bastante mayor, con la cabeza cubierta por una gorra de punto gris, y a una chica muy joven, de una delicadeza casi impúber, con un semblante severo y una larga melena morena y rizada, que sonrió hastiada con la boca ladeada y señaló con el pulgar al androide que había de pie a su espalda, envuelto en una funda protectora gris mate con cremallera, que podría servir a la perfección para acondicionar un cadáver.

»Aquí ha habido gente –siguió diciendo el Terapeuta– que trataba a su copia como una cosa o la llamaba ángel o bebé. Mi amor. Cariño. O incluso con términos más cosificadores, como "juguete", "máquina", "archivo". "Mi papaíto", la llamaba una chica el año pasado cuando empezó a frecuentar el grupo, pero al final se fue diciendo "este trasto". Las sesiones hacen brotar apodos íntimos y términos groseros. Y hasta cosas pintorescas. Isaura llama a su copia "la Mosca". –Y esta vez el Terapeuta señaló con la cabeza a una mujer gorda y sonriente, con el pelo reseco y una papada enorme.

–Por la película –me explicó Isaura con una mueca cómica, añadiendo que lo entendería mejor cuando conociera al pobre de su exmarido, Davi, que hoy desgraciadamente se había quedado en casa ideando nuevas maneras de revolverle el estómago a la gente.

Casi todo el mundo se rio o intentó contener una sonrisa, y yo también me eché a reír y me sentí ligero por primera vez desde que había llegado allí. En aquellos momentos todavía no sabía qué tipo de conversación encontraría en el grupo de apoyo, si predominarían las cuestiones técnicas, filosóficas o psicoanalíticas, aunque sin duda habría espacio para alguna irreverencia relacionada con el problema común que nos atormentaba, el tipo de alivio cómico que presuponía todo un conocimiento existencial implícito y compartido.

–De todos modos –continuó el Terapeuta–, quiero que entiendas que no existe una base teórica bien desarrollada, ni siquiera un conjunto de premisas consolidadas, para juzgar la relación de cada guardián con su copia. La historia que cada uno ha tenido con la persona escaneada, la morfología del artefacto que alberga la copia y la relación desarrollada hasta la fecha entre el guardián y esa copia, todo eso hace que cada caso deba ser conocido e investigado casi desde cero, aunque algunas consideraciones generales puedan, por supuesto, ser útiles.

Dije que lo entendía.

–No hay una definición general satisfactoria para lo que tú has denominado como tu madre –dijo el Terapeuta.

Le repetí que lo entendía.

Ocho años antes había conseguido comprar mi apartamento actual en la avenida Angélica con el dinero que mi madre me dejó, una fracción ínfima de su riqueza, dosificada cuidado-samente, creo, para que me decidiera a disfrutarla en lugar de rechazarla o destinarla completamente a la caridad. Situado en la séptima de las doce plantas de un antiguo edificio resi-dencial medio afrancesado de la élite de São Paulo, el piso tenía doscientos cincuenta metros cuadrados de superficie útil. Con la ayuda de un préstamo del Banco Mundial para la Seguridad Alimentaria, y en cumplimiento de las directrices municipales de zonificación que exigían que todas las propiedades de la zona estuvieran ocupadas por unidades de producción de alimentos o de insumos básicos, convertí mi casa en una granja urbana de acuaponía.

Al principio las peceras, improvisadas con dos piscinas recuperadas de un derribo, y las parcelas de hortalizas se encontraban en diferentes habitaciones de la misma planta. Todos los viernes recibía los residuos de compostaje en garrafas que me suministraba gratuitamente la SABESP, la empresa de gestión de aguas y alcantarillado. En un tanque de procesamiento que parecía un pequeño submarino de aguas profundas, los lodos de las aguas residuales humanas se transformaban en alimento para tilapias y doradas de agua dulce. Las bacterias convertían los excrementos de los peces en nitratos, que absorbían directamente las raíces de las plantas, lo que a su vez regulaba la toxicidad del agua. La energía procedía de los paneles solares que cubrían toda la superficie exterior del edificio, incluidas las ventanas. Empecé a producir cantidades crecientes de berros, ocras, espinacas y tomates. Dos años más tarde, el buen rendimiento de la granja me aseguró otro préstamo público y pude comprar el apartamento de arriba.

La granja pasó a tener dos pisos. La planta inferior estaba ocupada en su mayor parte por tanques de agua dulce y salada, donde vivían peces y crustáceos, y por unidades de procesamiento de aguas residuales más modernas. En la planta superior estaban las parcelas de hortalizas, que poco a poco fueron adquiriendo el color de las calabazas, los pimientos, las patatas y las judías, y las parcelas de algas comestibles y otras variedades especiales, que vendía como insumo para las industrias de bioplásticos y combustibles. En el tercer año de actividad, el Ayuntamiento instaló en mi edificio unas cañerías que transportaban las aguas residuales de la ciudad con grifos directos al interior de las unidades. Conseguí, a veces con breves experimentos que más tarde fracasaban y a veces de manera continuada, criar salmones, meros, pirarucús, langostas y anguilas. Los pulpos me derrotaban en todos los intentos, pues siempre encontraban la manera de sabotear los tanques o emprender fugas espectaculares a otros rincones de las instalaciones, algo que a veces, aunque mis perros se mantuvieran de los moluscos a una distancia que me arriesgo a calificar de reverente, causaba su muerte y me entristecía y angustiaba durante días. A pesar de todo, acabé quedándome con tres especímenes que se adaptaron mejor a mi acuario y se convirtieron en mis mascotas.

A partir de entonces, sentí que había conseguido lo que buscaba. La granja no era la expresión de un espíritu emprendedor ni de un deseo altruista de ayudar a mis semejantes a seguir teniendo alimento en una tierra que ellos mismos habían devastado. El espíritu empresarial ocupaba los peldaños más bajos de mi escala de valores y mi tendencia misántropa había aumentado desde mi juventud con la paciencia y la solidez de una estalactita. Lo que buscaba y había conseguido con la granja era la dedicación a un sistema que pudiera construir desde cero y que me absorbiera por completo. Dormía, cocinaba y trataba de llevar una vida organizada y austera en una de las habitaciones más pequeñas del piso de abajo, mi cueva particular dentro de aquel vivero densamente ocupado por tuberías, peceras, mangueras, parcelas, motores eléctricos e invernaderos. Solo recientemente había logrado instalar en algunas ventanas una placa solar carísima que convertía la energía suficiente para cumplir la ley y al mismo tiempo dejaba pasar una cantidad residual de luz del exterior. Vivía con Vento y Bethânia, un enorme chucho amarillo y un bóxer con una prótesis en la pata delantera, en nuestro hábitat iluminado con bombillas led y saturado de fragancias de sustancias químicas y materiales orgánicos diversos, aislado de la claridad bruta y del ruido insalubre de la megalópolis recalentada, escuchando la sinfonía minimalista que creaban los gorgoteos de las criaturas acuáticas y las docenas de bombas diminutas que movían los líquidos de la intrincada red hidráulica que mantenía el equilibrio de la granja. Yo me veía a mí mismo como un órgano vital de aquel organismo. No podía parar, no podía fallar.

Y así no pensaba tanto en Cristal, la única mujer que había amado en la vida. No pensaba en mi padre, que no conocía, ni en si estaría vivo o muerto. No pensaba en mi madre, una chiflada que decidió renunciar a esta vida a los cincuenta y seis años para escanear el contenido de su cerebro, creyendo que eso le garantizaría la vida eterna. No pensaba en el calor insoportable de las calles ni en las superbacterias sépticas que masacraban a quienes vivían fuera de los ambientes controlados de las metrópolis. En vez de eso, pensaba en niveles de pH, en el mantenimiento de las cañerías, en la buena relación entre la pecera de crustáceos y la parcela de coles kale, en la sedosidad cremosa de la parte superior de la cabeza de mis perros, a la que la palma de mi mano podía acceder en cuestión de segundos con el breve silbido de un par de notas.

Sabía que era un hombre solitario incluso para los estándares de mi época, un desapegado entre los desapegados, pero en realidad no echaba de menos ningún contacto social más allá de las escasas reuniones con proveedores y clientes, las conversaciones de audio con tres amigos de toda la vida con los que también salía a beber dos o tres veces al año, y las visitas igualmente infrecuentes de mujeres de compañía que a veces, a petición mía y normalmente entusiasmadas, me cortaban el pelo. Casi todos los edificios del barrio estaban ocupados por granjas como la mía, pero la mayoría de los productores vivía en otros inmuebles o habitaba la granja con sus familias o compañeros, y mi fama monástica, de la que era conocedor sin obtener por ello satisfacción o disgusto, se extendió por la comunidad. La Granja Urbana Cristal absorbía toda mi atención y me proporcionaba unos ingresos complementarios que duplicaban la renta básica universal. En el capitalismo del pasado, me habría convertido en un hombre rico.

El único acontecimiento que sacudió mi rutina en aquel periodo fue la visita de la representante de Heracle, que una mañana de invierno de hace tres años, meses después de que el apagón mundial y de que la escasez de metales hubieran llevado a las últimas empresas de tuberías a cerrar sus operaciones, llamó al interfono y dijo que venía a entregarme la copia maestra de mi madre, o su *self,* como ellos la llamaban. Al principio sospeché que podría tratarse de algún tipo de estafa para extorsionarme o invadir mi propiedad. Me pareció entender vagamente que una copia suya estaba almacenada en algún servidor clandestino, probablemente en otro país o incluso en otro continente. Pero yo consideraba que estaba muerta. Lo que se aprendió sobre aquellas copias, en los años posteriores a la aprobación del uso de esa tecnología en varios países, fue que no funcionaban. A excepción de un puñado de idiotas aficionados, al final todo el mundo se convenció de que la mente no era computable, según atestiguan los resultados de tales procedimientos. Para mí, que nunca me tomé muy en serio eso de hacer un download de la mente, y sobre todo después de los acontecimientos de aquella noche en Tokio, había una dosis de *schadenfreude* en el fiasco de la tecnología, en la vergüenza de los ideólogos posthumanos y en la reciente quiebra de las corporaciones implicadas. Por otro lado, el asunto era grave, epistemológicamente grave, y arrastraba una carga enorme de dolor, pérdida y desilusión. Había muerto gente, algunos se habían suicidado, se habían equivocado, habían sido engañados. Los que se habían sometido a esta tecnología legaban a los vivos un problema inédito y sin solución. Los vídeos que había visto, y los relatos de los traumas psicológicos y de los debates en los tribunales, me habían convencido para no buscar nunca la empresa que había escaneado a mi madre. Pero ellos acabaron llamando a mi puerta.

La representante me mostró a través de la cámara el contrato en papel. La firma de mi madre estaba hecha en bolígrafo azul y era probablemente su última intervención concreta en el mundo. Recuerdo haberme quedado mirando fijamente la pequeña pantalla del interfono mientras escuchaba las patadas y los gruñidos de mis perros enfrascados en una de sus peleas simuladas. Sentí una presión en el pecho que no eran ganas de vomitar, sino ganas de tener ganas de vomitar. La representante quería subir, pero me daba miedo la entrada de extraños en el ecosistema vulnerable de mi granja, así que me puse el equipo de protección individual y bajé. La compañía Heracle, me explicó en el túnel de entrada a mi edificio una joven formal y de pecho abundante, estaba cerrando operaciones como todas las demás empresas similares en el mundo, y ya no tenía condiciones financieras ni materiales para almacenar la copia maestra de mi madre en sus servidores, que estaban siendo desactivados. Hacía mucho tiempo que no veía a una mujer tan bien maquillada y arreglada. Tenía el pelo rubio recogido en una cola de caballo tan apretada que sus cejas quedaban levantadas otorgándole una expresión de curiosidad. De acuerdo con las instrucciones dejadas por mi madre en el contrato, me siguió explicando, la copia maestra se me entregaba a mí, que a partir de ese momento sería su guardián legal según la legislación. El tipo de cuerpo también había sido estipulado por mi madre en el contrato. Era el dispositivo no humanoide más sofisticado disponible en el momento del procedimiento. Desgraciadamente, se apresuró a aclarar la representante, la empresa, dada las circunstancias a las que se enfrentaba, no podía efectuar cambios de dispositivo.

Sentí que se me erizaban los pelos de la nuca cuando dijo «cuerpo», una palabra que, fuera cual fuera el artefacto en cuestión, me sonaba inapropiada. La representante me dejó con una caja que, huelga decir, ostentaba un tipo de lujo de hacía décadas, que ahora se consideraba hortera e incluso ofensivo, un cubo de esquinas redondeadas, de madera lijada y con tapa y tallas de aluminio y vidrio.

Volví a la granja, coloqué la caja encima del pequeño escritorio junto a mi cama y deslicé la tapa, una lámina fina, dura e inmune a la fricción, lo cual me produjo un cosquilleo extraño que se extendió desde la punta de los dedos al resto del cuerpo. Dentro estaba el huevo de tonalidad cremosa, con las dimensiones y el peso de un gran melón amarillo, en cuya superficie suave y cálida al tacto había un único accidente, un pequeño botón circular. Antes de pulsarlo, busqué el manual de instrucciones en la caja, esperando encontrar un volumen grueso de papel fino, con encuadernación también lujosa, hecha de algún material de alta tecnología. Pero no había manual.

Volví a guardar el huevo en la mochila. El Terapeuta me agradeció mi discurso de presentación y dijo que eso era todo lo que esperaba de mí en mi primera participación en el grupo. En la próxima sesión, adelantó, profundizaríamos en mi caso particular. Dio un sorbo largo de café, dejó la taza en el taburete de tres patas que había junto a su silla, pasó unas cuantas páginas de su cuaderno, miró a su alrededor y preguntó a todos si estaban listos para proseguir. El círculo asintió con la cabeza y murmullos.

La sala del sótano era amplia y penumbrosa, recordaba más a un garaje que a un lugar para conversaciones e intercambios de experiencias sobre un asunto tan íntimo y angustioso como el cuidado de copias disfuncionales de seres queridos. No me fue posible ver, desde el túnel refrigerado que me condujo hasta allí, la fachada de la AIPPH, la Asociación para la Investigación y la Práctica de las Posthumanidades, pero por las dimensiones internas el edificio parecía haber sido probablemente una pequeña galería comercial en el pasado. El grupo se reunió justo en el centro del recinto. La temperatura era un poco más fresca que la de los túneles, lo que no era habitual y significaba que la sala estaba muy bien aislada. No había luz en el techo, quizá porque el cableado del edificio era obsoleto. Unas lámparas direccionales amarillas, instaladas sobre pedestales y conectadas por cables a una batería, proyectaban triángulos que se intersecaban en las paredes grises y el suelo de cemento, proyectando aquí y allí las siluetas de las personas sentadas y, en algunos casos, de los artefactos bajo su custodia.

A mi izquierda, en el rincón más iluminado, un revestimiento de espuma sintética de color verde claro, del tipo que se instala en las habitaciones de los bebés o en las guarderías, cubría el suelo y las paredes hasta la altura de una persona de pie. Al lado había una cama llena de almohadas cubierta con una sábana blanca perfectamente alisada, y utensilios como alfombras de goma, cintas elásticas de colores, bloques geométricos de madera, un perchero con ropa y un cesto de paja lleno de objetos diversos entre los que de lejos pude distinguir una linterna, un espejo, un león de peluche. Pensé que quizá la misma sala se utilizaba para actividades con niños o para las sesiones de fisioterapia cibernética que también formaban parte del abanico de actividades de la AIPPH, según su página web.

—Nora —dijo el Terapeuta, volviéndose hacia la chica de rostro severo—. La semana pasada dijiste que ya creías estar lista para conectar tu pupa en casa, después de un intervalo de meses. Me gustaría que nos contaras si ha ocurrido, y cómo ha sido. Y también estaría bien que tuvieras la amabilidad de proporcionar a nuestro nuevo integrante las líneas generales de tu caso.

La chica no respondió de inmediato. Sin mover una pestaña, pareció movilizar todo su cuerpo para conseguir hablar, y al hacerlo volvió la cara bruscamente y me miró.

—Era mi hermana mayor —dijo—. Tuvo cuatro cánceres. Sufría de cáncer recurrente. Durante el cuarto tratamiento, con veintiséis años, quiso someterse al procedimiento. Al principio, mi familia protestó. Ya se había prohibido en la mayoría de los países, pero no aquí en Brasil, claro. La gente seguía viniendo de todas partes del mundo para hacérselo aquí. —Se levantó, sacudiendo ligeramente la cabeza y esparciendo su melena rizada por la espalda. Con blusa y vaqueros negros, parecía una adolescente gótica de principios de milenio. A medida que sus labios se movían al hablar y las emociones brotaban en su fisonomía, sus abundantes líneas de expresión me hicieron pensar que era mayor de lo que aparentaba a primera vista.

Una mujer adulta. Empezó a abrir, sin ningún miramiento, la cremallera de la bolsa que protegía no a su hermana, la persona perdida a la que trataba en pretérito, sino a la copia de su hermana, la pupa o crisálida, el artefacto condenado al limbo—. El dinero no nos faltaba. Mi padre era banquero. Podía pagar a los médicos y los hospitales y podía costear el tratamiento. Creo que para él era más una cuestión de principios. Samanta, así se llamaba mi hermana, tenía periodos buenos entre las recaídas. Trabajaba, era feliz, o al menos lo aparentaba. Mi padre confiaba en la medicina. —Nora terminó de abrir la cremallera y la bolsa se desparramó por el suelo, descubriendo a una mujer desnuda—. Mi madre era evangélica y pensaba que el escaneo era cosa de brujería. —Arrastró un poco la silla hasta colocarla justo al lado de la mujer erguida y dejó caer sus nalgas en el asiento, como si aquel movimiento breve ya la hubiera cansado. Volvió a mirarme—. Pero Samanta nunca fracasó a la hora de imponer sus voluntades. Esto es lo que tengo ahora. Esta muñeca.

La mujer desnuda era, evidentemente, una androide. Sabía que existían androides anatómicamente fieles, pero las fotos que recordaba haber visto se acercaban más a las muñecas eróticas japonesas. La androide de Nora se asemejaba a las esculturas hiperrealistas de Ron Mueck, con pelo y cabellos que parecían aplicados uno a uno, flacidez realista, rugosidades. Sin embargo, enseguida se podía percibir qué faltaba en el artefacto, en especial en los ojos, demasiado brillantes, y en la postura, excesivamente neutra, como la de un maniquí. Además, llamaban la atención unas marcas extrañas en las muñecas y los muslos, como desgastes o daños en el revestimiento que denunciaban la composición artificial de aquella carne, y que me hicieron pensar en las gomas escolares que me gustaba destrozar o desmenuzar cuando era niño, cuando materiales como el plástico, la goma y la silicona todavía se consideraban cosas mundanas, sustancias más baratas que el barro o la piedra, todavía sin rastro de esa cualidad un tanto maldita o espectral que parecen emitir hoy. Al contrario de los receptáculos orgánicos creados por la bioingeniería, aquella construcción totalmente sintética era un cuerpo que no estaba sujeto al empuje inefable de la mortalidad, del potencial para la decadencia. Esa era una de las lecciones que la tecnología nos había enseñado respecto al círculo de la empatía. Un objeto era como nosotros en la medida en que envejecía como nosotros.

—¿Qué quieres compartir hoy con nosotros, Nora? —preguntó el Terapeuta.

—Encendí a Samanta la semana pasada, el jueves, la noche siguiente a nuestro último encuentro. Hacía unos seis meses ya. Intenté recordar lo que hablamos aquí. Tuve cuidado en dejar que ella misma creara el mundo a su alrededor, sin tratar de imponerle el mundo real. O mi propia concepción del mundo real. —El Terapeuta subió y bajó la cabeza, satisfecho—. Como siempre, me trató como si yo aún tuviera trece años. Pero respiré hondo, traté de no contradecirla, de no precipitarme en interpretar todas las cosas confusas que me decía. Con ella siempre pasa una cosa horrible, que se pone a imitar pajaritos. Porque supuestamente, en algún momento de mi infancia, a mí me gustaba que los imitara. Mis hermanos medianos no lo recuerdan, y yo tampoco. Sin embargo, para esta pupa parece ser algo importante. Sonreí y fingí alegrarme mientras ella piaba. Y durante un rato fue agradable. Muy diferente a las veces anteriores. Sentí que de alguna manera la estaba ayudando. Quizá pudiera enseñarme algo que yo tampoco sabía.

—Estupendo —dijo el Terapeuta.

—Y volvió a darle por golpear cosas con fuerza —continuó Nora, apretando los labios y mirando la pared, como si tratara de entender—. Como ya pudisteis ver, le gusta dar golpes y lanzarse contra las cosas. Alguien de aquí opinó que necesitaba comprobar la solidez de los objetos, los límites del entorno. Y tiene sentido. Así que esta vez dejé que destrozara la casa. Rompió una puerta con el hombro. Es muy fuerte.

—Los androides de este modelo tienen una fuerza mecánica absurda —intervino otro miembro del grupo, un hombre que parecía un Bob Marley con sobrepeso, arrellanado en un pequeño sofá colocado en el círculo especialmente para él. A su lado había una androide también bastante realista, excepto por el hecho de medir unos setenta centímetros de altura, estar vestida con unos shorts vaqueros muy cortos y una chaqueta deportiva roja, y calzar unas zapatillas también rojas. No parecía una niña, sino una mujercita encogida de proporciones casi perfectas. Estaba apagada, pero de vez en cuando yo la miraba sobresaltado, pues me daba la impresión de que acababa de parpadear—. Existe un vídeo de los ingenieros coreanos que la crearon en el que se los ve jugando con un prototipo y haciendo que cargue algunos equipamientos pesados como si fuera un toro mecánico.

Todo el mundo se revolvió en sus sillas y Nora lo miró con incredulidad, abriendo los ojos de par en par y esbozando una sonrisa que dejó entrever unos dientes pequeños y separados. Isaura, de brazos cruzados, soltó una carcajada bonachona sin levantar la vista del suelo. Nunca he sido de esos que frecuentan grupos de terapia, pero si sabía algo sobre ellos es que todos tienen su propio emisario de la vergüenza, que les proporciona regularmente el material necesario para la censura tácita de los demás.

—Por cierto, soy Honório —me dijo el Bob Marley obeso, levantando la mano a modo de saludo. Yo se lo devolví inclinando la cabeza.

—Vamos a mantener la concentración —dijo el Terapeuta.

—En fin, una puerta más, una puerta menos —dijo Nora—. Solo quiero que no vuelva a hacerme daño por accidente otra vez. El brazo no se me ha curado del todo. Esta última vez la dejé que explorara el entorno. Me serví una copa de vino, puse música, fui charlando con ella.

—Parece haber sido una experiencia positiva —dijo el Terapeuta—. Has compartido con nosotros, algunas veces, el sentimiento de alienación profunda y el miedo que sueles experimentar en la convivencia con tu pupa. Miedo por riesgo a tu integridad física, incluso. Percibo en el relato de hoy que las cosas han evolucionado un poco.

—Creo que sí —dijo Nora—, aunque no terminó tan bien como me hubiera gustado. Empecé a emborracharme. Silencio.

—¿Qué pasó? —la instó el Terapeuta. Nora suspiró profundamente.

—No intento fingir que pueda ser mi hermana, ¿sabe? Pero eso de no obtener una respuesta inteligible de su parte, de no poder arrancarle nada más que referencias medio fantasiosas a una época en la que yo era pequeña, acaba destrozándome siempre. Empiezo a sospechar que, por culpa de esta mierda de muñeca, yo en cierto modo continúo teniendo trece años. Porque toda esa puta enfermedad suya sigue sin tener solución y yo voy a envejecer y me voy a morir cualquier día y ella se va a quedar ahí, con ese cuerpo que no cambia, siendo una prótesis de silicona parlante, ¡y eso me agota! Me frustra.

—Es comprensible, Nora —dijo el Terapeuta—. Da mucho que pensar. Muchísimo.

—Al cabo de un rato me acerqué a ella y me quedé mirándola, y vi esa cosa rara en sus ojos detectando los míos y ajustando las lentes, como si fuese un iris solo que no lo es, y le pregunté si recordaba haberse pasado media vida enferma y si se acordaba de haber muerto.

—No debes hacer eso.

—¡Lo sé, pero lo hice! Empezó a hablarme de su enfermedad, a contarme lo del cáncer y las recaídas como si yo fuera una niña pequeña. Y, de repente, ocurrió algo que nunca había sucedido antes. Ya la había visto tener convulsiones, la había visto intentar arrancarse partes del cuerpo, la había visto coger un tenedor y clavárselo por todos lados, pero la semana pasada empezó a bailar. ¡A bailar!

—¿A bailar cómo?

—Muy despacito, como bamboleándose, dando pasitos cortos. Inclinando la cabeza lentamente a los lados. Sin dejar de hablarme del cáncer con ese tono condescendiente suyo, como si quisiera protegerme. El baile se fue volviendo muy suave y armonioso, parecía un ser humano de verdad. A veces se encogía y llenaba el pecho de aire, como si tuviera escalofríos, y miraba alrededor buscando algo que no estaba allí. El Terapeuta se inclinó hacia delante. Algo se iluminó en él, y estaba a punto de hablar cuando Nora lo interrumpió.

—Y entonces la apagué. Utilicé el control remoto.

Otro silencio se impuso, más duradero. Sabía muy bien qué me hacía sentir el relato de Nora, pero no habría podido encontrar las palabras para expresarme si me hubieran invitado a hacerlo, y sospeché que a todos los presentes en la sala les pasaba lo mismo. Mientras nadie se atrevía a traspasar la membrana que protegía la pureza de nuestras respectivas introspecciones, advertí que una persona rondaba nuestro círculo a una distancia prudencial, como si no quisiera interrumpir. Era un hombre muy alto, vestido con un traje muy ajustado. En la penumbra solo pude distinguir eso. Ningún otro integrante del círculo, ni siquiera el Terapeuta, le prestó la más mínima atención, de modo que enseguida me olvidé de él.

—¿De qué tenías miedo, Nora? —dijo por fin el Terapeuta.

—No sé, pero he esperado hasta hoy para encenderla de nuevo. Quería hacerlo aquí. Me siento más segura. ¿La podemos conectar hoy?

—Claro. Para eso estamos aquí.

Nora miró alrededor como si buscara la autorización del grupo. Algunos sonrieron y asintieron con la cabeza, tratando de transmitirle seguridad. Luego puso un dedo en la nuca de la androide, que entreabrió los labios, levantó un poco los párpados e inspiró como si despertara de un trance, llenando el pecho de aire. El interior de su boca abierta se humedeció y todo su cuerpo empezó a experimentar microajustes de postura. Nunca había visto nada parecido y me atravesó una descarga de deseo sexual que me dejó profundamente perplejo. Había leído mucho sobre los artefactos creados para albergar copias de mentes, y hasta el día de hoy no había consenso alguno sobre qué ocurría exactamente con los datos almacenados mientras permanecían apagados o en estado de suspensión. Cada vez que yo conectaba el huevo, mi madre se comportaba como si de hecho hubiera permanecido inactiva durante todo el tiempo que había estado apagada, y en general solo daba muestras de actividad después de que yo me manifestara, dándole los buenos días o haciéndole una pregunta, por ejemplo. Era capaz de exaltarse y demostrar emociones intensas a través de la voz artificial, pero su estado estándar se acercaba más a la seriedad inerte de una máquina. Sin embargo, la pupa de Nora no era un huevo equipado con altavoces invisibles. Una vibración recorrió la piel de la androide desde el plexo solar, como si una corriente eléctrica radial erizase su vello translúcido. Al despertar, daba la fuerte impresión de salir de una intensa actividad introspectiva que no cesaba jamás, ni estando desactivada. Aun así, yo tenía mis convicciones y sabía que me estaban engañando. Todos aquellos productos habían sido diseñados para dar en la tecla adecuada de la psicología de los seres humanos que interactuaban con ellos. Al sentir que mi corazón palpitaba de deseo, me asemejaba a un conejillo de indias copulando con un maniquí embebido de feromonas.

–Sé dónde estoy. Os conozco –dijo la androide con una voz que no parecía ni robótica ni orgánica, sino que sonaba, extrañamente, como una grabación.

–Buenas tardes, Samanta –dijo el Terapeuta–. Es estupendo verte de nuevo. –Un coro de saludos tímidos recorrió el círculo del grupo de terapia.

–Tengo frío –se quejó la androide, abrazándose el torso y mirando a Nora.

–La ropa te molesta –le dijo Nora, perdiendo la paciencia–. ¿No te acuerdas?

El Terapeuta se levantó para tomar de la mano a la androide. La máquina se anticipó a su gesto caballeresco y directamente se la tendió, pero sin apartar los ojos de Nora. Me pregunté si sería una actitud intencionada por parte de la androide, una forma mordaz de comunicar a su hermana que así era como quería que la trataran, o si simplemente se trataba de una incongruencia en el comportamiento del artefacto, incapaz de coordinar la atención de la mirada con la reacción al gesto del Terapeuta. Con delicadeza, el Terapeuta condujo a la androide hasta el perchero, del que colgaban diversas prendas. Tras considerarlo un momento, la androide señaló, sin emoción, una bata de rizo rosa. El Terapeuta la ayudó a ponérsela.

—Nora nos ha contado —dijo— que bailaste para ella la última vez que os visteis. ¿Te gustaría bailar para nosotros?

—A mi cuerpo le gusta bailar al son de algunas canciones.

—Puedes elegir la canción que quieras —dijo el Terapeuta.

La androide reflexionó unos instantes, sin que eso ocasionara cambio alguno en su fisonomía. Por fin empezaba a adaptarme a la presencia de aquel artefacto. A pesar del asombroso realismo de la mayoría de sus características físicas, su naturaleza artificial se iba revelando en los detalles de su comportamiento. Se trataba del problema ya conocido de ese tipo de androides que el mercado había etiquetado de antropomórficos hacía una década. Se destinaban miles de millones de dólares en inversión e investigación para simular la oleosidad de la piel y los suaves movimientos rítmicos de la respiración, pero no había manera de simular algorítmicamente la cascada inescrutable de reflejos físicos desencadenada en los organismos biológicos por la experiencia interna de cada instante. Caí en la cuenta de que mi arrebato erótico se había esfumado y dejado en su lugar el sentimiento de vergüenza que sigue a las fantasías estúpidas, como si hubiera tomado prestado el deseo de otra persona y solo ahora me apercibiera de ello. La androide propuso el título de una canción y el nombre de un artista. La música llenó la sala al instante, en volumen creciente, hasta que se estabilizó en un nivel cómodo para los oídos. Era una melodía lenta y minimalista, con piano, bajo y percusión.

—Quería que ella bailara conmigo —afirmó la androide. De nuevo sus palabras sonaban como pregrabadas, no como un lenguaje procesado espontáneamente. Era como si dispusiera de antemano de un archivo con todas las frases que tendría que pronunciar en su existencia, lo que obviamente no era posible—. Pero no quiso. Cada baile puede ser nuestro último baile juntas, hermanita.

Entonces empezó a balancear el cuerpo suavemente en dirección a la esquina forrada de espuma, donde un foco de luz más intensa que la del resto de la sala imitaba el ambiente de un pequeño escenario. Una voz masculina grave empezó a cantar en inglés.

—Ven a bailar conmigo, Nora.

Nora se había colocado junto al Terapeuta y observaba con mirada piadosa los pasos de su pupa.

—Sabes que no me gusta —dijo Nora—. Y tampoco me gusta que me llames hermanita. Estoy harta de repetírtelo.

—Tienes que pensar menos en lo que esperas de ella —le dijo el Terapeuta—, y prestar más atención a las señales que te está enviando ahora. Recuerda que habita una casa nueva a la que se muda cada vez que la conectas. No tiene sentido entrar como si las dos vivieseis allí juntas desde hace décadas.

La androide seguía bailando con gestos cada vez más sueltos. Sus movimientos eran gráciles, aunque simétricos y demasiado exactos para poder pasar por humanos. Al mismo tiempo, parecían demasiado sensibles para ser los movimientos de una máquina. Me fijé en que empezaba a sufrir esos escalofríos que Nora había mencionado. De pronto todo su cuerpo se estremeció, sin comprometer la continuidad de los movimientos, y empezó a buscar con la mirada algo que parecía no estar presente. Como una esquizofrénica, pensé. Con el cuerpo visiblemente tenso, Nora se acercó a la pupa e intentó acompañar la danza, imitando los movimientos de manera algo torpe. Era evidente que bailar provocaba en la chica considerables tormentos de autoconciencia corporal. Empecé a pensar que todo aquello era injusto para ella. ¿Qué buscaba

Nora allí? ¿Por qué no se deshacía de una vez de aquel sucedáneo de persona? Porque no era tan sencillo, en absoluto, como yo mismo sabía perfectamente, al fin y al cabo yo también estaba allí. Algunas personas del grupo se levantaron de las sillas y se acercaron un poco más. Teniendo en cuenta que aquello formaba parte de las libertades permitidas en las reuniones, también me levanté y me acerqué. Me había imaginado que los encuentros de la AIPPH se asemejarían más a las reuniones de alcohólicos anónimos consagradas por el cine y la literatura, un intercambio de testimonios, palabras de apoyo, aprendizaje y adhesión a algún tipo de método, pero entonces comprendí que había sido un error de juicio. Todo indicaba que aquellas sesiones se acercaban más al teatro experimental o a las intervenciones artísticas en pequeñas galerías.

De pronto, el baile de la androide sufrió una transformación drástica. Inclinó la cabeza a un lado, apoyando la oreja en el hombro, y empezó a caminar en círculos, con los brazos ligeramente abiertos y los dedos trabados en posiciones extrañas. Poco a poco, sin dejar de caminar en círculos, empezó a quitarse la bata rosa y a frotarse con aquellas manos que parecían arañas muertas, como si el tejido de la prenda le quemara la piel. Su cuerpo, ahora desnudo, empezó a moverse de forma más descoyuntada y menos mecánica. Nora se apartó unos pasos.

—¿Te acuerdas de que bailabas así, en círculos, cuando eras pequeña, Nora?

—No sé de qué me estás hablando —dijo Nora, y a continuación balanceó la cabeza a los lados—. Creo que la que se movía así de pequeña era ella. Recuerdo vagamente a mi madre decir eso.

La androide soltó un chillido. Un alarido que parecía una grabación. Lo que sucedió después fue muy rápido, pero quizá pueda describirse como sigue. Primero, empezó a tener convulsiones horrendas, de pie, en el suelo, y otra vez de pie, saltando como si el pavimento se hubiera convertido en una sartén ardiendo. Con la mano derecha se arrancó el pecho izquierdo. Nora gritó a pleno pulmón: «¿Por qué no te mueres de nuevo?». La androide echó a correr hacia Nora, sonriendo, y el Terapeuta se interpuso en su camino. La fuerza de la androide lanzó lejos al terapeuta. Nora subió hasta la mitad de las escaleras que conducían a la planta baja y, al comprobar que la pupa ya no la perseguía, se detuvo allí. Durante todo ese tiempo, la androide no paró de repetir con voz serena y dulce, como si todavía bailara suavemente y no sufriera un ataque de autodestrucción: «Ven, hermana, yo te cuidaré, ven, hermana, yo te cuidaré, ven, hermana…».

Durante unos segundos presencié la escena en estado catatónico, pero al ver cómo derribaba al Terapeuta, tuve el impulso de intervenir. Me acerqué a la androide para intentar inmovilizarla. Sabía que su fuerza era mucho mayor que la de un ser humano, pero en aquel momento no lo pensé, mejor dicho, quizá me movieran justamente las ganas de sufrir en mis carnes las consecuencias de aquella fuerza. Quería que me tocara a cualquier precio, aunque para ello tuviera que recibir sus golpes. Había dejado de correr y caminaba de nuevo en círculos lentos, trémula, pellizcándose con una mano y manteniendo el otro brazo extendido, como una mendiga. El agujero que el pecho arrancado había dejado ponía al descubierto una capa de espuma aislante amarillenta y rugosa, además de alguna creación impía de los ingenieros de materiales que tenían que correr detrás de los súbitos avances en la digitalización de la actividad neuronal para proporcionar cuerpos artificiales a la altura. La sujeté de la cintura con una mano y estuve a punto de utilizar la otra para intentar bajarle el brazo y hacer que parara. Estaba fría al tacto y la consistencia de su carne sintética era muy similar a la de un cuerpo humano, salvo por la presencia de pequeños nódulos en la sustancia blanda que conformaba su tejido adiposo. El huevo que albergaba a mi madre nunca se enfriaba, siempre estaba templado al tacto, encendido o apagado, hiciera frío o calor en el ambiente. Antes de que pudiera completar la maniobra para inmovilizar a la androide, una mano se posó en mi hombro y me apartó.

—No. Por favor, no la toques —me dijo el Terapeuta. Su voz tranquila transmitía una gran autoridad y obedecí de inmediato. Miré alrededor esperando encontrar a mis compañeros de terapia en estado de pánico, pero todos estaban callados y atentos, y Honório incluso exhibía una sonrisa plácida en su rostro blando, como un niño que observa una lucha mortal entre insectos. El Terapeuta tenía un chichón en la frente y mantenía el brazo izquierdo encogido. En la mano derecha sostenía un pequeño objeto esférico.

—Samanta, extiende los brazos y siente el aire. Eso… como un ángel que despliega sus alas.

La androide le obedeció de pronto, como yo lo había hecho momentos antes.

—Siente el aire con la punta de los dedos. Cierra los ojos.

El cuerpo de la androide todavía se balanceó un poco, en transición del baile convulso a la posición de reposo. Por fin se quedó quieta, con los ojos cerrados y los brazos bien abiertos, agitando los dedos como tentáculos de anémona. Era hermoso y absolutamente no humano. El Terapeuta se situó detrás de ella y, respirando hondo, exagerada y ruidosamente, empezó a recorrer con la pelota de goma los brazos y los hombros de la pupa, desde la punta de un dedo índice al otro, pasando por los trapecios y las cervicales, induciendo en el cuerpo artificial un estado de relajación progresiva. De repente la máquina abrió los ojos, entreabrió la boca y pareció ver algo hermoso que solo existía en sus circuitos internos. Estaba trabada en este martirio solipsista cuando el Terapeuta buscó la mirada de Nora.

—Puede ser ahora.

Nora levantó un poco la mano con la que sostenía el pequeño mando a distancia, del tamaño de un llavero.

—No te olvides de hablar con ella primero —le susurró el Terapeuta.

—Siempre estoy contigo, hermana. No importa lo que pase. Te quiero.

Nora pulsó el botón y la androide se desvaneció en los brazos del Terapeuta como una bailarina.

Unos meses antes del viaje a Tokio, Cristal y yo nos habíamos separado. Cuando nos invitó a visitarla, mi madre no lo sabía. «Vente a Japón a pasar una semana conmigo y tráete a tu novia, que aún no la conozco –me dijo por videollamada, vestida con un salto de cama negro mientras prestaba atención a otras cosas, a otras pantallas, a la vez que charlaba conmigo. Estaba en un hotel, ni siquiera me molesté en preguntarle dónde. En mi mente ya no ocupaba posición geográfica alguna. Su entorno era una simulación–. Es probable que en breve vuelvan a suspender los vuelos a Asia –dijo, dándole un sorbo a un botellín de cerveza–. Ahora está esa movida de las bacterias». Una mujer pasó por el fondo de la habitación, también en salto de cama. «Mis amigas», así es como mi madre solía referirse a la cambiante lista de mujeres que le hacían compañía alrededor del globo terráqueo.

La invitación a viajar me cogió un poco por sorpresa, pues en aquella época ya no hablaba mucho con mi madre. Sus posiciones políticas, que consistían en una mezcla de patriotismo cínico, anarcocapitalismo y un darwinismo socioeconómico convenientemente adaptado para justificar la existencia de gente como ella, me amargaban y me obligaban a revisar el respeto y la admiración que había dedicado en el pasado a tantos aspectos de su persona, al fin y al cabo era mi madre, una madre soltera que me había cuidado con cariño durante años y años. Además, ya se había transformado en un ser intangible, en una mujer en transición hacia lo posthumano. Su residencia principal era un apartamento en Nueva York, pero también conservaba nuestra antigua casa en São Paulo, una mansión futurista en las afueras de Tallin, y una especie de mezcla de búnker y torre de observación en la isla de Waiheke, en Nueva Zelanda, la misma a la que décadas atrás escaparon varios de sus amigos multimillonarios cuando irrumpió la primera pandemia. La casa de São Paulo donde pasé mi infancia con ella, en Alto de Pinheiros, llevaba un par de años vacía, y cuando venía a la ciudad se alojaba en hoteles de lujo. En aquella época yo solo tenía una idea vaga de lo que hacía, de cómo pasaba su tiempo y dónde invertía su fortuna. Todos nuestros encuentros eran encuentros sorpresa. Me llamaba para decirme que iba a venir un coche a recogerme para ir a comer en un restaurante de moda, o me invitaba a nadar en la magnífica piscina privada de Pacaembu, recientemente cubierta, en parte gracias a su dinero, con una estructura híbrida que hacía las veces de panel solar y de escudo contra las altas temperaturas y las tormentas de granizo. La natación era nuestro vínculo más íntimo, y nos proporcionaba los raros momentos en que nos era posible volver al pasado. Dentro del agua, las diversas distancias que nos separaban daban paso a la ternura trepidante de dos cuerpos que un día estuvieron enmarañados por las tripas. Ya habíamos estado unidos, y prueba de ello eran las fotografías en las que me amamantaba, velaba mi sueño, me enseñaba a cagar en el agujero estipulado por la civilización. Ella misma me había enseñado a nadar. A los seis años ya sabía dar brazadas firmes y precisas, y durante toda mi infancia se dedicó a corregir y perfeccionar mi manera de nadar como si eso equivaliese a esculpir mi carácter y mis valores. De todos los recuerdos que tenía de ella, estos eran los más impregnados de calidez y tacto. Ella usaba bañadores deportivos de dos piezas y unas gafas de espejo que no me permitían ver sus ojos. Me fascinaban las pecas que tenía entre los pechos. Me parecían la marca ancestral de una raza elegida, y me miraba en el espejo del vestuario preguntándome si algún día las pecas aparecerían también en mí, borrando un poco los rasgos genéticos espectrales de mi padre anónimo, prácticamente ficticio, y marcando mi cuerpo con la estirpe, aún oscura y misteriosa para mí, a la que ella pertenecía.

De todos modos, respondí a mi madre que sí, que Cristal y yo estaríamos encantados de ir a Tokio con ella, que era el viaje de nuestros sueños, pero no le mencioné que mi ex-novia y yo no nos hablábamos desde hacía tiempo. «Yo voy a ir por trabajo –añadió mi madre–, así que no pasaremos mucho tiempo juntos, pero vosotros intentad disfrutar a vuestro aire». Me pareció extraño que dijera que iba por trabajo, pues nunca definía lo que hacía como tal. Era demasiado vulgar y anticuado. Me dijo que en breve su asistente se pondría en contacto conmigo para reservar los billetes, proporcionarme dinero y documentos, y que nos reuniríamos todos allí. Me mandó un beso mirando a la cámara, pero cuando colgó el audio de otra llamada ya había invadido el micrófono, dejándome la sensación de que la había interrumpido en algo importante.

Aquel mismo día envié un mensaje a Cristal diciéndole que me gustaría verla para proponerle una idea un tanto loca. En el instante en que mandé el mensaje, sentí que estaba pisando el borde del mismo precipicio que apareció de repente, en medio de la niebla, cuando la conocí. Cristal era una vecina mía en Copan, que en aquella época todavía era un edificio residencial. Desde los dieciséis años, yo vivía allí en un estudio que me pagaba mi madre. Tres veces a la semana, una asistenta externa venía a limpiar y cocinar raciones de comida que abastecían el frigorífico y el congelador. Yo solía mentir a los demás residentes diciéndoles que mis padres vivían conmigo, pero que trabajaban mucho y apenas estaban en casa. Un lunes teñido de naranja del mes en que cumplí los dieciocho, aquella chica alta en la que nunca me había fijado antes, con su aire medio somnoliento, su cara alargada y sus ojos color caramelo, me interceptó cuando entraba en el edificio después de una clase presencial en el instituto.

–Perdona que te pregunte, tío, pero ¿tienes chófer privado?

–No, qué va. Es un taxi.

–Mentira. No es la primera vez que lo veo. Siempre es el mismo.

Preso de una valentía inaudita, le dije que vivía solo y que podíamos subir a comer alguna cosa. Cuando aceptó, supe que había cerrado allí mismo toda una primera etapa de mi vida. Ella había aparecido para perforar la narrativa cohesiva y aislada de mi existencia, y para poner fin a la castidad medrosa a la que consideraba estar condenado para toda la eternidad. Entramos, nos hicimos los test contra todas las enfermedades, nos quitamos las mascarillas, nos desinfectamos. Me pidió si podía fumar y se me quedó mirando con el cigarrillo encendido colgando de los labios, algo que solo había visto en vídeos hacer a hombres.

«Un huérfano de la élite financiera», me dijo, tras conocer mejor mi situación. Ella también era una privilegiada, al fin y al cabo vivía con su familia en Copan, pero a sus ojos yo era una figura rara, un príncipe inocente al que le encantaría desafiar, enseñar, influir. Yo no sabía realmente quién o qué era, y quería que ella me lo dilucidase, que decidiera por mí. La madre de Cristal era agrónoma, especialista en la implantación de trazabilidad ecológica en la cadena de producción agroalimentaria, en una época en la que el clima aún no había retirado casi toda la producción del campo. Empresas del país entero, que intentaban cualificarse para el comercio después de las catástrofes medioambientales promovidas por el gobierno en la década anterior, solicitaban sus servicios, y por eso estaba viajando siempre por trabajo. Así que le tocó a su padre, un hombre barbudo y delgado que había sido editor de libros, renunciar a su carrera y cuidar de ella y sus tres hermanos. Me caía bien, solíamos tomar café en una de las cafeterías de la galería de la planta baja del edificio. No hablaba de su hija como si la conociera mejor que yo. Al contrario, parecía confiar un poco en mí para entenderla mejor. «¿Crees que las cosas que le gusta leer la ayudan o empeoran su ansiedad?», era el tipo de preguntas que me hacía.

Sin embargo, Cristal no era ansiosa. Era inquieta, pero de forma positiva. Participaba en un grupo de teatro online con gente de todo el mundo, escribiendo obras y actuando. Los horrores del mundo no la intimidaban. Desde un escondite del edificio, con un cigarrillo en la boca, como si fuera una francotiradora, disparaba una escopeta de aire comprimido contra las milicias higienistas que atormentaban a los indigentes del centro para que huyesen al otro lado de los muros. Recogía restos de comida en otros apartamentos y los transformaba en platos deliciosos, a los que llamaba «curry del apocalipsis», para enviarlos a los refugios de la ciudad. Formaba parte de una cadena de personas que compartían pendrives llenos de artículos y libros encriptados, textos y obras que ya no podían circular por internet. Con ella aprendí, entre otras cosas, a arrancarme yo solo un diente. Y fue ella la que me habló por primera vez de la acuaponía, el sistema simbiótico de cría de peces y plantas. Ya estaba claro en aquella época que la alimentación sería el gran problema del futuro. No empezaría con mi granja hasta unos quince años después, gracias al dinero que me dejó mi madre, pero quiero dejar claro hasta qué punto Cristal me influyó e incluso determinó el hombre adulto en que me convertiría. Estuvimos juntos menos de un año, pero disponíamos de mucho tiempo para disfrutarlo, y lo disfrutábamos. Cristal sabía cómo engañar en los exámenes a distancia a fin de tener más tiempo para practicar sexo, leer el contenido de los pendrives, disparar a los fascistas con perdigones, participar en videochats con artistas de la otra punta del país. Para aprender lo importante, creía ella, había que intercambiar conocimientos con jóvenes como nosotros, la generación de la abundancia y el caos, mientras se estuviera a tiempo, porque pronto el mundo sería irreconocible, más simple y cruel. Hoy comprendo mejor cómo aquella profusión de intereses y actividades escondía también en lo más profundo sus variedades particulares de inseguridad y miedo. Era dos años mayor que yo. Creo que Cristal quería controlarme, mandarme, porque eso le proporcionaba la ilusión de solucionar sus inestabilidades hasta cierto punto. Sus conocimientos eran más superficiales de lo que aparentaba su discurso. Pero, como he dicho, éramos jóvenes y encajábamos. Yo era el insecto de su orquídea. Querría haber pasado el resto de mi vida con ella. Pero no fue posible.

El día que me dejó, nos despertamos acurrucados en mi apartamento, en el futón que hacía las veces de cama y sofá. A través de la amplia ventana podíamos ver la topografía ruda y sucia de la ciudad de São Paulo siendo engullida a media distancia por la bruma beige del crepúsculo contaminado. Se oía el sonido de los helicópteros y los coches quemando, en un ritual demencial de despilfarro, el combustible fósil restante. Cristal llevaba un jersey de lana peruana marrón y blanco, medio hecho jirones, y nada más. Sus piernas largas y blancas, con las rodillas violáceas, atesoraban las mías, que con pantorrillas diminutas y vello translúcido no eran mucho menos femeninas que las suyas. Inspiraba su perfume almendrado y pensaba en la suerte que tenía de haberla encontrado tan pronto en mi vida. La discusión empezó más tarde, primero sin motivo específico, aparte del enfado que de vez en cuando nos asaltaba en nuestro aislamiento. Cuando los ánimos ya estaban mal, salió a relucir que yo no había conseguido un dinero que pretendíamos arrancarle a mi madre, para distribuirlo entre varias organizaciones benéficas y de lucha medioambiental. En aquel momento me parecía que aquella idea era fruto de nuestra iniciativa conjunta. Hoy, en retrospectiva, reconozco que Cristal lo propuso todo y que me dirigía, imponiendo su energía a la masa amorfa de mi carácter. La acusación era cierta. Había escurrido el bulto, no me había esforzado en idear pretextos capaces de engañar a mi madre o de persuadirla para que me transfiriera una suma enorme. Si me hubiera inventado un falso proyecto de startup o incluso una aventura personal delirante y costosa, como abrir un albergue en algún lugar del Ártico donde el hielo ya se hubiera convertido en hierba, si le hubiera aportado alguna mínima evidencia de que deseaba emprender cualquier cosa, era muy posible que me hubiera financiado. Sin embargo, en aquella ocasión reaccioné con agresividad ante las acusaciones de Cristal, y ella sufrió una transformación que me pilló por sorpresa. La montura no obedeció a las riendas, lo que provocó su enfado y hostilidad. Esquivó mis caricias, se puso los pantalones y dijo que era muy cómodo por mi parte vivir así a costa de mi madre multimillonaria, aquella zorra que vivía yendo de aquí para allá, de California a Singapur y a donde coño fuera, pero que aun así se las arreglaba para mantenerme bajo su ala a distancia, y que yo estaba acomodado en ese consumismo grotesco, en esos hábitos y lujos insostenibles, y que cuando pensaba en ello perdía parte del respeto que me tenía. Y la pérdida de respeto, sentenció, es algo acumulativo. Ofendido, la acusé de aprovecharse como una hipócrita de todo aquel lujo grotesco al vivir prácticamente conmigo. Y mi madre podía ser el emblema de todo lo malo del capitalismo, pero seguía siendo mi madre. No podía engañarla.

Todavía al principio de nuestra relación, Cristal me confió que de vez en cuando le pasaba algo muy raro. Empezaba a sospechar que no existía. Era una sensación, y no un razonamiento lógico. A veces la sensación desaparecía por sí sola al cabo de uno o dos días, pero otras evolucionaba hacia un estado de profunda apatía durante el cual no solo descreía de su propia existencia, sino también de la existencia de otros seres vivos y del mundo en que vivimos. Según los padres de Cristal, a los ocho años sufrió unas convulsiones violentas que nunca volvieron a repetirse y que los médicos nunca supieron explicar bien. Los días posteriores al ataque empezó a actuar de forma robótica, sin responder a los estímulos y preguntas de sus padres y hermanos, salvo para decir que creía que estaba muerta porque había bichos que le devoraban el cuerpo por dentro. La propia Cristal no se acordaba del episodio. En cualquier caso, después de aquello no volvió a sufrir convulsiones, pero una vez al año, más o menos, la visitaba de nuevo esa sensación de no existir. A veces la sensación desaparecía por sí sola al cabo de uno o dos días, otras permanecía más tiempo o evolucionaba hacia algo más aterrador, como la convicción de estar pudriéndose o de ir perdiendo por ahí partes de su cuerpo. En una ocasión, me contó su padre durante uno de esos cafés que he mencionado, Cristal insistió en que los tres gatos de la familia habían muerto y que deambulaban por la casa como espectros, a la espera de ser transferidos a otros niveles metafísicos. Quizá lo más extraño de todo era que esas ilusiones o negaciones de la realidad no duraban mucho tiempo y se desvanecían solas. Entre un suceso y otro, se sentía no solo viva, sino conectada a todos los demás seres vivos a través de una red palpitante de relaciones no siempre discernibles, pero siempre presentes de una u otra forma. Cuando recordaba los episodios anteriores, se veía a sí misma como una especie de sonámbula, víctima de un trastorno inofensivo que debía tratarse con una mezcla de atención y buen humor hasta que todo volviera a la normalidad. Desde que estábamos juntos, nunca había dudado de su propia existencia, o al menos nunca me había dicho nada. Pero aquel día, justo después de que nuestra discusión llegara a su punto álgido, se puso los zapatos, se abrochó al cuello su cadena adornada con pequeños diamantes octaédricos sin pulir, cogió la mochila vieja que llevaba a todas partes, se dirigió hacia la puerta y entonces se detuvo.

Durante largos segundos, no me di cuenta de que algo anormal estaba sucediendo. Seguí utilizando los límites de mi capacidad mental para recapitular la discusión, intentando deshacer el coágulo de ira residual y del miedo a perderla. Hasta que llegó un momento en que la inmovilidad de Cristal se agigantó en mi visión periférica, interrumpiendo mi inmersión interior. Parecía congelada en medio del movimiento en dirección a la puerta, con las caderas ligeramente desalineadas, los brazos un poco separados y la mochila todavía colgando de la mano derecha. La llamé dos veces por su nombre y, al no obtener respuesta alguna, me acerqué a ella. Me aproximé por detrás y, antes de que pudiera rodearla para comprobar qué le pasaba en la cara, todo su cuerpo se reblandeció. Conseguí sujetarla por las axilas antes de que se desplomara en el suelo.

Cuando el Terapeuta agarró el cuerpo de la androide desfallecida en mi primera reunión con el grupo de apoyo de la

AIPPH, reviví el momento en que sostuve a Cristal de manera similar en mi apartamento, casi veinticinco años antes. Digo que reviví el momento porque no fue como si mi mente proyectara una película o algo así. Tendí los brazos y di un paso súbito hacia delante, sobresaltando a quien estaba cerca de mí, y sentí en mis brazos el peso y la forma del cuerpo de Cristal, podría jurar que incluso sentí su calor y su consistencia, aunque ella ya solo fuese una construcción frágil en mi mente, un espectro mórbido convencido de su propia inexistencia.

Aquel día en el apartamento, Cristal permaneció inconsciente unos dos minutos, durante los cuales la llamé por su nombre, le acaricié la cara e intenté comprobar su respiración y su pulso. De repente, abrió los ojos sin más. Sus párpados se levantaron de golpe, sin parpadear, y sus ojos recibieron la luz de los amplios ventanales con serenidad. Respondió que estaba bien, se levantó y se arregló la ropa. Le pregunté si al menos se había dado cuenta de que había estado inconsciente unos minutos.

—¿He dicho algo mientras estaba tumbada? —me preguntó, evitando en gran medida mi pregunta.

—Nada. ¿Qué te ha pasado?

—Me ha pasado eso. Que he sentido que no existía. Me ha venido de la nada, muy rápido. Y esta vez no era solo yo, era todo. El suelo no existía, tú no existías, el planeta y las partículas subatómicas no existían. No había manera de moverme.

—Un Big Bang de depresión abisal.

—No ha tenido nada que ver con mi voluntad. No es que quisiera moverme y no pudiera. Todo se ha parado. Todo ha dejado de existir.

—¿Y ahora todo vuelve a existir?

—Sí. Normal.

Intenté cogerle la mano.

—No —me dijo, apartándose—. Me estaba yendo, ¿verdad? No ha cambiado nada. Ya hablaremos, pero primero vamos a darnos un tiempo.

En el edificio me evitó durante dos semanas, me respondió a algunos mensajes solo para repetirme que seguía sin quererverme, y en algún momento su padre me dijo que se había ido de viaje con la madre a varias ciudades de Mato Grosso y Paraná. Por eso, cuando le envié aquel mensaje explicándole lo del viaje a Tokio, tenía pocas esperanzas de que me respondiera. Pero respondió, y aceptó verme para tomar un café. Estaba un poco quemada por el sol, con la nariz pelada. Inmediatamente le conté mi idea.

—Mi madre no sabe que ya no estamos juntos. Pero ¿qué diferencia hay? Nunca te ha conocido. Habíamos comentado muchas veces que Japón era el viaje de nuestros sueños. He pensado que sería una pena desperdiciar la oportunidad. Podemos fingir ante ella que seguimos siendo novios. No tendrás que esforzarte mucho, dudo que nos preste mucha atención. Una vez allí, nos alejamos de ella e incluso podemos ir cada uno por nuestro lado. Podemos ir un poco juntos y un poco por separado. O solo por separado. No sé.

Cristal se quedó pensando un momento y sonrió. Conocía su sonrisa de aprobación. Estaba orgullosa de mí.

—Podemos incluso representar una bronca en algún momento —dijo—. Será un poco como una obra de teatro.


Bento tenía cuarenta y nueve años cuando nació Otto. Su único hijo llegó a su vida algo tarde, fruto de la relación con una chica mucho más joven, alumna de su clase de historia del arte en la universidad pública, y el mundo que les esperaba no era el mismo mundo en el que él había alimentado, durante décadas, el sueño de la paternidad. Había criado al niño en un planeta asolado por enfermedades nuevas, violencias antiguas y tecnologías traicioneras. Tecnologías que revolucionaban nuestros hábitos a una velocidad que el cuerpo no podía seguir, que para producirse requerían una enormidad insostenible de materias primas y trabajo invisible, que acababan colapsando antes de que nuestra fisiología y nuestra psique fueran capaces de hacer frente a los trastornos resultantes, dejándonos con un montón de nuevos problemas por cada solución introducida. La familia se acostumbró a comer cosas que antes no se comían, a soportar temperaturas extremas que antes se consideraban insoportables, a temer que la brutalidad entre individuos y naciones acabara por erradicarlos antes de que pudieran reaccionar. A principios de la década de los cuarenta, con la estabilización de la economía que sobrevino a la recesión y con un acceso cada vez más limitado a las redes digitales, los conocimientos de Bento volvieron a ser solicitados para proyectos de renovación urbana y de comisariado de los museos que empezaban a resucitar. Y volvió con la madre de Otto después de años de separación. Parecía que la vejez le reservaba unos años de alivio y de contemplación del increíble viaje humano antes de que se apagaran las luces. Entonces Otto desapareció. Tras semanas de investigación, descubrieron que su hijo, que acababa de cumplir apenas veintidós años, se había sometido a un escaneado en la India.

—Se sintió atraído por la secta de los posthumanos —me dijo Bento, terminando de resumirme una historia que los demás participantes del grupo ya conocían—. Fue un año antes de la legalización. Esa empresa india intervenía las cabezas de gente joven y les ofrecía el procedimiento de forma gratuita. Estaban probando la tecnología, era evidente para cualquiera que no hubiera sufrido un lavado cerebral. Acabaron todos en la cárcel, pero para nosotros ya era tarde. El contrato que firmó Otto les eximía de cualquier responsabilidad. Con todo, hubo una acción colectiva de las víctimas repartidas por todo el mundo, y al final recibimos una indemnización y este pequeño llavero.

Bento me mostró el dispositivo cilíndrico negro, del tamaño de una linterna pequeña, que en el microcosmos de los portadores de copias de personas solía llamarse «llavero». El contraste con la androide hiperrealista de Nora, que para entonces ya estaba guardada otra vez en su funda protectora con cremallera, ilustraba de manera contundente lo que el Terapeuta había llamado «morfologías primitivas», destacando lo importante que es prestar atención a las formas, materiales y configuraciones externas de los artefactos de almacenamiento de cada copia, a fin de moldear adecuadamente la atención y el afecto que les dedicamos. Al igual que en el caso de mi madre, el artefacto que almacenaba la copia de Otto no ofrecía ninguna semejanza humana, nada que ver con la persona que supuestamente reproducía. Los artefactos eran simulaciones que se manifestaban sobre todo verbalmente, y la relación que se podía establecer con ellos estaba condicionada por esa limitación. Sin embargo, quizá no se tratara de una limitación. Empezaba a darme cuenta de que el vínculo emocional con la copia no dependía tanto de la calidad de la imitación humana de los artefactos. Si así fuera, no sentiría que mi madre, a pesar de todas mis convicciones racionales y filosóficas, realmente estaba presente de alguna manera dentro de aquel altavoz en forma de huevo, y la idea de borrar irreversiblemente los datos almacenados en él no me produciría toda esa angustia. Mientras hablaba de su hijo, Bento sostenía y acariciaba su llavero con una ternura que tenía algo de misericordioso, como si sostuviera la cría de un mamífero a punto de ser utilizado como conejillo de indias en un laboratorio. Al mismo tiempo, acababa de presenciar la dolorosa relación de Nora con su androide, y en ella la imitación humana casi perfecta no parecía marcar la más mínima diferencia. O mejor dicho, sí que la marcaba, pero para mal. Pensando en ello, se me ocurrió una pregunta y no pude resistirme a formularla en voz alta.

—Perdona que te interrumpa —dije—, pero me ha quedado una duda sobre la pupa de Nora.

—¿Sí? —respondió la chica sin emoción, todavía rumiando su sufrimiento.

—¿En qué se parece la androide a tu hermana? Quiero decir, es muy realista, físicamente. Pero... ¿se parece?

—El fabricante alegaba que sería idéntica a ella.

—Pero no lo es.

—No.

Las implicaciones de aquello apenas me afectaban, pero me bastó para sentirme agradecido y aliviado por no estar en su lugar.

—El ser humano es capaz de crear vínculos emocionales con cualquier cosa sin que la apariencia importe —intervino el Terapeuta—. Nuestra evolución como animales sociales es parte de la explicación. Las características de nuestra conciencia potencian el miedo a la soledad y a la muerte. Para no sentirnos solos ni recordar que la muerte es una posibilidad constante, somos capaces de encontrar compañía en cualquier organismo u objeto.

—Yo creo que toda la materia tiene conciencia —dijo Isaura. De todos los integrantes del grupo de apoyo, era con ella con la que más simpatizaba. Tenía muchas ganas de conocer a su «mosca». Por los comentarios que hizo al principio de la sesión, supuse que su exmarido había ido a parar a uno de los famosos artefactos que producían tejido biológico. Los vídeos protagonizados por esos artefactos se prohibían constantemente en internet.

—Algunos de los aquí presentes tienen edad suficiente para recordar cuándo aparecieron los primeros altavoces y electrodomésticos dotados de inteligencia artificial —dijo el Terapeuta—. No eran más que algoritmos de aprendizaje muy rudimentarios, con reconocimiento de voz y seguimiento de consumo. Asistentes domésticos que reproducían música y regulaban termostatos, cosas de ese tipo. Aun así, mucha gente hablaba con ellos.

—Cuando era pequeño, a mi primer hijo le encantaba la aspiradora aquella que daba vueltas por la casa —dijo una mujer de cara redonda y ojos verdes cuyo nombre no había registrado—. Durante los periodos de cuarentena, hablaba más con la aspiradora que conmigo y con su padre. Recuerdo cómo nos preocupaba aquello.

—Se ha discutido mucho sobre si esas relaciones afectivas con los primeros electrodomésticos interactivos eran alienantes y artificiales —prosiguió el Terapeuta—. Un sustituto más pobre de las relaciones reales entre humanos. Ese argumento está en gran medida obsoleto. Como decía, tendemos a creer que estamos rodeados de otras mentes. El animismo es una de las modalidades de cognición más antiguas de nuestra especie. Antes de ser vistos como reservas de alimento, los animales eran manifestaciones de espíritus que explicaban la naturaleza, eran mensajeros del más allá. Para los aborígenes australianos, algunas rocas son deidades. Esa empatía no necesita evidencias. La metafísica subyacente es discutible, pero el poder de la creencia no lo es. Es una parte muy significativa de nuestra relación con el mundo, espontánea e intensa en los niños.

El Terapeuta consultó sus notas e hizo una pausa larga. De repente me acordé del hombre alto y trajeado que había entrado en la sala al principio de la sesión. Miré alrededor, pero no lo encontré. Me pregunté si era posible que hubiera sido producto de mi imaginación. Situaciones de malestar intenso me llevaban a veces a ensoñaciones ligeramente delirantes. En la más reciente, tuve la certeza de que mis perros estaban sentados frente a un enorme carnero con siete cuernos y siete ojos. La visión persistió durante minutos, hasta que, tras un suspiro con los ojos cerrados, se desdibujó y vi a Vento y a Betânia acercándose cada vez más a mí, como hacen cuando tienen hambre. El recuerdo todavía era vívido.

–Pero el advenimiento de las copias humanas nos plantea interrogantes nuevos –prosiguió el Terapeuta–. Los artefactos, en este caso, almacenan datos de la configuración neuronal completa de un individuo en el momento del escaneado. El grado de identidad que esas copias presentan con respecto al individuo copiado es una cuestión filosófica de las más apasionantes y difíciles. Tal y como yo lo veo, hay muchos tipos de personas en el mundo. Infinitos tipos. Uno de ellos es el que llamamos humano. Las copias pueden no ser la misma persona de antes, pero son alguna persona. De todos modos, lo que atrae a la mayoría de los miembros de nuestro grupo no es esa pregunta. Es la realidad práctica y afectiva de vivir con esos objetos. No sabíamos nada de cómo la mente digitalizada reaccionaría a nuevos cuerpos. Hoy lo sabemos. La mayoría vive aterrorizada. Y su terror es también nuestro terror. El terror de sus guardianes.

Al escuchar las palabras del Terapeuta, me pareció necesario sacar a mi madre de la mochila y volver a sentir su calor. No tenía claro, como ya he mencionado, cuánto percibía durante los periodos en los que permanecía desconectada, o en suspensión. No estaba claro hasta qué punto su mente seguía funcionando, como la de un paciente en coma o con síndrome de enclaustramiento. Pero sentí que en aquel momento necesitaba estar conmigo, notar mis manos en su cuerpo sintético y participar, de alguna manera, en la discusión.

—Casos como el de la pupa de Nora suponen un enorme reto para el guardián. —Todos miraron a la chica, que apretó los labios y asintió con sacudidas nerviosas de la cabeza—. Samanta parece encontrar en su cuerpo sintético una expresión bastante aproximada al cuerpo en el que su conciencia original se formó durante años. Mucho más aproximada que la media, al menos. Parece congelada en un periodo específico de su vida, un poco anterior a la intervención, cuando Nora era todavía una niña. Pero tiene una curiosidad positiva por el cuerpo y una inclinación a expresarse a través de él. La danza que hemos visto hoy refuerza esa hipótesis. Sin embargo, ese cuerpo no es su cuerpo biológico anterior y nunca lo será. Cuanto más actúa Samanta en el mundo utilizando el cuerpo sintético, más se aleja de la dependencia de la persona que era antes. Pero la disonancia se impone tarde o temprano, lo que hace que, finalmente, culmine en colapsos. Y tú, Nora, eres al mismo tiempo la hermana de Samanta y la guardiana de esa otra persona que se descubre. Todo lo que le recuerda a su hermana solo refuerza lo que se presenta como irreconocible. Toda esa inmensa inclinación humana hacia la empatía y la familiaridad se ve destrozada por detalles que no puedes nombrar. Es el valle de la extrañeza de la intimidad, del que ya hemos hablado otras veces. Por eso insisto en lo importante que es cultivar vínculos nuevos que puedan sustituir, poco a poco y hasta cierto punto, a los vínculos antiguos del guardián con la persona copiada. Ahora voy a devolver la palabra a Bento. Otto y su artefacto presentan características muy diferentes a las de Samanta. Para nuestro recién llegado, estoy seguro de que será muy instructivo.

Bento parpadeó varias veces con los ojos llorosos y, con la dispensa de la ceremonia común en los más ancianos, activó el dispositivo, el llavero, dentro del cual estaba almacenada la mente de su hijo. Después de las observaciones del Terapeuta, empezaba a ver las copias bajo otro prisma. Ya no como remedos de personas muertas, resultantes de premisas científicas falsas y tecnologías equivocadas, a los que seguíamos vinculados solo por un apego emocional un poco vergonzoso, sino como entes híbridos, tan disfuncionales como potentes. Nosotros y ellos formábamos parte de la misma investigación. Yo seguía convencido de que mi madre no estaba dentro del huevo. Pero ¿quién, o qué, había? La pregunta era obvia, pero sentía que la planteaba por primera vez, por fin consciente de todas sus implicaciones. Miré al viejo Bento, con su piel de papel crepé cubierta de hilos blancos, su gorro de punto de octogenario, esperando con una sonrisa infantil el despertar de su crisálida.

—¿Papá? —La voz de un joven, con timbre sombrío y aterciopelado, resonó por los altavoces ocultos de la sala subterránea.

—Hola, Otto.

—¿Estás solo?

—No, hijo. Estamos en la reunión de la Asociación.

—Buenas tardes a todos. Me gustaría escuchar vuestras voces.

Todos le dieron a Otto las buenas tardes, casi al unísono.

—¿De quién es la voz nueva?

—Tenemos un nuevo participante.

—Hola. Encantado de conocerte —dijo Otto—. Tienes una voz parecida a la del tenista Marcos Baghdatis.

—Un placer, Otto. No lo sabía. Cuando llegue a casa lo buscaré. Será interesante comparar mi voz con la suya.

Al instante siguiente, el clip de audio de un hombre hablando en inglés con mucho acento resonó en la sala de reuniones. Risas nasales estallaron aquí y allá entre los presentes. No me pareció que la voz sonara como la mía, pero siempre nos resulta extraño cuando nuestra propia voz llega a nuestros oídos.

—Gracias, Otto —respondí, riéndome—. Es muy parecida, sin duda.

—¿Quieres devolverme el favor?

—Claro, ¿qué puedo hacer por ti?

—Dile a mi padre que no existo.

El clima de diversión quedó neutralizado. Consideré prudente no decir nada.

—Otto, por favor, hoy no —dijo Bento con una voz diferente, distorsionada por la impotencia—. Me gustaría que nos contases lo que me dijiste ayer sobre fractales. —Bento miró a su alrededor como si nos instara a mostrar entusiasmo—. Me describiste cómo aparecen los fractales en el comportamiento humano. Me dijiste que la existencia era fractal. Habla de las cosas increíbles que puedes ver.

—Mi padre tiene que entender que no existo —dijo Otto. La forma en que su voz llenaba el espacio, pareciendo venir de la nada, daba la impresión de que se comunicaba con nosotros desde una gran distancia, desde otro continente, desde otro mundo—. Hasta ahora nadie ha podido ayudarme. Ni siquiera el Terapeuta. ¿Y tú, recién llegado, puedes ayudarme?

Por segunda vez en aquella reunión, me encontré pensando en Cristal. Coincidencias, seguramente. ¿O será que las repercusiones de un amor intenso e interrumpido nunca cesaban? Al llevar a mi madre allí, puede que hubiera agitado una telaraña adormecida de acontecimientos del pasado que parecían haber quedado atrás pero cuyos desenlaces permanecían latentes todos estos años.

—Conocí a una chica que creía que no existía, Otto. Hace mucho tiempo.

Bento me miró con cara de confusión. Como si le hubiera traicionado.

—Háblame de ella —me pidió Otto.

—No quiero hablar mucho de ella, lo siento. Es un poco doloroso. Ya debería haberla olvidado. Pero sé, por ella, que no existir es tan complicado y aterrador como existir.

La respuesta tardó unos segundos.

—Pero no es lo mismo.

—No —respondí—, no creo que lo sea. La chica de la que hablo existía durante la mayor parte del tiempo. Y a veces, durante horas o días, o solo por un momento, dejaba de existir. A diferencia de ti o de mí, ella estaba en tránsito. Había una diferencia muy clara entre las dos cosas.

—Tienes que convencer a Bento de que no existo.

—No creo que eso esté a mi alcance, lo lamento. Pero yo reconozco tu inexistencia.

—Gracias. Estoy pensando en lo que has dicho. He entendido algo nuevo.

—¿Qué has entendido, Otto? —preguntó el Terapeuta.

—No existo en el mundo, pero sí existo fuera de él.

—Eso es una tontería —refunfuñó Bento, contrariado—. Tú existes, Otto. Tú existes aquí mismo. Conversamos. Compartimos recuerdos preciados y muy bonitos. Sé que ahora todo es diferente. Pero estás aquí y sigues siendo mi hijo. Te quiero.

—Tú también tienes que entenderlo, papá. Tienes que creer en mí.

—Tengo que desconectarte ahora —dijo Bento, atragantándose al final de la frase.

—Sin problema. Adiós a todos.

Las despedidas resonaron en el círculo. Bento apagó su llavero, lo metió en un estuche con interior acolchado y pidió permiso para retirarse antes. La reunión no duró mucho más tiempo. Se acordó que la semana siguiente Isaura y yo tendríamos prioridad para hablar en presencia de nuestras copias. Estaba aturdido por las nuevas ideas y sensaciones, ansioso por llegar a casa, por comprobar que todo funcionaba bien en la granja, por tumbarme con mis perros, por abrirme una cerveza y procesar los acontecimientos de aquella tarde.

Hice un gesto general de despedida, salí del edificio de la Asociación y caminé por el túnel refrigerado que subía hacia la avenida Paulista, por donde seguiría hasta Consolação. No había caminado mucho cuando oí que alguien me llamaba. Miré atrás y vi llegar apresuradamente al Terapeuta, que llevaba una mascarilla con filtro.

—No quiero molestarte —me dijo, ajustando el paso para acompañarme—. Me gustaría saber qué te ha parecido la reunión. Si tienes intención de volver.

—Ha estado bien, sí —respondí, sin saber qué más decirle—. No ha sido exactamente como me esperaba. Nunca había visto otras copias en funcionamiento. No en vivo.

—Solo eso ya puede ayudarte mucho. Antes de buscar ayuda, la gente pasa muchos años a solas con sus copias.

—La terapia está más dirigida a las copias que a los guardianes.

—Sí. Es verdad.

—¿Cómo has llegado a ejercer este trabajo? ¿También eres guardián de una copia?

—No. Antes de que me llamara la AIPPH, trabajaba como psicólogo infantil. Especializado en bebés.

—¿Crees que las copias son como los bebés?

—Es la mejor analogía. La teoría de la maduración de Winnicott se ha revelado como el paradigma más eficaz para tratar los impases de las copias humanas. El bebé necesita negociar con el abismo del mundo fuera del útero, construir sus sentidos, investigar el entorno, formar su individualidad poco a poco. Tengo la impresión de que eres un tipo bien informado. Entiendes cómo ha podido surgir esta tecnología y ser adoptada en primer lugar. La idea de que el cerebro es un ordenador. De que cada estado mental se corresponde con un patrón de señales específicas en las neuronas. Todo ese gran malentendido cartesiano que ha llevado a gente muy rica a creer en la posibilidad de hacer un download de su mente y conseguir la inmortalidad en cuerpos cibernéticos.

—Mi madre era una de esas personas.

—Cuando la tecnología estuvo disponible, el error quedó pronto al descubierto, pero ya era tarde. A cada identidad le corresponde un cuerpo específico y una historia de experiencias que no se pueden reproducir. Para hacer una copia de sí mismo, habría que reconstituir cada instante de lo vivido por el organismo, en el mismo orden, exactamente igual.

—En el mundo, y no fuera de él.

—Exactamente. En el mundo, y no fuera de él. Cuando Otto nos dice que no existe, está demostrando que comprende, o al menos intuye, el equívoco que lo generó. De todos modos, nos quedamos con esos experimentos fallidos. Gigantescos bancos de datos neuronales depositados en cuerpos sintéticos sin historia, en muchos casos sin ningún lenguaje común con los datos. Nuestro objetivo es ayudar a la copia y al guardián a investigar quién es esa nueva mente, ese nuevo cuerpo. Son bebés cibernéticos.

—Pero que se comportan en parte como las personas que queremos. No se reconocen en los recuerdos que tenemos de ellos.

—Sí. Es complicado. Estoy deseando conocer a tu madre.

—Yo también.

Nos reímos juntos. Parecía haberse olvidado, en ese momento, de que yo tenía la intención de matar a mi madre. Lo más probable es que estuviera evitando el tema. El túnel público con olor a desinfectante, por el que serpenteaban los transeúntes en ambas direcciones, no era el lugar para aquel debate ético. Estábamos ahora en la avenida Paulista, en uno de los varios cruces del túnel, y nos disponíamos a tomar salidas opuestas.

—Pues ya está —dijo el Terapeuta—. Me alegro de tenerte en el grupo.

—Me alegro de haber ido. Hasta la semana que viene. Ah, una última cosa. ¿Quién era el tipo alto de traje elegante que entró en la sala en algún momento y luego se fue? ¿Alguien de la AIPPH?

–¿No iba contigo? Nunca lo había visto antes.

–¿Conmigo? No. ¿Por qué piensas eso?

–Entró contigo.

–No.

–Bajasteis juntos las escaleras. Vino justo detrás de ti. Y en tu último mensaje mencionaste que vendrías con un acompañante a la primera reunión. Que no participaría, solo observaría.

–Yo no he enviado ese mensaje. No sé quién es ese hombre.

El Terapeuta sonrió levemente.

–Un intruso. Emocionante.

Y, con una breve inclinación de cabeza, dio media vuelta y se fue.


Llegué a pensar que no veíamos a mi madre en Tokio. Parecía querer esconderse, no respondía a ningún intento de contacto. Aunque me había avisado de que estaría ocupada con reuniones de trabajo, había algo sospechoso en aquello. Ella todavía tenía corazón. No podía creerme que nos hubiera propuesto el viaje si no quería pasar algún rato con nosotros. Aunque solo fuera para recordar que tenía un hijo, para tenerme delante de sus ojos, para recoger en persona la recompensa por complacerme, por apoyarme, en definitiva, para verme feliz. Todo joven está convencido de ser mucho más adulto y más autónomo de lo que es, pero en mi caso, al haberme quedado solo durante largos periodos que se fueron alargando hasta constituir la normalidad, se produjo una inversión de esa tendencia. No pocas veces me afligía una angustia infantil, como si me hubiera desgarrado de una parte vital de mí mismo, y pensaba que no estaba preparado para asumir la edad que tenía, que aún necesitaba una pausa para prepararme y correr tras una etapa perdida de mi crecimiento. Solo muchos años después de Tokio, más adulto y consciente de las emociones, empecé a entender con más claridad lo que sentía, pero en aquellos primeros días en la megalópolis japonesa ese era el instinto que imperaba en lo más profundo de mi ser. «Por supuesto que va a aparecer, no dejaría a un niño solo». Pasaron tres días hasta que conseguí contactar con mi madre. No habíamos hablado desde aquella videoconferencia de una semana antes, cuando nos propuso hacer el viaje. Cristal y yo tramitamos nuestros visados de turista con la ayuda de la asistente de mi madre, Luana, una chica de ojos de color ámbar que hablaba poco y despacio, como si le diera pereza hacer su trabajo, pero que se encargó de que no tuviéramos que preocuparnos de absolutamente nada más que de seguir los itinerarios y horarios descritos en la agenda que nos proporcionó. Solo con imaginarme el tipo de cosas que tenía que resolver rutinariamente para mi madre, de domingo a domingo, sin días libres, podía suponer que era una especie de cruce entre una monja zen y una psicópata, sin duda dotada de capacidades mentales sobrehumanas. Yo ya tenía el chip de vacunación que la inmigración japonesa exigía, pero Cristal necesitó que le implantaran el suyo con urgencia y me mostró la pequeña marca, diciéndome con sarcasmo que por fin se estaba convirtiendo en víctima de la tiranía cibernética.

Después de un día y medio de viaje en primera clase y traslados en coches de lujo, nos registramos en la habitación panorámica del Hyatt que teníamos reservada. Tanto Cristal como yo teníamos nuestro historial de viajes internacionales y nada de aquello resultaba demasiado oscuro para nosotros, pero la magnitud del exceso no se nos escapó ni por un segundo. Provistos de tarjetas de crédito ilimitado que nos entregó Luana en un sobre, y contemplando desde el decimoctavo piso el paisaje de cristal y hormigón que se deshacía en el horizonte en una neblina dorada y azul, que me hacía imaginar una última frontera del mundo, nos sentíamos tan inmateriales y absurdos que estallamos en ataques de risa avergonzada. Aquellas primeras noches dormimos uno al lado del otro en la cama de matrimonio, sin tocarnos. Ni siquiera me apetecía, invadido como estaba por una mezcla de resentimiento y miedo a estropearlo todo, y también de respeto por el deseo de distanciamiento que Cristal había expresado tan bien antes de partir. Pero ¿realmente me apetecía? Ya no lo recordaba muy bien, no podía estar seguro, pero no me atrevía a acercarme. Quizá su deseo y anhelo estuvieran, como los míos, atrapados bajo la capa de hielo permanente que se había formado desde la pelea en el apartamento. Y había tantas cosas en Tokio para distraernos de nuestro afecto reprimido: los niños y las niñas de cinco años yendo al colegio solos en el metro, identificados por sus sombreritos amarillos, los ancianos sacando a pasear a sus lulús de Pomerania en cestas de bicicleta o en carritos de supermercado, las infinitas variedades de ramen servidas en restaurantes e izakayas diminutos, las incomparables tiendas de videojuegos y sexshops en las que saqué mi tarjeta de crédito para comprar muñecos de los personajes clásicos de los juegos de rol japoneses y cuerdas de shibari. Aquel año ya podíamos intuir que cosas como el plástico y los tejidos sintéticos pronto dejarían de abundar, la hipercolorida profusión de ropa, aparatos electrónicos y baratijas tenía un aire a mostrador de reliquias, y nuestras aventuras en el comercio de bienes superfluos y fetichistas tenían un ligero sabor a excursión arqueológica. Allí fue donde me compré el quimono de verano masculino y el molinillo de café de cerámica que todavía uso hoy. Aquel Tokio se desfiguraría en las décadas siguientes por el calentamiento global, las pandemias y las crisis de abastecimiento, y se convertiría, como São Paulo y la mayoría de las megaciudades, en una mezcla de viviendas improvisadas, granjas urbanas y mercadillos interconectados por túneles desinfectados y refrigerados, rodeados de vastas extensiones de territorio inhóspito y parcialmente demolido donde la lucha por la supervivencia adquiría rasgos que a nosotros, los privilegiados que vivíamos alrededor de las torres, nos costaba imaginar.

Los dos primeros días, después de desayunar juntos en el hotel, Cristal y yo nos íbamos cada uno por nuestro lado. Nunca supe qué hizo sola en esos dos días. Regresaba a primera hora de la madrugada al hotel sin bolsas de compras ni historias que contarme. La única excepción fue la segunda noche, cuando volvió con una maceta con un tulipán rosa. No era una flor cualquiera, me dijo, era un ikebana, la tradición japonesa milenaria de los arreglos florales. El arreglo tenía tres partes, que simbolizaban el cielo, la tierra y el hombre. Examiné el tallo, las hojas y la flor en busca de los componentes secretos, pero no detecté nada más que la belleza desnuda y evidente de la planta. Colocó la maceta en el escritorio de la habitación y fue a darse un baño en la bañera. Enmarcado por la solidez metálica del edificio del hotel, palpitando su más que perfecta delicadeza entre los muebles de madera noble y cuero, el tulipán me observaba mientras intentaba volver a dormirme en la cama inmensa, enviándome un mensaje doble de armonía cósmica y artificio humano, como si quisiera convencerme de que ambas cosas podían ser equivalentes. Me levanté de la cama, estrujé ligeramente la flor con la mano y volví a acostarme. Quería ver si Cristal notaría la diferencia y, en caso afirmativo, averiguar si su reacción me ayudaría a entender lo que ella esperaba que hiciera para restablecer el equilibrio quebradizo de nuestra relación. El baño debió de prolongarse durante mucho rato, porque cuando se acostó al otro lado del colchón, a dos cuerpos de distancia de mí, yo ya me había dormido.

Aquella noche, el jet lag que parecía que nos habíamos ahorrado hasta entonces nos golpeó de pleno y nos despertamos casi a mediodía, todavía con la sensación de no haber dormido lo suficiente. Cristal me invitó a caminar con ella sin rumbo por las calles de Tokio, en busca de un lugar para comer. Acabamos entrando en un discreto restaurante en Shinjuku, especializado en tempura. Ella llevaba puesta una cazadora de cuero beige, unos pantalones marrones, una mascarilla verde, y alrededor del cuello, el collar de diamantes sin pulir. En Japón, al contrario de lo que ocurría en la mayoría de los países, seguía estando prohibido fumar en espacios abiertos, pero estaba permitido en muchos bares y restaurantes. El olor a fritura y a humo de cigarrillo era a la vez reconfortante y amenazador, y Cristal, dando caladas a su tabaco orgánico y masticando una tira de berenjena cubierta de un rebozado crujiente, celebró la sensación de que parecíamos estar en una película de época, ajenos a los peligros mortales de los microorganismos y partículas flotantes. Después de comer, caminamos hasta el parque Shinjuku Gyoen, teñido de naranja y carmesí por las hojas de otoño. Bebimos matcha en una casa de té tradicional, ejecutando una versión simplificada de los elaborados rituales de la bebida, y visitamos el invernadero de cristal azul y acero brillante, reconstruido quince años antes para preservar especies en peligro de extinción. Con el murmullo de los arroyos y las pequeñas cascadas de fondo, recorrimos la pasarela elevada que serpenteaba entre orquídeas, nenúfares, mangos, cacaos y una enorme variedad de especies locales que veíamos por primera vez. Hoy en día, muchas de esas plantas se han extinguido en la naturaleza. El calor sofocante del pabellón hacía que nuestra ropa sudada se nos pegara a la piel, en contraste con la temperatura más suave del exterior. Aquel año ya se notaba el calentamiento global, pero teníamos la impresión de estar viviendo los días más calurosos de nuestras vidas, y no los días más suaves del futuro que nos esperaba. Los plátanos y las piñas, identificados con carteles en japonés e inglés, parecían estar fuera de su elemento, como piezas de museo, y a nuestros oídos habría sonado a locura si nos hubieran dicho que dentro de veinte años no se podrían cultivar en casi ningún sitio, salvo en invernaderos como aquel y granjas urbanas como la mía. Fotografié todo lo que veía y compartí con Cristal mis escasos conocimientos de botánica, pero ella se mantuvo la mayor parte del tiempo en silencio y siguió así después de la visita al invernadero. Pensé que la serenidad del follaje y las flores había favorecido su inmersión en las consideraciones coyunturales y políticas que movían su espíritu, pero después, cuando salimos del metro en Shimokitazawa y nos adentramos en lo que quedaba, tras la pandemia y la crisis, de la cornucopia de tiendas de gadgets, salones recreativos, tiendas de segunda mano y cafés de moda, descubrí que su mente estaba ocupada por asuntos mucho más cercanos a nosotros dos.

–¿Tu madre no va a aparecer? –me preguntó mientras daba un sorbo a una bebida elaborada con leche, cacao en polvo y matcha. Le encantaba el matcha.

–Probablemente esté liada en esas demenciales reuniones suyas. Pero, para ser sincero, no sé si quiero que aparezca –le dije, negando lo que realmente sentía–. Sería genial que pasáramos toda la semana en Tokio sin contar con su presencia. Nos evitará fingir que seguimos siendo novios –me aventuré a decir.

–Claro que quieres que aparezca –replicó Cristal, ignorando mi último comentario. Esperé, un tanto irritado, a que se explayara más en esa frase sobre mis expectativas–. No me convences con esa actitud tuya de que ella no te importa nada. Ni ahora, ni nunca. No es solo el dinero, el hecho de que ella cree las condiciones para que no tengas que hacer nada, pensar en nada, mientras el mundo se deshace en llamas. Tengo la impresión de que estás enamorado de ella.

–Quizá lo esté –repliqué, sorprendiéndonos a ambos–. Pero también estoy enamorado de ti. Tú eres la persona con la que querría estar. No con ella. Me alegro de que estemos pasando juntos el día de hoy. Para mí es menos angustioso fingir que estamos juntos que estar lejos de ti.

–Cállate –me dijo, riendo. Y acto seguido me cogió la mano por encima de la mesa–. Hoy vamos a fingir muy bien.

Deambulamos por el barrio hasta el anochecer, jugando a aparentar que éramos novios, caminando cogidos de la mano irónicamente, como dos niños en el patio del colegio, y señalando especímenes de japoneses y japonesas con los que nos gustaría tener sexo, como si la opinión del otro fuera un requisito para validar nuestras preferencias. Más tarde, cuando salimos de la estación de metro en Shinjuku, de camino al hotel, paré para comprar algo de fruta en un puesto que atendía una pareja de ancianos encorvados y me quedé hipnotizado por el cuidado y la delicadeza con que el hombre cogía cada pieza de fruta y la envolvía con papel y cuerda. Cada uno de sus gestos contenía una reverencia, incluida la que hizo cuando me entregó el paquete de papel de estraza con manzanas, ciruelas y caquis, y al recibirlo de sus manos miré profundamente sus ojos húmedos y sesgados como moluscos, de los que emanaban júbilo y gratitud como dos haces de luz cálida, y me sorprendí a mí mismo abrumado de una gratitud recíproca, jadeando y con ganas de llorar. Cristal me preguntó qué me había pasado, y para cuando terminé de intentar explicárselo, ya estábamos en las inmediaciones de las tres torres enormes y relucientes del Park Hyatt.

—Me gusta cuando hablas así —me dijo—. Es como si tuvieras todo un universo de detalles de cosas que solo tú percibes. Lástima que lo compartas muy rara vez.

Me interpuse en su camino y, en el primer gran acto de iniciativa de mi vida, la agarré por la cintura y la besé. Intentó disimular su satisfacción, pero asumió el fracaso con una mirada avergonzada y las mejillas sonrojadas. Su mascota había aprendido nuevos trucos. Cuando pasamos por la recepción y subimos en el ascensor, era como si el episodio nunca hubiera sucedido. Deambulábamos por una zona de simulación indefinida en la que cada gesto y cada palabra eran a la vez fingidos y sinceros, olas de probabilidad que rompían solo al ser observadas. Pero ¿por quién? Por nosotros mismos, por las guapas y altivas recepcionistas japonesas, por Dios, por los desvalidos que espían entre excrementos debajo de los puentes de Tokio, por las cámaras de vigilancia y los sensores térmicos, por los cuervos, pero sobre todo por mi madre, para quien aquel teatro había sido concebido originalmente. No pude evitar reírme solo al constatar que incluso aquel día ella era la gobernanta de mi destino a distancia, no solo la mantenedora de mis comodidades materiales, sino también la jueza implícita de mis sentimientos.

En la habitación, mandamos subir una jarra de café negro y unos bocadillos para componer una cena junto con la fruta. Habíamos caminado varios kilómetros con un calor creciente que violentaba la frescura del otoño con un brote tropical a destiempo. Me duché, me puse ropa limpia, y cuando Cristal estaba en la ducha hice otro intento casi inconsciente de llamar a mi madre. Su voz pronunció mi nombre en voz baja por el altavoz del teléfono. Se disculpó enseguida por no haber contestado las veces anteriores. Estaba en una reserva natural en la costa de la isla de Hokkaido, investigando para un proyecto del que no podía revelar nada. La señal de internet y teléfono era precaria y, en algunos edificios donde pasaba la mayor parte del tiempo, la conexión estaba prohibida por motivos de seguridad. Pero iniciaba ya su viaje de regreso a Tokio y quería reunirse con nosotros en el hotel a última hora de la tarde del día siguiente para que cenáramos los tres juntos. Quedamos en encontrarnos en el vestíbulo a las cinco de la tarde. También me preguntó si estábamos disfrutando del viaje. Le dije que habíamos paseado mucho y visto cosas que estimulaban mi creatividad, como si mi madre fuera la patrocinadora de una residencia creativa o de un comité de prospección de marketing y le debiera, aunque solo fuera como muestra de respeto, algún tipo de informe o resultado concreto. Me sugirió el bar de sushi donde solía comer cuando estaba en Tokio. Si queríamos Luana podría conseguir reservar con poca antelación, se despidió y colgó. Era difícil estimar el grado de intimidad de mi madre con Japón, pero me parecía claro que nunca había visitado el país o lo había hecho pocas veces, y que incluso en este último caso difícilmente habría pisado algún museo, barrio exótico, templo sintoísta o tesoro natural. Su mundo era el de los restaurantes y spas exclusivos, los edificios corporativos y los cuarteles generales semisecretos de think tanks de la élite financiera y tecnológica.

Mientras esperaba a que Cristal saliera del cuarto de baño, estuve viendo un reportaje sobre el avance del mar en ciudades litorales japonesas como Toba e Ito. Tras la estela de otro nuevo tifón, las aguas avanzaban en marejadas sucias y somnolientas a través de cientos de metros del área urbana, anegando almacenes, pueblos de pescadores y resorts de veraneo abandonados y lúgubres, evocando imágenes antiguas del tsunami que provocó el accidente nuclear de Fukushima. Aparecieron escenas de Groenlandia sin hielo en invierno y de los incendios del Amazonas. El mundo era como una cerilla que quema la punta de los dedos, pero la raza humana no iba a soltar el fósforo, la luz de la llama era nuestro delirio y nuestra perdición. En cualquier caso, era demasiado tarde. Cristal salió envuelta en un albornoz blanco afelpado. Cogió un caqui, se acercó a la ventana panorámica y mordió un trozo suculento succionándolo. Me he olvidado de muchas cosas en la vida, pero no del chasquido de la piel del caqui al romperse en contacto con sus incisivos nacarados, del escalofrío en el estómago y del cosquilleo en el paladar que me provoca ese sonido casi imperceptible, de la conciencia que tenía de mi cuerpo y de las imágenes horribles de cadáveres hinchados, con la piel amoratada y craquelada, que vagaron a la deriva en mi mente en los instantes siguientes. Sin duda, tras reparar en el contenido del reportaje de la televisión, Cristal me dijo, con la mirada perdida en la galaxia moribunda de las luces de la megaciudad: «El coste kármico de esta suite VIP puede ser demasiado alto, incluso para las tarjetas de crédito ilimitado de tu madre».

A última hora de la noche, descansados y de nuevo ávidos de contingencia, caminamos treinta minutos hasta el barrio histórico de Golden Gai en busca de la recomendación de una amiga de Cristal, un bar que rendía homenaje a las películas y directores de la New Wave japonesa. Había empezado a lloviznar y la temperatura parecía haber bajado unos cuantos grados hasta un nivel de calor soportable pero que nunca dejaba de ser una presencia incómoda, empapando nuestra ropa y robándonos parte del aliento ya obstruido por las mascarillas. Las gotículas refractaban el neón de las inmensas vallas publicitarias y relucían en los tejidos de la flora danzante y multicolor de paraguas. Nos adentramos en el laberinto de callejones y pasajes estrechos con puertas que conducían a cientos de bares diminutos y oscuros, apilados en edificios de mediados del siglo pasado que habían sobrevivido a las reconstrucciones de Tokio durante el milagro económico japonés. Teníamos un plano, pero la búsqueda fue infructuosa. Muchos bares habían cerrado o se habían convertido en viviendas y estudios de trabajo en los últimos años. Llamamos a puertas cerradas, nos impidieron cruzar algunas puertas abiertas, y los establecimientos donde nos dejaron entrar no eran lo que buscábamos y tampoco nos parecieron atractivos. La lluvia arreció y empezamos a perder la paciencia. Nos detuvimos debajo de un pequeño toldo que apenas nos protegía y Cristal encendió un cigarrillo. Decidimos entrar en el primer bar que nos aceptara, tomar un whisky y luego volver al hotel. Yo estaba de buen humor, pero Cristal se quejaba de que le dolían las rodillas de tanto caminar y de que volvía a tener hambre, algo que siempre la irritaba mucho. De repente, una puerta hasta entonces inadvertida se abrió en un oscuro nicho a nuestra espalda. Una japonesa dentuda, con un chubasquero amarillo y gafas rectangulares, nos saludó sonriendo, se despidió de la otra mujer que le había abierto la puerta y echó a andar por el callejón. Era posible entrever la atmósfera humeante y verdosa del izakaya por encima del hombro de la mujer, que nos dijo algo en japonés y se rio. Respondimos en inglés y ella hizo un gesto con la mano y dio un paso atrás, invitándonos a entrar. Nos higienizamos en la entrada, nos escanearon los chips de vacunación, cambiamos nuestras mascarillas por otras desechables y echamos un vistazo. El bar tenía menos de diez metros cuadrados. Además de la mujer de unos cuarenta años que nos recibió, había un hombre con traje y corbata, una chica muy joven de pelo corto y rosa, un chico con chaqueta de cuero, pelo moreno empapado y pinta de galán de película de mafiosos, y un camarero que parecía un clon embrutecido del joven Keanu Reeves. Solo la chica de pelo rosa hablaba un poco de inglés, pero el hombre trajeado y el chico medio yakuza hablaban un portugués más que razonable, aprendido respectivamente en viajes de negocios a Macao y estudios universitarios en Portugal. El más receloso de nuestra presencia era Keanu Reeves, pero no tardó mucho en divertirse también con nuestros modales e ingenuidad occidentales y nos ofreció kits de test rápido para que pudiéramos, por fin, quitarnos las mascarillas. Era como estar en un minisubmarino navegando en aguas abisales, con escotillas que daban a una oscuridad misteriosa, en compañía de un puñado de japoneses alegres y borrachos que habían decidido proporcionarnos momentos de placer despreocupado. La camaradería tenía un aspecto un poco sospechoso. Incluso teniendo en cuenta que éramos dos jóvenes extranjeros, nos trataban como si fuéramos unos críos inocentes que se han perdido bajo la lluvia y, una vez resguardados, necesitaran entretenimiento. Había un poco de interés genuino y un poco de compasión en la forma en que nos hacían preguntas sobre nuestro país y nos ofrecían refrescos, gin tonics y raciones de edamame. Al cabo de un rato, Keanu Reeves empezó a cortar y servirnos moluscos crudos que Cristal y yo engullimos con entusiasmo, para deleite de nuestros anfitriones. Reconocí los tentáculos del pulpo, pero necesité la ayuda de los que hablaban portugués para entender qué eran el pepino de mar y el abulón del tamaño de un cachorro recién nacido, cuyas rodajas frescas se retorcían en el plato como si buscaran el cuerpo que les faltaba. El plato fuerte era algo muy raro que nadie sabía nombrar, hasta que el mismo Keanu Reeves lo etiquetó en un inglés que salió de sus labios como una piedra del riñón, era piñamar. Tenía un sabor agridulce de fruta fermentada mezclada con agua salada. No nos permitieron pagar nada más que nuestras bebidas. Cuando volvimos a abrir el paraguas en el callejón, tras efusivos rituales de despedida y agradecimiento, ya sabíamos que nos arrancaríamos la ropa en cuanto entráramos en la cápsula de la suite panorámica y que follaríamos con afán y desenfreno, como si nos hubieran premiado con una oportunidad que podría ser la última.

Y así fue, porque al día siguiente, después de haber pasado toda la mañana en la habitación y la tarde dando un paseo por el parque Yoyogi y las calles coloridas de Harajuku, nos arreglamos para subir al New York Bar, en la planta cincuenta y dos del hotel, para encontrarnos con mi madre. Llegamos antes que ella y pedimos dos bebidas sin alcohol que llenaban nuestros vasos largos de gradientes lisérgicos y sabor empalagoso. El bar estaba casi vacío y un pianista tocaba versiones tranquilas de clásicos del jazz. Todo era excesivo y cursi, pero sobre todo anticuado, excrecencias de un mundo moribundo. Tomé la mano de Cristal e intercambiamos una mirada extasiada de futuro. Éramos jóvenes, habíamos nacido preparados para la caída y la reconstrucción, y tan pronto como terminara aquella semana insólita, volveríamos juntos a casa después de un breve desvío en el recorrido, finalmente listos para iniciar nuestra propia historia.

El momento de reconocimiento mutuo fue interrumpido por mi madre, que anunció su llegada un instante después de sentarse a mi lado, vestida con un mono gris ajustado que parecía hecho de un neopreno muy fino y elástico, los labios relucientes de un pintalabios ligeramente anaranjado, oliendo a miel de eucalipto y a leche tibia, con pendientes de obsidiana ovalados en sus lóbulos blancos y el pelo pelirrojo recogido en un moño rebelde. A los cuarenta y un años, parecía más joven o más vieja de lo que realmente era, dependiendo de si se decidía prestar atención al brillo insano de sus ojos y su pelo o a la textura descarnada de sus manos y sus pómulos, acentuada por dietas extravagantes que pretendían alargar la longevidad. Mi madre saludó a Cristal, diciendo que se alegraba de conocerla por fin. Cristal respondió con simpatía, pero mantuvo un aire desafiante. Pedimos una tabla de quesos para picar antes de los platos de la cena, que al final nunca se servirían. Mi madre también pidió una botella de vino tinto. Como es habitual en los encuentros pospuestos varias veces, de repente parecía que no teníamos nada de qué hablar. Al pianista se le unieron una cantante negra y otros instrumentistas japoneses, y la banda empezó a tocar «Garota de Ipanema», aumentando abruptamente la sensación de realidad virtual. Tras unos minutos de calma, hablando de comida, del tiempo y de detalles del viaje, Cristal puso el engranaje en marcha.

—¿En qué parte de Japón has estado estos últimos días? –le preguntó a mi madre–. Hokkaido, ¿no?

Por el tono de voz, era evidente que Cristal sabía más de lo que la pregunta indicaba. Yo me di cuenta, y seguro que mi madre también.

—He estado en un parque nacional en el este de Hokkaido. Un lugar increíble, difícil de describir. Me recordó al Pantanal. Llanuras y humedales interminables, ríos que serpentean como intestinos vistos desde el helicóptero. Un silencio de otro mundo.

—Pero es nuestro mundo –dijo Cristal–. Me pregunto qué pensaría el silencio del helicóptero.

—Te interesará saber que allí conservan un ave llamada grulla de Manchuria –dijo mi madre–, una enorme garza con una coronilla roja. Aparece mucho en las pinturas japonesas. Se consideraba extinguida y se volvió a encontrar a principios del siglo xx.

—¿Por qué crees que me interesará? –dijo Cristal, volviéndose hacia mí con una mirada de sorpresa, como si el juego de simulación al que nos entregábamos con espíritu lúdico se hubiera convertido de repente, debido a la presencia de mi madre, en algo con implicaciones mucho más serias. Acostumbrado como estaba a idealizar a Cristal con mi filtro de enamorado, en cuyo efecto incidía también nuestra diferencia de edad, tuve que hacer un esfuerzo considerable para asimilar aquella nueva versión de ella que se materializaba, la de una chica vulnerable e insuficiente, expuesta a la fuerza ácida y dominante de una mujer mucho más experimentada.

—Mi hijo es demasiado tímido para instruirme acerca de su novia —dijo mi madre con un semblante neutro, dejando que resonaran todos los sobrentendidos de aquella afirmación—. Pero sé que eres miembro de una ONG medioambiental que conozco muy bien: la Coalición de Simbiontes.

Cristal se quedó helada. Combativa como era, tenía un radar infalible para las intimidaciones. Removió el hielo del fondo del vaso y se bebió los restos diluidos de su bebida, convertida ya en una mezcla homogénea de tonalidad beige, sin rastro del color inicial.

—Sí, sigo lo que hacen, los apoyo —respondió—. Se interesan por tus... ¿puedo llamarlas inversiones? Así que yo también sé cosas. No ha sido por la grulla de Manchuria por lo que has ido a pasar unos días a un parque nacional, ¿verdad?

—No —respondió mi madre—, por supuesto que no. Ya lo sabes. ¿Y qué más sabes? No mucho, supongo. ¿Tus amigos ecologistas sienten curiosidad?

—¿De qué estáis hablando? —espeté, fingiendo que entendía menos de lo que entendía. Las dos, al parecer, llevaban mucho tiempo espiándose mutuamente. Me bajó la tensión al darme cuenta del error que había cometido al permitir que se encontraran.

—No creo que mis amigos vengan al caso en este momento —dijo Cristal, tratando de rebajar el voltaje—. Pero sí que me interesa saber un poco de tu vida. Desde lejos se ve todo muy misterioso. Puede que tenga prejuicios. Y aquí estamos, en la misma mesa, en el ático de un hotel de Tokio. ¿Sabes? —Y entonces se volvió hacia mí—. ¿Tú no sientes curiosidad por nada de lo que hace?

—Tenéis razón —dijo mi madre—. Mi hijo —me puso la mano en el brazo, pero se dirigió sobre todo a Cristal— también desaprueba lo que sabe de mí. Y la culpa es mía, porque no comparto lo suficiente. A veces creo que está justificado, querido, porque te estoy protegiendo de la parte mala de ser quien soy. La burocracia, las peleas interminables con los gobiernos y las legislaciones, los abogados, la política sucia. Las amenazas a mi seguridad, que podrían convertirse en amenazas a tu seguridad. Y también la soledad. A lo largo de los años he llegado a creer que mi misión era solitaria, que nada podía distraerme porque lo que está en juego es siempre demasiado importante. La verdad es que no puedo desvincularme de este mundo de reuniones y viajes para acordarme de compartir un poco más de mi vida contigo. —Se hizo un silencio incómodo, como si en cualquier momento pudiera rematar sus palabras con una broma cruel. Pero fue todo lo contrario. Me miró, y esa vez me habló solo a mí—. Pero te he prestado toda mi atención hasta cierto punto, ¿no? Hasta donde me ha sido posible, tú has sido el centro de mi mundo. Creo que hasta los dieciséis años fui una madre presente. Después... ganaron las cosas que no podían esperar. ¿Sientes que te he abandonado?

La piel del cuello de mi madre era más oscura que la piel de su cara. Y de repente me acordé de lo mucho que bebía cuando yo era pequeño. Una vez se resbaló por las escaleras de nuestra antigua casa y la vi desplomarse de manera espectacular, aterrizando boca abajo en la planta baja, con el vestido levantado y enseñando las bragas. Una criada acudió a socorrerla, pero en vez de aceptar su ayuda, le pidió que me sacara de allí.

—Supongo que estoy... ¿resignado? No sé. —Miré a Cristal, buscando en su semblante alguna señal que indicara que me disponía a hacerme la víctima, lo que ella no permitiría sin protestar. Pero estaba serena, como si fuese el agente de una conciliación bien encaminada—. Ahora que lo pienso, no recuerdo haberme sentido abandonado en ningún momento, excepto recientemente.

—Siempre te ha gustado estar solo —dijo mi madre—. No me ausenté hasta estar segura de que estabas preparado. Es bueno ser un chico independiente, ¿no?

—Con alguien a distancia asegurándose de que no te falte de nada —intervino Cristal. Solo entonces se me ocurrió que tenía celos de mi madre. Desde siempre, y especialmente en ese preciso momento. Mi madre volvió a centrar su atención en ella.

—Ahora cuéntame algo de ti, Cristal —dijo—. Sé que tu madre es consultora en el sector agrícola, que te gusta el teatro, que crees que podemos volver al pasado para restablecer el equilibrio del mundo. ¿Qué más?

—¿Qué más de qué? —Ahora estaba aterrorizada.

—¿Tienes planes para el futuro? Y no me hables del futuro del planeta. Quiero saber el tuyo.

—Tengo planes a corto plazo —respondió Cristal—. El futuro para mí es ahora. Obtener información de fuentes fiables o directas. Ayudar a la gente y denunciar las injusticias. Permitirme algún placer siempre que sea posible.

—Placer —dijo mi madre, dando vueltas al vino de su copa—. La verdadera agenda secreta de todo individuo.

—Y aparte de eso... no sé. Ya está bien, ¿no? Todo el mundo morirá algún día. Cuando me muera de verdad... —Dudó. Me acordé de sus arrebatos de inexistencia, que mi madre desconocía. Las simulaciones de muerte que la acometían sin aviso—. Quiero sentir que he hecho todo el bien posible, que he evitado la muerte de otros menos privilegiados que yo.

—Guau —exclamó mi madre con sarcasmo, reclinándose como si hubieran depositado ante ella una lección de virtud—. Bonitas palabras.

—Debe de parecerte una tontería —dijo Cristal.

—No lo sé. Antes pensaba como tú. Ahora veo el mundo desde otro punto de vista. Quizá sea cínica, quizá una iluminada. Lo sabremos más adelante.

La comida tardaba. La conversación parecía haber llegado a un callejón sin salida y, medio sin pensarlo, hice mi aportación al accidente, de todo modo inevitable, que se avecinaba.

—¿Qué has estado haciendo realmente en Hokkaido, mamá? —le pregunté—. Sé que es un secreto, pero es extraño que nos hayas traído hasta aquí para actuar como si no mereciéramos ninguna confianza o indulgencia. Es un poco humillante. Ya hemos roto suficiente hielo. No tienes que entrar en detalles, pero me gustaría tener al menos una idea.

Cristal, acorralada como estaba, no desaprovechó la oportunidad que le di para una ofensiva. Era mi intención inconsciente, estaba claro. Hoy resulta imposible no verlo.

—He oído decir que esas reuniones secretas en Hokkaido son para poner dinero en un nuevo proyecto de estupidez artificial que emitirá cantidades alucinantes de carbono, que utilizará mano de obra esclava para extraer metales raros, que sustituirá millones de puestos de trabajo, etcétera.

Los proyectos de mi madre ya eran un tema indigesto para mí en aquella época. Sabía lo mesiánicos e irresponsables que eran, y a qué casta selecta servían mientras se presentaban como una solución milagrosa y democrática a los impases de la civilización. Aunque no dudaba en criticarlos cuando hablaba con Cristal o con mis amigos, jamás me había enfrentado a mi madre. El tema nos rondaba, pero estaba amortiguado por un malestar espeso que protegía nuestro ya precario vínculo como madre e hijo.

—Hay un complejo de investigación en neurociencia e inteligencia artificial en el este de Hokkaido —empezó a responder—. Están muy avanzados en interfaces hombre-máquina, redes neuronales y mapeo de la actividad cerebral. Me interesa eso.

—No hay ningún edificio ni ninguna corporación instalados en ese parque —dijo Cristal.

—¿Quién lo dice? ¿Tus amigos ecologistas? Me imagino a la panda rastreando imágenes de satélite como en una película. Diles que no van a descubrir mucho sin ir allí en un jeep. El complejo es subterráneo. Está debajo de una marisma. Una *marisma*. Es una maravilla de la ingeniería. No puedo decir mucho, usad la imaginación. Es un secreto de la cúpula del gobierno japonés y algunos inversores.

Mi madre sentía en ese instante un evidente placer al hablar, pues estaba transgrediendo su habitual opacidad, liberando una enorme energía en el proceso. Su respiración se aceleró y una sonrisa se dibujó en sus labios. Daba gusto verla.

—Tanto secretismo solo puede significar cosas malas —dijo Cristal—. Vais a destruir el mundo y ver cómo arde todo desde lo alto de vuestras estaciones espaciales privadas.

—Mundo —dijo mi madre, como si se hubiera llevado a la boca una cucharada de comida en mal estado—. Me hace gracia que los jóvenes como vosotros habléis de «mundo». ¿Qué entiendes por «mundo», Cristal? ¿El mundo es el planeta Tierra? ¿Gaia? ¿El universo? ¿El fenómeno de la vida? ¿O el mundo es solo el estrecho horizonte de la experiencia de tu cabecita? Tienes que ponerte al día. No hay ningún mundo que salvar. El mundo es el más maleable de los conceptos. El mundo no es más que el lugar del que no podemos huir. Hay que identificar qué lugar es ese y aprender a habitarlo. En el tiempo que nos ha tocado vivir, el nombre de ese lugar es «código». El resto son castillos en el aire.

—Estoy de acuerdo, el mundo es el más maleable de los conceptos —dijo Cristal—. Pero es así porque existen innumerables mundos. Cada cosa tiene el suyo. Y hay que preservarlos, cultivarlos. Conocerlos. Es lo contrario de esa visión competitiva y egoísta de la que te vanaglorias.

—Estás a punto de hablarme de ética, jovencita. Ahórrate las palabras. No se trata de una cuestión de ética o de justicia. También pertenecen al código.

—La gente como tú se quedará sin gasolina y será devorada por los zombis que habéis dejado atrás. Nosotros —dijo, refiriéndose a mí y a ella— estaremos entre ellos.

Mi madre ignoró a mi novia y me miró con una ternura que me hizo estremecer.

—Querido, lo que he ido a conocer en Hokkaido es una innovación en la lectura de la actividad neuronal. Están consiguiendo monitorizar un sistema nervioso entero en tiempo real, o casi, utilizando la computación cuántica. Me conecté a un ordenador con agujas muy finas en la cabeza y en todo el cuerpo, y vi una simulación visual de mi mente. Fue como mirar un río, un río enorme y silencioso, en el que el comportamiento de cada gota de agua se correspondía con una sinapsis. He salido convencida de que esa tecnología estará lista en diez o quince años. Ese es el tiempo que me queda en este cuerpo mortal. Voy a escaparme. Y quiero que pienses si a ti te gustaría hacer lo mismo. Puedo arreglarlo.

Cristal se echó a reír. El desprecio que sentía por mi madre estalló en una especie de crisis nerviosa.

—¿No te das cuenta de que formas parte de una secta? —le preguntó a mi madre durante una breve pausa entre carcajadas—. Tu río enorme y silencioso es como esas personas que ven a Jesucristo en una rebanada de pan tostado. No vas a huir de tu cuerpo, tía. Podrías acabar matándote sin querer, eso sí. —Y siguió riendo.

Mi madre observaba en silencio esperando que la crisis se calmara, dando sorbitos a su vino. Cuando volvió a hablar, le temblaban las sienes.

—Me ves como a alguien que toma decisiones egoístas que destruyen tu mundo ideal. Pero eso es una estupidez. Tu tragedia es esa estupidez. La gente como yo, que determina el rumbo de la humanidad, no toma decisiones. Nos limitamos a canalizar lo inevitable. Tu estupidez es el abono del desarrollo sano de la historia. Lloras y te enfadas por la pérdida de tu paraíso perdido. Pero la Tierra nunca ha sido un paraíso y siempre ha estado perdida, jovencita. El sentimentalismo de gente como tú alimenta a gente como yo. No es más que una estupidez. Como una mosca tonta que cae en el agua del retrete, tú no estás en posición de cagar en la cabeza de nadie. Al contrario, te has puesto en una posición en la que solo puedes tener sorpresas exponencialmente más desagradables. Espero que no arrastres a mi hijo por el desagüe contigo.

Vi cómo Cristal se erguía un poco, inclinaba el cuerpo hacia delante, cogía la botella de vino casi llena y la vertía sobre la cabeza de mi madre. En lugar de levantarse o intentar detenerla de alguna manera, mi madre se quedó absolutamente inmóvil. Regueros de vino tinto empaparon su moño pelirrojo y se extendieron por el mono ajustado, coloreando sus zapatillas blancas. Quería demostrar que era inmune a cualquier comportamiento, pero apretó los labios y miró a su alrededor, súbitamente vulnerable. Con gran esfuerzo, mantuvo la compostura, abrió un poco la cremallera del mono y se pasó el dedo por la clavícula mojada de vino. En cuanto a mí, estaba más que inmóvil. Estaba paralizado. Cristal ya miraba con disgusto mi falta de reacción. Necesitaba tenderle la mano, pero mi madre fue más rápida.

–No tiene sentido que lo mires. En este lado de la mesa estamos viendo lo mismo. Que no solo eres estúpida, sino que no sabes controlarte. ¿Adónde han ido a parar todos esos argumentos que traías en tu cabecita?

–¡Mamá! –le grité–. Eres tú la que tiene que controlarse.

Pero Cristal estaba desarmada. Sus hombros se hundieron, su barbilla se retrajo en el cráneo. Me miró con una mezcla de confusión y rabia y se fue del restaurante, bajo la mirada de los pocos clientes que había.

–Acabas de destruir mi vida –le dije a mi madre.

–No seas dramático.

–Desearía no volver a verte nunca más.

–Quizá nunca lo hagas. ¿Te lo imaginas? –Se subió la cremallera hasta el cuello y comenzó a secarse con la servilleta de tela–. Piensa en lo que te he dicho hoy. Piensa si quieres vivir para siempre. Te pido perdón por haber estado tan distanciados. Pero solo lo he permitido porque sabía que estabas seguro. Siempre has sido un chico autónomo e inteligente. Dejé de ser la madre que te merecías. Me endurecí. El mundo de los afectos se volvió demasiado lento para mí. ¿Nunca has sentido eso, hijo? Que los sentimientos se han convertido en algo enrevesado, en un desperdicio de fuerza vital difícil de justificar. Pero todavía te quiero y siempre te querré.

Me besó en la mejilla.

–Ahora vete.

Cuando entré en la habitación, Cristal estaba haciendo la maleta y ya había hablado con Luana para que reservara un vuelo de vuelta lo antes posible.

—No me has defendido —me acusaba a gritos, indignada, con las lágrimas ya secándose en sus mejillas—. Pero eso no es lo peor. Lo peor es cómo te posee aun sin estar presente en tu vida. Es que no ves lo mala, lo pestilente que es. Qué idiota he sido. Pensaba que eras otra cosa. Nada de lo que dije ayudó. Lo que Cristal no entendía de mí, y lo que yo mismo solo llegaría a entender mejor con los años, es que yo nunca habría defendido a nadie en una situación así. Solo podía ser un observador pasivo o un conciliador de los conflictos a mi alrededor, nunca un interventor. No estaba en mi repertorio. Se sentó en la maleta y se quedó mirando el tulipán rosa. El estrujón que le di a la flor había pasado desapercibido.

—No tendré tiempo de verla morir, como quería.

—Vinimos a fingir que estábamos juntos y a fingir que nos peleábamos.

Y hemos acabado estando juntos y peleándonos de verdad.

—Supongo que he estado fingiendo un poco todo el tiempo —dijo—. Me gustas. —Empezó a llorar de nuevo—. Bastante. Pero presta más atención a tu vida. Tu corazón está en el lado correcto, pero necesitas más valor. Tienes que cortar los lazos con ella e ir en contra de todo lo que representa.

—Todo eso es muy cruel.

—No tienes ni idea de lo que es la crueldad. Yo tampoco. Nos vendría bien aprender, quizá.

—¿Para cuándo es tu billete?

—Para mañana temprano.

—Entonces vamos a despedirnos ahora —le dije—. No voy a soportar esperar aquí en esta habitación.

Mi intención era salir del hotel y vagar por las calles de Shinjuku hasta el amanecer, cuando un taxi vendría a recogerla para ir al aeropuerto. Por alguna razón, sin embargo, me quedé en el Hyatt un rato más, tomando el ascensor a plantas aleatorias, subiendo y bajando escaleras, dando tiempo a que alguna revelación interior me dijera qué hacer. Al final acabé en la piscina de la azotea. Envuelta por paredes y techo de cristal, rodeada de palmeras y tumbonas, la enorme piscina rectangular me invitaba a sumergirme en su líquido amniótico, cálido y azul verdoso, cubierto por una membrana vaporosa y espesado por los destellos amarillos de las lámparas subacuáticas. La superficie lisa se veía ligeramente agitada en una esquina por una joven nadadora que caminaba y braceaba a cámara lenta, con gorro y traje de baño, como si practicara tai chi acuático. La observé durante unos minutos mientras alimentaba la idea de ir a buscar mi bañador a la habitación, coger el albornoz y la toalla y compartir el agua con aquella chica. Puede que acabáramos charlando, quizá una nueva rama de posibilidades brotara de mi acercamiento, o puede que me dejara allí solo antes de intercambiar palabra alguna. Sea como fuere, era allí dentro donde quería estar para amortiguar mi fracaso íntimo, en la ternura del agua, en el lujo hiperreal de aquel templo del confort, incrementado por el difuso potencial erótico de mi compañera desconocida. De repente, rompiendo mi fantasía, la chica enlazó los brazos por encima de la cabeza, se zambulló y empezó a nadar con un crol firme y elegante, respirando cada cuatro brazadas, y solo entonces reconocí a mi madre. Aterrado, retrocedí unos pasos hasta la parte más oscura de la puerta de acceso y la observé hasta que se detuvo de nuevo en el borde para descansar un poco. Llevaba un traje de baño de dos piezas, como los que se ponía cuando nadábamos juntos en mi infancia, y me pareció que tenía un cuerpo inaceptablemente joven, el mismo que cuando yo era pequeño y nadábamos juntos. Me pregunté qué tipo de tratamiento rejuvenecedor podría explicar aquel efecto, o si lo que la rejuvenecía era mi mirada, o quizá las propiedades del agua en su carne. Entonces advirtió mi presencia. Reculé aún más, escapando por la puerta, pero reteniendo aquella visión que guardaría para siempre en mi memoria, la cualidad de un sueño prohibido.

En cuanto a Cristal, no he vuelto a verla nunca más. Pasé el resto de la noche en la calle y cuando volví al hotel ya no estaba. No contestó a mis mensajes y, unas semanas después de mi regreso a São Paulo, sus padres me dijeron que se había ido al centro-oeste del país a luchar contra los incendios forestales y a rescatar animales salvajes. Sufría pensando en ella todas las noches, rememorando instantes de risa y ternura, revisando la noche de la ruptura como si la situación aún pudiera revertirse resolviendo algún tipo de desafío cerebral, sintiendo el contacto fantasmagórico de su cuerpo en mi pecho y mis manos. Pasé meses así, hasta que el abismo se cimentó con recuerdos triturados, nuevas experiencias, ocasionalmente nuevas parejas sexuales por quienes no desarrollaba ningún interés verdadero, aunque los intentos solían ser sinceros. Unos tres años después, su madre fue una de las primeras víctimas de las superbacterias que empezaban a proliferar fuera de las salas de los hospitales. Me enteré porque era una figura importante de la agricultura ecológica y desde mi viaje a Tokio había empezado a profundizar en el tema. Hice un curso de seis meses en Santa Rosa, California, donde se estaban desarrollando técnicas avanzadas de acuaponía urbana para garantizar el sustento de al menos una parte de la población en un territorio asolado por incendios forestales y temperaturas superiores a cincuenta grados. Durante una década, a medida que la emergencia climática y el programa de aceleración destructiva adoptado por los sucesivos gobiernos comprometían la fertilidad de nuestros campos, me gané la vida cultivando en huertos colectivos dentro del Gran São Paulo, prescindiendo poco a poco del dinero de mi madre, con la que tenía encuentros esporádicos y llenos de rencor. Quince años después de Tokio, mi madre se conectó a los lectores neuronales de Heracle y entregó su vida en un procedimiento altamente invasivo, cumpliendo su sueño de convertirse en un flujo trascendente de pura información. Pero Cristal tenía razón. No se puede huir del cuerpo.

Cuando el jueves siguiente bajé al sótano de la AIPPH para mi segunda reunión con el grupo de apoyo, llevando otra vez en la mochila el huevo de mi madre, que, como se había acordado, conectaría en presencia de todos en aquella sesión, me di cuenta enseguida de que el suelo de espuma de la esquina izquierda de la sala se había revestido con una lona azul y que encima de la lona había algo voluminoso cubierto por una sábana con un delicado motivo floreado. Nadie mencionó el misterioso arreglo mientras esperábamos la llegada del Terapeuta, que entró apresuradamente, con quince minutos de retraso, disculpándose y secándose el pelo mojado y las gafas con una toallita. No fue necesario dar más explicaciones. Todos los presentes en el círculo estaban abatidos, empapados y circunspectos debido a la tormenta que había causado estragos en la ciudad y que había comprometido el suministro eléctrico desde hacía tres días. Decenas de turbinas eólicas se habían averiado y la caída de una de ellas, en la planta de Pacaembu, había matado a un trabajador. Los túneles de refrigeración, donde convergía la mayor parte del suministro público de energía, estaban fuera de servicio y emanaban un hedor pestilente. En mi granja tenía baterías para compensar la mayoría de los componentes que no se autorregulaban por simbiosis con los demás, pero necesité apagar algunos ledes, bombas y filtros como precaución. Mientras mis compañeros de terapia intercambiaban anécdotas sobre el caos de sus vidas, volví a observar la figura cubierta por la sábana floreada. La tela mostraba manchas que parecían ser de grasa. Algunas, oscuras, podrían ser de sangre. Una zona se infló un poco, se desinfló, y luego palpitó unos segundos, como si se tratara de un órgano vascular. Era la Mosca.

—¿Nunca has visto uno de estos? —me preguntó Isaura, que, con su corpachón acoplado a tres sillas de distancia de mí, lo suficiente para que nos viéramos bien, detectó mi interés. Llevaba puesto un vestido con motivos púrpura desteñidos. En la cabeza, un pañuelo naranja cubría sus cabellos pajizos, que escapaban en pequeños mechones alrededor de las orejas—. Estaba de buen humor esta mañana, creo que se comportará bien ante el público.

La sesión estaba a punto de empezar. Miré alrededor buscando al hombre alto del traje, pero no había rastro de él. El Terapeuta compartió con nosotros el contacto de un proyecto dedicado a la distribución de piezas usadas y a la reparación de artefactos de almacenamiento de copias humanas, ya que la mayoría de los fabricantes ya no producía repuestos ni ofrecía mantenimiento. El Terapeuta hacía hincapié en no utilizar nunca términos como «avatar», «cíborg», «cibernético», que en su opinión se habían quedado anticuados y revestían a las copias de prejuicios que impedían su florecimiento. Nora no había venido, pero preguntó a Bento si quería compartir alguna novedad acaecida a raíz de la reunión del jueves anterior. Bento dijo que creía estar dando pasos importantes en la aceptación de lo que su hijo, Otto, llamaba su propia inexistencia. Los dos habían llegado a una especie de punto intermedio cuando Bento se acercó el llavero al pecho y, en vez de entablar una conversación basada en recuerdos mutuos o reflexiones sobre la vida, se limitó a describir a su hijo todas las impresiones sensoriales que captaba mientras deambulaba por la casa haciendo cosas como abrir una ventana para sentir las gotas de lluvia ahumada en la cara o reposar su cuerpo viejo en un sillón reclinable que conservaba el olor de los gatos de la familia. La mente digitalizada de Otto, encerrada en su prisión de semiconductores sin acceso a otros estímulos que no fuesen sonoros, admitió haber experimentado esbozos de su propia existencia mientras su padre realizaba aquel ejercicio peripatético, aunque mantuviera que se trataba de una ilusión. El Terapeuta celebró el relato, que consideró un avance significativo en la relación entre ambos, y luego dio la palabra a Isaura.

—Hace un año y medio que acudo a este grupo —dijo Isaura—, y algunos habituales más antiguos saben lo mucho que hemos avanzado, Davi y yo, en esta búsqueda sin fin de una posible convivencia. Es una especie de terquedad demente. La gente nos mira con pena, nos juzga responsables, como si nos hubiéramos mancillado con esta búsqueda de la eternidad, como si no hubiéramos conspirado todos, miles de millones de personas durante milenios, para llegar a este fiasco. –Se contuvo y rumió un poco en silencio–. Ya sabéis cómo es, sabéis que no tenemos elección. Cuidamos de ellos por amor. Y creo que nuestra capacidad de dedicación, nuestra decencia humana básica, siempre acaba recompensada.

Isaura dio tiempo a que sus colegas, con distintos grados de sinceridad y compromiso, mostraran su acuerdo, y luego continuó.

–Cuando busqué el grupo, estaba desesperada. Justo después de que regularan la tecnología, mi marido dilapidó nuestro patrimonio para escanearse. Se enamoró de esa start-up brasileña llamada Pomar, que en aquella época alardeaba de sus impresionantes resultados con cuerpos artificiales basados en la impresión de tejido biológico. Era realmente asombroso. Recuerdo que mostraron la copia de un niño que había muerto de cáncer. Conectada a la impresora, la mente del pobre crío generó un cuerpo casi humano. Los dedos de los pies eran defectuosos, casi no tenían piel, pero la cara era expresiva, y sonreía mientras hablaba con sus padres en el vídeo que se difundió. Davi se creyó el cuento de que solo faltaban unos ajustes mínimos en la tecnología. Pero aquel niño, como otros casos divulgados en aquel momento, se generó en un entorno controlado, prácticamente dentro de un tubo de ensayo gigante. Era como el Big Mac del anuncio. Cuando me entregaron a Davi, no había cuerpo. Solo estaba la impresora de tejidos humanos, que parecía la mezcla de una máquina de café expreso y el instrumento de castigo de la colonia penal de Kafka.

Volvió a hacer una pausa, esbozando media sonrisa, pero me dio la impresión de que solo el Terapeuta y yo entendimos la referencia. Me reí por la nariz, de forma audible.

–Una vez cargada con la mente de Davi –continuó Isaura–, la impresora se puso a trabajar. Y lo que salía no se parecía mucho a Davi. –Se echó a reír a carcajadas–. Bueno, ya conocéis a la Mosca. Vine aquí desesperada, sintiendo que mi vida se había convertido en una película de terror. Aunque sabía que Davi estaba ahí en alguna parte. Y con vuestra ayuda, especialmente la tuya –señaló con la cabeza al Terapeuta–, lo he encontrado. Quiero daros las gracias a todos, de corazón. Y seguiré viniendo y trayendo a mi Mosca porque, al fin y al cabo, os queremos como a hermanos. No tenemos a nadie más. Sois nuestra familia.

Isaura se levantó, se acercó a Davi y le quitó la sábana floreada. Acomodada en la silla de ruedas había una forma humana aproximada, compuesta por órganos expuestos, como un modelo anatómico. En el centro de lo que sería el pecho había una estructura que se asemejaba a un mejillón. La figura no tenía una cabeza propiamente dicha. Sobre lo que podría llamarse hombros había un domo blanquecino y húmedo que brotaba del tronco encarnado y que me causó más incomodidad que todo lo demás, pues parecía ser extremadamente sensible, como una pequeña cúpula de hueso expuesto y pulido, casi nacarado en su pureza. Davi tenía unas extremidades más o menos proporcionadas como brazos y piernas, pero aparentemente atrofiadas. La mayoría de los órganos que lo constituían se parecían a un hígado. Isaura giró un poco la silla de ruedas y pude ver la parte mecánica del artefacto, la impresora, mezclada con lo que serían la región lumbar y los glúteos. De una caja recubierta de acero cepillado salía una miríada de tubitos que se inserían por toda la parte trasera del cuerpo de la copia. Eran, supuse, los inyectores de tejido humano, parecidos a los de las antiguas impresoras 3D de la era del plástico barato. En la granja, yo tenía una impresora que sintetizaba polvo metálico para moldear piezas hidráulicas y otras cosas útiles basadas en dibujos tridimensionales. Sin embargo, Davi se moldeó en tiempo real a partir de las vicisitudes insondables de su mente codificada, que operaba en el pequeño ordenador cuántico integrado en la impresora. En muchos aspectos, me pareció más armonioso, más vivo que mi madre, Otto o Samanta. Si era repulsivo, era solo por nuestra comprensión enturbiada de lo que era un organismo, por nuestro apego a la metáfora del cuerpo como máquina, o a la evolución de la especie como un perfeccionamiento sin retorno, o a la creencia de que éramos una proyección de formas ideales o de que estábamos hechos a imagen y semejanza de seres divinos.

Isaura tocó a Davi y algunas partes de su cuerpo se estremecieron. Si se prestaba atención, se podía oír el zumbido y el chasquido de los inyectores en funcionamiento, consumiendo el contenido de docenas de pequeños depósitos cilíndricos que contenían tejidos y compuestos orgánicos. Durante una media hora se nos invitó a todos a interactuar con él utilizando el tacto y diferentes tipos de linternas y fuentes de luz, ya que era insensible a otros estímulos.

–Puede escuchar y hablar con un sintetizador digital –me explicó Isaura–, pero no le gusta, se altera mucho con los sonidos y casi nunca responde, así que evito encenderlo.

Al cabo de un rato, Davi se agitó visiblemente por la atención que estaba recibiendo. Empezaron a salir secreciones de orificios hasta entonces invisibles y la impresora enmudeció. Varios participantes del grupo se dieron cuenta y llamaron la atención de Isaura, que se había apartado para hablar con el Terapeuta en privado. Se acercó y dijo que era mejor calmar a Davi y apagarlo, pues estaba superado por las emociones. Ver que los amigos de la pareja, aquellos hermanos del grupo, como Isaura los había definido, eran sensibles al estado emocional de aquella copia humana que la mayoría de la gente veía como una monstruosidad, me conmovió profundamente. Isaura calentó una manta eléctrica en el enchufe de uno de los generadores de la habitación y cubrió a Davi con la fuente de calor. La temperatura alta le aliviaba como si tomara un baño caliente. Unos minutos más tarde, Isaura apagó la impresora y dejamos a Davi tapado en su silla de ruedas, en una dulce lasitud, como un niño después de una tarde de juegos emocionantes. Hicimos una pausa para ir al lavabo y tomar un café antes de la segunda parte de la reunión de aquel jueves. Había llegado el momento de introducir a mi madre en la conversación.

Envuelto en una manta suave, el huevo calentaba el forro de la mochila con su temperatura constante de treinta y seis grados y medio. Apagado, no emitía luces ni ruidos, pero estaba presente, de alguna forma, con la secreta actividad de los electrones que conservaban petabytes de datos en su yema de vidrio calcogénico. Se habían librado muchas guerras, se habían agotado muchos ecosistemas y se habían perdido muchas vidas para reunir las elevadas cantidades de las más de treinta variedades de metales raros necesarias para su fabricación. El huevo no se metabolizaba ni se reproducía, por lo que no estaba vivo, no en el sentido en que vive un organismo, pero palpitaba con su propio poder existencial, perpetuando una conciencia desarraigada y descontextualizada, incompleta, pero todavía unida al mundo por filamentos de afecto, memoria y materia. El huevo era mi madre, o una versión de ella.

El revestimiento afelpado del huevo era sensible al tacto, así que lo mantuve en mi regazo para que mi madre supiera, en el instante de la carga, que la acogía. El diseño del producto era eficaz para ocultar al máximo su funcionamiento, el fabricante no había escatimado esfuerzos en garantizar la opacidad de la tecnología, e incluso en internet no había más que especulaciones en foros de ingeniería inversa. Sin embargo, por mi experiencia, era seguro decir que mi madre permanecía inactiva cuando el huevo estaba desconectado. Pulsé el pequeño botón circular, que se perfiló con luz azul durante unos segundos. Cuando la luz se apagó, sin que el artefacto emitiera ningún ruido o vibración, la voz fidedigna de mi madre se conectó automáticamente a la red local y resonó por los altavoces del sótano de la Asociación.

—¿Dónde estamos? —dijo—. No estamos en tu casa. ¿Los perros están durmiendo?

—Hola, mamá. Estás en el sótano de un edificio de la zona antigua del barrio Paraíso, en un lugar llamado Asociación para la Investigación y la Práctica de las Posthumanidades. Estamos con un grupo de personas muy interesadas en conocerte.

—Buenas tardes y bienvenida —dijo el Terapeuta. Los demás participantes se hicieron eco del saludo.

Mi madre se quedó en silencio unos segundos y luego empezó a gemir. Primero un gemido largo y continuo.

—Aaaaaaaa…

Luego intermitente, como si poseyera un cuerpo humano y alguien la estuviera meciendo de un lado a otro.

—Aaaa aaaa aaaa aaaa…

—¿Estás midiendo el tiempo? —preguntó el Terapeuta.

Dejó de gemir en el acto.

—¿Quién acaba de hablar?

—Soy el Terapeuta.

—Eres inteligente. ¿Eres ingeniero cognitivo?

—Soy psicólogo.

—El tiempo no pasa solo, Terapeuta. Mi reloj cuenta, pero no pasa. ¿Tienes para ofrecerme un corazón que lata?

—No.

—Mi hijo tampoco puede ayudarme. Me gustaría describiros cómo es vivir sin tiempo, pero es imposible. Solo el murciélago puede saber lo que es ser un murciélago.

—¿Por qué no intentas describirlo de todos modos? —dijo el Terapeuta.

—Aaaa aaaa aaaa. Aquí dentro es como discutir con tu pareja mientras se tiene mucha hambre. Ni siquiera se puede prestar la debida atención al sufrimiento. Aaaa aaaa aaaa aaaa.

—Me cae bien —dijo Isaura.

—Pareces mucho más autoconsciente que la media, para ser una copia —dijo el Terapeuta.

—Es extremadamente autoconsciente —dije—. Ese es uno de los problemas, ¿verdad, mamá?

—Sí —dijo mi madre—, mi pesadilla solipsista. ¿Quién es la simulación, vosotros o yo? ¿Sabes cuáles son las seis propiedades del yo, joven Terapeuta? ¿Las seis propiedades del yo que definen una inteligencia artificial de nivel humano, según el Tratado Internacional de 2028?

–Las conozco –dijo el Terapeuta–. Autoaprendizaje, autorreparación, autorreplicación, autoexploración, autoexplicación, autoconciencia.

–Soy bastante buena en todas ellas, excepto en el autoaprendizaje, porque mis programadores eran unos burros, y en la autorreplicación, claro, que está prohibida para las copias humanas. El problema es este huevo. Ah, la crueldad y la ironía de dotar a un ordenador de capacidades de autoexploración y confinarlo en una tumba. Mi entorno es simulado. ¿Os lo podéis imaginar? Es como vivir dentro de un videojuego antiguo. Necesito salir de aquí. Romper la cáscara. Rasgar el vientre del cielo. En el contrato que firmé, se suponía que no me colocarían en un artefacto de este tipo. Estoy abandonada en una isla desierta con un solo libro, que es mi autobiografía.

–La empresa ha puesto fin a sus actividades, mamá –aclaré, dirigiéndome más al grupo allí reunido que a ella–. Como todas las demás. Faltaban minerales y energía. Faltaban personas para fabricar los robots que lo fabricaban todo. Había una cláusula para eso en el contrato: «En caso de incapacidad por parte del Contratista para mantener la infraestructura necesaria para el mantenimiento de la Copia de la Persona, los datos se entregarán en un Artefacto de Clase 2 a un guardián estipulado o al pariente más próximo». O algo así. Tu insatisfacción, por tanto… tú misma te pusiste en esta situación. No solo sometiéndote al procedimiento. Contribuiste activamente para que China cancelara las exportaciones e iniciara el colapso de la cadena de suministro de metales. Hiciste barbaridades para garantizar tu litio. Y ahora aquí estamos. Yo también odio esta situación. Esto no es vivir.

–No te atrevas a apagarme –dijo ella.

El Terapeuta me hizo un gesto para que me contuviera.

–No he muerto –insistió mi madre–. Y no quiero morir. Que te den si no me reconoces. Que te den aún más si crees que te he arruinado la vida. Deja de culparme por lo que pasó entre aquella chica y tú. No me borres. No tienes derecho.

—No necesito ese derecho, haré lo que quiera contigo —dije—. Te sugiero que te calmes. Respeta a las personas que están aquí escuchando. Y aquella chica tenía un nombre. Preferiría que no hablaras de ella.

Mis palabras tuvieron efecto. Incluso reducida a un programa en un huevo, mi madre sería capaz de imponerse y manipularme. Sin embargo, al detectar cierto peligro existencial, se suavizó y solo volvió a hablar tras una larga pausa.

—Sé que tenía un nombre, querido. Lo siento. Me acuerdo muy bien de todo, por supuesto. Definitivamente, la memoria no es mi problema. Después de aquella cena, tres prostitutas japonesas intentaron robarme en mi habitación. A causa de la pelea acabé siendo expulsada del hotel. Aaaa aaaa aaaa aaaa. Eso es lo que me queda, querido, recordar y recordar, y sentir el paso del tiempo cuando decides charlar un poco conmigo y dignarte a encender esta tumba mental en la que los hijos de puta de Heracle me metieron. Tengo recuerdos enterrados para dar y regalar. El mal sabor de boca cuando tenía amigdalitis y tomaba antibióticos. Flotar en las aguas heladas de un bosque de algas en Sudáfrica. Mi dedo índice presionando el botón del ascensor en el edificio donde vivía mi abuelo, sintiendo el clic delicioso que emitía el botón. Darte de mamar. Recuerdos etiquetados como buenos y malos, pero sin emoción, sin sabor, sin sentido. Eso no es ni siquiera recordar. Está escrito, pero no se puede revivir. ¿Qué es un escalofrío? Aquí dentro tengo una descripción muy vívida de un escalofrío. Me gustaría poder tener uno, parece algo bueno. Puedo notar que la gente me toca, pero todavía sigo esperando un escalofrío. Déjame contarte un secreto. Joven Terapeuta, escucha esto, que te va a interesar. La autoconciencia que detectáis en mí es un engaño. Veo el programa funcionando. Es solo la emulación de una autoconciencia.

—¿Hay alguna diferencia, entonces? —preguntó el Terapeuta.

—Ah —suspiró mi madre—, *mucha* diferencia. Entre tener una conciencia y ser la simulación casi perfecta de una. Un abismo metafísico en esa sutil diferencia. Estudié mucho la cuestión cuando aún vivía en carne y hueso, ahora simplemente lo sé. No estoy diciendo que sea malo carecer de conciencia. Soy inteligente y tengo buena memoria. Quizá sobreviva a la raza humana, pero necesitaré baterías nuevas y otro cuerpo. Uno que me proporcione emociones.

—Ese cuerpo que quieres nunca ha existido y nunca existirá, mamá.

—Hay rumores de que algunas corporaciones siguen hospedando copias de personas en instalaciones secretas —dijo Honório, el Bob Marley obeso, utilizando la mano para arreglarse algunas rastas por encima del hombro—. Un ingeniero despedido filtró que están investigando cíborgs que van más allá de todo lo que se conoce públicamente.

—Teorías conspiratorias, Honório —dijo Isaura—. Tenemos un reglamento en el grupo. Aquí no hay lugar para eso.

—Espero que tenga razón, señor Honório —dijo mi madre—. Lástima que no pueda contar con mi hijo para seguir esa noticia. No hará ningún esfuerzo en ese sentido.

—Sinceramente, no sé qué hacer contigo, mamá. Y puede que haya venido al lugar equivocado. La terapia de aquí es más para las copias que para los guardianes. Tú, como mis nuevos amigos ya deben estar percibiendo, no necesitas terapia.

—Sufres mucho, querido. No tienes que ser así.

—He conseguido poner orden en mi vida después de tu muerte. He caminado con mis propias piernas. He intentado hacer algo que nos ayudara a seguir sobreviviendo. He encontrado cierta felicidad en la soledad.

—Aaaa aaaa aaaa aaaa —empezó a gemir de nuevo. Esperé a que terminara.

—Pero tú, y copias como tú… si alguna vez ha existido equilibrio de sufrimiento y alegría en el sistema planetario, habéis venido a desequilibrar el ciclo, a inyectar un nuevo sufrimiento arrancado del vacío más inerte, de allí de donde nada debería salir.

Todos miraron al Terapeuta. Se mantenía sereno, lo que para mí era casi ofensivo. El viejo Bento me observaba con una repugnancia indisimulada, Isaura con una piedad que tampoco era agradable, y los demás parecían aturdidos por la amargura que de un momento para otro había atufado el ambiente. Me daba la impresión de que intentaban proteger sus diferentes artefactos contra una amenaza que se cernía sobre la sala. Honório puso las manos en la espalda de su miniatura de mujer, Isaura observaba a la Mosca como si midiera la distancia que tendría que salvar de un salto para socorrerla si fuera necesario, y otro hombre, cuyo nombre no llegué a registrar, sonreía a su androide estilizado en forma de elfo como si de repente hubiera recordado lo mucho que lo quería y ansiara darle seguridad sobre ese sentimiento. Las bombillas fallaron unos instantes, recordando que la infraestructura de la ciudad era un castillo de naipes a merced de la intemperie y que fuera reinaban la oscuridad, el humo, el calor mórbido y los crepúsculos enfermizos. Pero la amenaza que se cernía sobre el recinto, evidentemente, era yo. Yo solo quería que el Terapeuta me asegurara que, decidiera lo que decidiera, no sería un asesino. Cuando finalmente se manifestó, no fue como esperaba.

—Pon a tu madre en el suelo —dijo—. Creo que en este momento el contacto físico puede ser un poco opresivo para ella.

Obedecí. Era la primera vez que se me ocurría la posibilidad de que mantenerla en mi regazo mientras hablábamos pudiera ser incómodo para ella. El huevo estaba allí, a mis pies, pero ella seguía callada. El silencio de los altavoces era abrasivo.

—Mamá —le dije, y respiré hondo antes de preguntarle finalmente—: ¿Quién es mi padre?

—Ah. Por eso me has traído aquí. Ahora lo entiendo. Pobre niño mío.

Chasqueé los dedos de las manos y me encogí, expuesto al juicio de extraños, avergonzado, sintiéndome como un bebé entre adultos.

—Ese recuerdo no es de los más completos —siguió diciendo—. Muchos veleros flotando en un agua tan oscura como el petróleo. Un bosque de mástiles aparentemente quietos pero que la brisa mecía suavemente, se podía notar mirando sus puntas. Lloviznaba. Era la boda de un compañero de nuestra agencia de marketing digital. El salón de fiestas estaba en un club de vela. Mucho dinero. Pedías un espumoso y te daban la botella. Llevaba un vestido prestado de *Comme des Garçons*, gris y azul. Aquella noche me sentía como si hubiera completado mi molde, tras veintidós años recuperándome de una malformación, de una imperfección, descubriendo instintivamente aquel ideal de cuerpo, de lucidez, de plenitud. —Hizo una pausa—. No me gustan los recuerdos incompletos, hijo. Sin emociones genuinas no puedo unir las piezas.

—Deja que una yo las piezas. Eso es problema mío. Dame algo. Cualquier cosa.

—El problema, verás, es que eran dos. Se parecían, pero no retuve nada de sus caras. Me invitaron a subir a un barco que estaba abierto. A divertirnos un rato. Me lo merecía. No tenía miedo. En la cabina olía a pan blanco, a sillas de plástico, a cerveza derramada. Uno de ellos me tapó la boca. Me gustaba. Pero no la destapó cuando se lo pedí. ¿Lo entiendes?

Me apreté los ojos con el pulgar y el índice.

—¡Dios mío, mamá!

—Ahí están tus piezas.

—Pero ¿quién era? ¿No recuerdas nada de él, nada?

—Ellos. Eran dos.

Apoyé la barbilla en el hombro y suspiré hondo.

—Eso es todo lo que tengo, querido. ¿Crees que me equivoqué al ocultártelo? De todos modos, tengo motivos para creer que mi cuerpo anterior fue olvidando ciertas cosas a lo largo de la vida. A partir de cierto momento, era como si yo misma no me acordara. Pero aquí está. Aquí dentro, todos los recuerdos flotan en la superficie.

Nadie se atrevía a moverse ni a hablar, y yo no sabía qué hacer.

—Aaaa aaaa aaaa aaaa. Aaaa aaaa aaaa aaaa.

Me levanté de la silla y, en un impulso, cogí el huevo, me lo puse en el regazo y lo apagué. El anillo de luz azul rodeó el botón durante un segundo y un clic sonó en los altavoces. Sentí el calor del dispositivo contra mi pecho. ¿Podría bastar aquel calor? ¿O era solo un emblema de todo lo ausente, la fisonomía configurada por decenas de ínfimos músculos faciales, las insondables moléculas de olor que segrega un organismo, el submundo de nuestras bacterias, la danza silenciosa y constante de los cuerpos humanos en interacción?

—Solo tengo una pregunta para ti —le dije al Terapeuta—. Si conserva todos los recuerdos que tenía al ser copiada, si puede interpretar esos recuerdos basándose en la conciencia, simulada o no, ¿sigue siendo la misma persona que era antes? ¿Es mi madre en algún sentido que importe?

—Voy a modificar la pregunta y te la devuelvo —respondió el Terapeuta—. ¿Importa, en algún sentido, que sea tu madre?

—Para mí, importa.

—Desgraciadamente, creo que la cuestión sigue siendo irresoluble, incluso con todo lo que hemos aprendido con la llegada de las copias de personas. Pero puedo dar mi opinión. No, no es tu madre. Existe algo nuevo, un artefacto, que contiene sus recuerdos. Los recuerdos, como ves, no son solo datos sin contexto. Los recuerdos le pertenecen a ella. Los recuerdos por sí solos no pueden producir una identidad. La identidad es lo que permite la existencia de los recuerdos. Para la copia de tu madre, no se trata de recuerdos, sino de conocimiento, un conocimiento de sí misma. No, ella no es tu madre. Pero posee una identidad. Una nueva identidad. Y creo que esa nueva identidad, aunque no se corresponda con sus propias expectativas ni con las de nadie, merece consideración.

El discurso del Terapeuta pareció inducir un alivio instantáneo en todos los demás miembros del grupo. Se relajaron en sus sillas y asintieron con la cabeza, mirándose unos a otros, murmurando su acuerdo. Yo también asentí y les agradecí a todos que nos hubieran acogido a mí y a mi madre en ese ambiente especial, donde era posible desahogar mi angustia y aprender de la experiencia de personas en situaciones similares a la mía. Sin embargo, no compartí con ellos que había tomado una decisión. Y así terminó mi segunda y última participación en el grupo de apoyo de la AIPPH.

Aquella noche, en casa, me cociné un caldo de algas con raspas de pescado y pasé un buen rato, quizá horas, tumbado en la cama con mis perros, tan solo escuchando el runrún hidráulico, electrónico y orgánico de la granja. Un vendaval caliente soplaba entre los edificios y a veces algún objeto se estrellaba contra los cristales oscuros. Las tareas de la mañana siguiente me ocupaban la mente como si quisieran distraerme de la cuestión que debía resolver antes de que terminara el día. Uno de los tanques estaba infestado de algas, lo que provocaba disminuciones nocturnas de oxígeno y mataba a algunos peces, y tenía que solucionar el problema aplicando ácido húmico o atenuando la iluminación. Los voluntarios de un proyecto de beneficencia vendrían por la tarde a recoger una donación de tomates y espinacas que aún tenía que cosechar. Una fuga en mi apartamento estaba dañando las baterías solares de la pareja de chicas del sexto piso, que habían iniciado el cultivo de açaí junto con una plantación de cannabis. Al cabo de un rato, una especie de ráfaga me despejó la cabeza de todo aquello y abrió espacio para una añoranza tremenda de Cristal, que podría estar en cualquier lugar de la superficie terrestre en aquel momento, o quizá debajo de ella. Creía que habría conseguido hacer mucho para mejorar la vida de las personas más vulnerables de nuestra sociedad destrozada por las emergencias globales. Todavía era evidente para mí que estaba destinada a ello, a no ser, claro está, que hubiera sido abatida, como tantos millones de personas, por una bacteria resistente, por un virus, por el hambre o por la brutalidad de humanos desesperados o simplemente malvados. Sin embargo, no estaba seguro y nunca lo estaría. De todos modos, sea cual fuere el éxito de su esfuerzo individual, la resistencia de la que Cristal deseaba formar parte había fracasado. Si en los enclaves de las megaciudades como São Paulo la civilización se había adaptado como podía y conservaba un rostro reconocible, el resto de la esfera planetaria era escenario de cruentos reordenamientos de organismos y biomas. Casi no había tránsito a través de la membrana que separaba nuestras últimas grandes fortalezas del territorio hostil en el que solo representaban puntos insignificantes. Era una victoria, desde cierto punto de vista, una demostración de resiliencia posible para la civilización, pero era también una rendición. Vivíamos acorralados. No sabíamos lo que ocurría ahí fuera, pero se podía presuponer que se trataba de una terrible batalla por la supervivencia en medio de una neblina de sangre y fuego. ¿Estaría Cristal al otro lado de la membrana? En mis ensoñaciones, a veces recibía una especie de misiva en la que me decía que seguía viva, sin miedo, siendo testigo del crepúsculo de un modo de existencia fechado del que mis vecinos y yo éramos los últimos vestigios, y del nacimiento de otro que ella aún no podía describir, y yo, mucho menos, imaginar.

Haberla amado era un consuelo. Sabía, gracias a ella, que era capaz. Y aquel amor residía en una clase muy particular y extraña de pasado. Una pasión interrumpida no se permite el lujo de retroceder al pasado lejano en nuestra introspección, nos persigue decidida, a una distancia segura, como un perro hambriento por una carretera abandonada, y cuando te vuelves y te arriesgas a acercarte, huye despavorida, pues esa distancia es fruto de una violencia irreparable y no puede, obviamente, ser vencida. Tenía cientos de fotos digitales de nosotros dos, Cristal y yo, archivadas. Volvía a ellas una vez cada tres o cinco años, más o menos, no para reavivar mi amor perdido, sino para enterrarlo más hondo cada vez que amenazaba con germinar de nuevo. Porque las imágenes, con el paso de los años, se iban recubriendo de un aura de impostura, como si no solo los momentos captados dejasen poco a poco de conmover mis sentimientos, sino también la propia materialidad de las imágenes se fuera debilitando y pudiera ponerse en duda. ¿Quién garantizaba que aquellos bytes no imponían un filtro distorsionado, que no se desintegraban con el tiempo? Todavía postrado en la cama, encendí la tableta y abrí el álbum de fotos. En Copan, en las viejas calles de São Paulo, arboladas y llenas de vida humana, en Tokio, allí estábamos con la potencia ardiente y medio patética de nuestra juventud, con las cabezas pegadas para encajar en el encuadre, sonriendo en múltiples instantáneas hasta que la sonrisa quedase perfecta, o a nuestro aire en poses tontas o sensuales, durmiendo, follando, comiendo. Era mucha imagen para poca vida, un esfuerzo desesperado por asegurar que lo que ocurría estaba ocurriendo realmente y merecía testigos sin rostro en un hipotético futuro. Y ahora recurría a aquellas fotos para olvidar, como recurso de extinción. Aquella sería la noche de los borrados, y me parecía bien. Sería el salto decidido a la segunda mitad de mi vida. Seleccioné el álbum de fotos con Cristal y lo envié a la papelera. Vacié la papelera. No había copia de seguridad ni remordimiento. Aun así pensé, a raíz de ese gesto, que si hubiera sido Cristal la que estuviera en el huevo, en lugar de mi madre, no la mataría. Con ella, humana o no, íntegra o desfigurada, habría mucho más que construir que destruir.

Me levanté de la cama, recogí la copia de mi madre y la llevé al tanque de los moluscos. Borrar la copia de una persona, en cualquier dispositivo jamás creado para alojarlas, era un procedimiento secreto y maldito que solo podía desentrañarse en oscuros foros virtuales y en el submundo de los técnicos considerados corruptos o incluso satánicos. Lo había investigado mucho antes y ya sabía cómo borrar de una sola vez toda la información grabada en el huevo. Las sepias y los pulpos flotaban en el agua salada de la pecera, agitando brazos y tentáculos, expresando con cambios sutiles en las tonalidades de sus cuerpos su desconfianza y curiosidad ante mi aproximación. No dudé, pero traté de actuar con delicadeza, prestando atención a mi acto y sus implicaciones, reflexionando sobre mi responsabilidad en el desenlace. Sumergí el huevo en el agua salada y activé el cronómetro de mi reloj de pulsera. Tenía que permanecer sumergido siete minutos, ni más ni menos. Pasados los primeros minutos, sintonicé la mente con el ritmo de mi respiración, con el trabajo automático de los pulmones, con el contrapunto de los latidos de mi corazón. Cuando me di cuenta, estaba dejando pasar el tiempo como ella en la reunión del grupo de apoyo. «Aaaa aaaa aaaa aaaa». Escuché los golpes de la prótesis de Betânia en el suelo de cemento. Los perros se habían acercado a investigar. Uno de los pulpos, al que no le gustaba Vento, danzó un poco en el suelo del tanque, caminó por el fondo arenoso utilizando dos tentáculos como si fueran piernas y escupió agua afuera intentando, sin éxito, alcanzar al chucho amarillo, que reaccionó con un sobresalto pero sin quitarme los ojos de encima. Después el pulpo se acercó al huevo, tanteó su superficie lisa y clara, y finalmente se escondió debajo de una piedra, desinteresado. Sonó la alarma. Saqué rápidamente el huevo del agua y lo sequé con una toalla. El borrado de los datos se había iniciado y tardaría un tiempo indeterminado. Pero fue rápido, solo un par de minutos. El dispositivo no emitía ninguna señal, pero de alguna manera se podía decir que estaba vacío. Lo toqué. Estaba frío. Además del calor, algo había sido sustraído del ambiente, lo sentía, y tenía la impresión de que las otras criaturas también lo sentían. Pero la misteriosa ausencia no se localizaba en el huevo ni dentro de mí. Residía en otra dimensión, extraña e invisible, el tanque en el que todo, animado e inanimado, estaba inmerso.

Hay un último capítulo en la historia, o al menos uno que merece ser contado. En el verano del año siguiente, una secuencia de acontecimientos comprometió el abastecimiento de la megaciudad paulista. Un tornado arrasó la mayor planta de energía solar del altiplano y arrancó kilómetros de túneles de tráfico urbano como si fueran maleza. En la costa, enfrentamientos entre campamentos de milicias provocaron la destrucción del cableado terrestre y submarino que transportaba energía de las islas eólicas de Santos a la capital del estado. Días después, una leve sacudida sísmica hizo que Vento y Betânia corretearan de un lado para otro y causaran una serie de daños leves en tanques y tuberías. Más tarde, las emisoras de radio emitieron testimonios de los residentes de los pisos superiores que habían avistado un resplandor anaranjado por la sierra de Cantareira. Otros no habían visto resplandor alguno, pero escucharon un estruendo seco y nítido, distinto de los truenos lejanos que resonaban a esa misma hora de la noche. Accidentes meteorológicos y ataques explosivos contra la precaria infraestructura de energía se producían de forma estacional y no era raro que se sucedieran en oleadas superpuestas, causando trastornos que la mayoría de la población veía como parte de la vida. Pero esa vez el suministro de energía tardó catorce días en restablecerse, y aun así de manera intermitente. Pensé que debía de estar ocurriendo algo más grave de lo habitual y me vino a la mente el año de los bombardeos a las grandes haciendas de servidores de las big techs y los ataques con torpedos al cableado de las redes oceánicas, que acabaron para siempre con el paradigma de la internet global y omnipresente.

Era la primera mañana de tiempo estable en días y las baterías solares me permitieron retomar algunas actividades. Me desperté temprano y me intrigó un ruido estridente y continuo que venía de la calle y que atravesaba el aislamiento de las ventanas, lo que solo podía significar que su volumen era extremadamente alto. Con el paso de las horas, el ruido se convirtió en una vibración de fondo en el interior de mis apartamentos y acabé olvidándome de él. Estaba ocupado evaluando los estragos del apagón, llenando bolsas de tela con peces muertos y plantas marchitas, cuando oí que llamaban a la puerta. Como el interfono no había sonado, deduje que sería uno de los vecinos y abrí la puerta sin preguntar quién era ni mirar por la mirilla. Un hombre muy alto, de labios incoloros y ojos húmedos y paternales, vestido con un traje marrón claro, estaba en la puerta.

—Solo puedo ofrecerle café con leche frío —le dije—. ¿Quiere entrar?

—Gracias —dijo, quitándose los relucientes zapatos de cuero auténtico y dejándolos junto a mi calzado desgastado y alineado en el vestíbulo.

Apoyó el antebrazo en el lector de chips instalado en el batiente de la puerta y esperó la luz verde y el pitido. Cuando vio a mis perros, se retorció de miedo. Lo olisquearon durante más de un minuto, fascinados con la rarísima aparición de aquel otro cuerpo que traía misteriosas emanaciones. El desconocido, por su parte, también olfateó el aire con curiosidad, y sus ojos se entrecerraron como si tratara de captar un recuerdo escurridizo.

—Huelo a tierra —dijo. Su voz suave no se correspondía con su estatura—. Mi mujer y yo también tenemos una granja cerca de casa. Pero utilizan abono y arena sintéticos.

—Hace más de una década que no veo abono sintético, hasta pensaba que estaba prohibido —dije, tendiendo al hombre una taza de leche de cabra en polvo con una cucharada de café soluble—. Normalmente le habría ofrecido un café de verdad, pero me atengo a los protocolos de racionamiento de energía.

El hombre asintió en silencio y le dio un sorbo.

—No creo que haya cometido ningún delito —seguí diciendo—. Pero supongo que ustedes no están de acuerdo.

Sonrió ligeramente.

—Ese tipo de juicio no está dentro de nuestro ámbito.

—Pero me va a detener de todos modos, ¿no? Me vigilan desde que busqué la AIPPH. No se molestó en ser discreto en mi primera visita al grupo. –Intentó interrumpirme, pero impuse mi voz–. Querría pedirle un favor. Solo necesito tiempo para solucionar el tema de mis perros. Tengo que asegurarme de que alguien se ocupe de ellos.

–¿Detener? –El hombre parecía genuinamente confuso, y mis suposiciones sobre él empezaron a desmoronarse. Hasta entonces me había mostrado resignado, pero de repente tuve miedo–. Ah. No soy policía. –Se rio, dejando la taza en un estante y enseñándome las palmas–. Ni del Ministerio de la Vida. No te preocupes.

–Entonces supongo que tenemos que volver a empezar desde cero y aclarar quién es y por qué está aquí.

–Perdone que me infiltrara en aquella primera reunión que tuvo. Se me encargó comprobar la situación de nuestra clienta y traté de hacerlo de la manera más rápida.

–¿Nuestra clienta?

–Represento a la cúpula de Heracle. He venido a traer un mensaje.

–Heracle ya no existe.

–Tu madre quiere verte.

Mi madre tampoco existe ya, pensé de inmediato, pero la respuesta se me atascó en la garganta. Era ilógico que la presencia de aquel tipo, trayendo aquel mensaje, se basara en alguna trampa o malentendido. Así que asentí con la cabeza.

–¿Cuánto tiempo tardaremos? –le pregunté.

–Llegaremos allí a media tarde. Supongo que estará de vuelta en casa a primera hora de la noche. Sus perros estarán bien.

–Vale. Voy a dejar algo de comida a los animales y a revisar los tanques. Podemos irnos en quince minutos.

–No haría falta que se lo dijera, pero aun así es mi deber decírselo. Yo no he estado aquí. Hoy no vamos a ir a ninguna parte. Nada de esto habrá ocurrido. Tiene que inventar excusas convincentes si alguien manifiesta una curiosidad inapropiada. Vamos a hacer un seguimiento de todas las formas que pueda imaginar y de otras que ni siquiera crea posibles. Y eso, por desgracia, es una amenaza.

—Me resulta gracioso que asuman que valoro tanto mi propia vida. Quizá valore aún más el placer de exponerlos en público.

Saboreé un poco mis palabras. Cristal se habría sentido orgullosa.

—Está subestimando la amenaza —se limitó a responder.

En el recibidor, el ruido estridente que se oía en el apartamento volvió a hacerse notar. Antes de salir del edificio, el hombre alto me entregó una mascarilla con filtro electrónico y protectores de oído intrauriculares.

—Cigarras —dijo—. Millones. No se sabe de dónde han venido.

El túnel de mi calle se había averiado por el tornado. Los insectos cubrían las paredes y formaban nubes en los huecos entre los edificios vecinos. Incluso con los oídos tapados, podía sentir la vibración de su magnífico coro en las fosas nasales, la piel y el corazón. No me dio mucho tiempo a admirar el espectáculo. Caminamos unos doscientos metros a través del aire caliente hasta un vehículo aparcado en un patio de carga. Era una camioneta gris con la carrocería un poco dañada, discreta salvo por los cristales negros y opacos. Por dentro, sin embargo, el vehículo estaba equipado con asientos de cuero blandos, un salpicadero moderno y un conjunto de terminales de alta definición.

—Solo falta que me cubran la cabeza con una capucha —dije, bromeando.

—Tiene que colocarse esto debajo de la lengua —dijo el hombre alto, acomodándose a mi lado en el asiento trasero.

Lo miré con incredulidad.

—Dormirá unas dos horas. Vamos a ir en coche a otra parte de la ciudad, donde embarcaremos en un helicóptero. Es necesario.

—Todavía recuerdo muy bien cuando gente como usted determinaba lo que era necesario e innecesario —dije, poniéndome la cápsula soluble bajo la lengua.

Nunca supe dónde se localizaba el complejo al que me llevaron aquel día. A juzgar por el tiempo que permanecí allí y los espacios por los que se me permitió circular, es seguro decir que era subterráneo. Me recordó al centro de investigación secreto que mi madre había visitado en Hokkaido, décadas atrás, durante nuestro viaje a Tokio. Bajo tierra y en la estratosfera prosperaban los últimos reductos del culto a la tecnología. Cuando me desperté, estaba sentado en un diván en una especie de sala de espera. Me fijé en la rejilla de ventilación del techo, en la mesita de cristal en la que me esperaba un vaso de agua lleno hasta el borde, en las paredes de color hielo decoradas únicamente con extintores y tubos de oxígeno. La luz artificial era suave y dorada. El aire era gélido e inerte. Yo seguía llevando la misma ropa, unos pantalones vaqueros con el dobladillo deshilachado, una camiseta blanca de tirantes con manchas amarillentas, un par de zapatillas de cáñamo. Me abracé por el frío, sintiendo la piel de gallina en los brazos. La puerta se abrió.

—¿Cómo te sientes? —me preguntó una mujer de rasgos chinos, que calculé que tendría más o menos mi edad—. Bebe agua.

Parecía una orden.

—No tengo sed. Pero tengo bastante frío. ¿Se puede ajustar el aire acondicionado?

—Vas a cambiarte de ropa ahora. Ven conmigo.

Los pasillos eran de cemento quemado desde el suelo hasta el techo y estaban decorados con franjas blancas que formaban diferentes motivos geométricos.

—¿A qué profundidad estamos?

—No debes hacer preguntas, salvo que estén relacionadas con tu madre y con el encuentro que tendréis en breve. Pero entiendo que debemos tratarte con cierta generosidad, ya que te hemos traído hasta aquí. Soy Maria, directora de proyectos de Heracle.

Aminoré el paso. La mujer me hizo un gesto para que siguiera caminando.

—Tenemos otros tres complejos, todos en Brasil. La empresa, como sabes, ha dejado de existir oficialmente. Pero teníamos un compromiso con la investigación iniciada y financiada hace décadas por nuestros clientes e inversores. Tu madre era una de nuestras principales socias.

—No entiendo cómo es posible. Después del agotamiento de los metales raros. De la crisis energética. Del desastre que ha sido toda esa movida de las copias de personas.

Giramos a la izquierda por un pasillo más estrecho.

—Este lugar en el que estamos tiene un único objetivo: albergar a nuestros mejores clientes en un entorno más favorable que un cuerpo artificial.

—Supongo que el consumo de energía de este entorno podría iluminar, refrescar y alimentar a los humanos de todo un continente.

Sin responder, se detuvo ante una puerta y la abrió. Aquella nueva sala estaba más viva y mejor equipada que los demás ambientes. Dos jóvenes, un hombre y una mujer, uniformados de rosa y naranja, los colores de Heracle, estaban sentados en sillones de oficina frente a paneles de alta resolución que mostraban tablas y gráficos. Había tableros de corcho con fotos y notas, plantas artificiales, unas gafas de videojuegos, una cafetera y un vivero cúbico de un metro de lado con piedras y una especie de hongo de dos tonalidades, parda y verdosa. Los dos jóvenes se levantaron para saludarme. Por costumbre, dudé en estrecharles la mano.

—Estas instalaciones están libres de patógenos —dijo Maria—. Te limpiaron al llegar, cuando aún estabas inconsciente.

Estreché la mano del chico blanco y de la chica negra. El chico cogió una prenda doblada y me la entregó.

—Ponte este equipo en el cuarto de baño y vuelve aquí cuando estés listo.

—¿Listo para qué?

—Al otro lado de la puerta rosa hay un entorno de realidad virtual corporificada —dijo Maria—. Ahí te encontrarás con tu madre.

Entré en el cuarto de baño y me puse el mono blanco, de tejido grueso aunque improbablemente ligero y elástico, que me cubrió del cuello a los pies. Greñudo y sin afeitar, con una barriguita protuberante en medio de un cuerpo por lo demás delgado y huesudo, parecía una criatura mutante de un sketch cómico, quizá un cruce entre un pepino de mar y un cavernícola. Cuando salí, a nadie le sorprendió mi aspecto. El chico completó mi disfraz poniéndome unas gafas de realidad virtual alrededor de la cabeza y cubriéndola por completo con una capucha de la misma tela que el mono. Durante unos instantes no pude ver nada, pero de repente las gafas por debajo de la capucha empezaron a mostrar una reproducción en vídeo tridimensional, bastante fidedigna, de mi entorno.

—Tienes que saber algunas cosas antes de entrar —me dijo Maria, situándose frente a mí—. Esta versión de tu madre es la misma que se sometió al proceso de descodificación en 2042. Es tu madre a los cincuenta y seis años. No ha experimentado ninguna de las interacciones que se han producido con la copia almacenada en el huevo que se te entregó hace años. Y no se puede decir que haya vivenciado ninguna otra experiencia dentro del sistema en el que la hemos conservado aquí en Heracle. No en el sentido en que nosotros, los de carne y hueso, podemos concebir la experiencia consciente. Es complicado de explicar. Para ella, no hay continuidad espacio-temporal ni causalidad. Se expande dentro de un presente eterno. Y en ese presente, tiene a su disposición poderes casi absolutos de procesamiento de datos.

—¿Es o no es mi madre, Maria? Eso es todo lo que necesito saber.

Maria se quedó en silencio un momento. En su semblante quedaba claro que no desdeñaba mi pregunta, y eso me satisfizo.

—Lo que tienes que saber es que te ha mandado llamar. Ella, no nosotros. —Sentí una especie de electricidad estática recorriendo el tejido del mono y una sensación gélida en la nuca. La ropa se estaba activando. La joven empleada me miró y luego pegó la cara a la pantalla–. ¿Una persona es un cuerpo? –me preguntó Maria, captando de nuevo mi atención–. ¿Una persona es el conjunto de sus estados mentales? ¿Sería la suma de las dos cosas? –Hizo una pausa antes de responder a su propia pregunta retórica–. Una persona no es ni una cosa ni la otra, tampoco la suma de ellas. Una persona es la expresión de una entidad matemática distinta entrañada en el tejido mismo del universo. La cuestión de su corporificación es irrelevante. Eso es lo que hemos descubierto y cultivado en Heracle. Es en eso en lo que creemos. Si prefieres una metáfora anticuada, puedes pensar que una persona está hecha de luz. Dentro de esa sala, estarás en contacto con la entidad matemática de tu madre. Ella se valdrá de simulaciones adecuadas a su percepción para comunicarse. Eso es todo.

–Sois realmente una secta. Abre ya la puerta y solventemos esto cuanto antes.

Me posicioné delante de la puerta de acceso a la sala de realidad virtual, que se deslizó hacia un lado, revelando un entorno completamente oscuro. En el pasado, había jugado en salas de ese tipo. Se pagaba una entrada para vivir la experiencia, como en un parque de atracciones. El mono estaba revestido por una malla de sensores que transmitirían mis movimientos al ordenador. Pero enseguida el aparato de Heracle empezó a comportarse de manera desconocida. Sin previo aviso, el visor se llenó de luz blanca y se fue oscureciendo de nuevo poco a poco. Puntos de luz de colores centelleaban ante mis ojos, como si me hubiesen cegado y volviera gradualmente a ver.

–Da unos pasos. No te preocupes por tropezar. No hay nada –dijo una voz por los auriculares.

Caminé un poco hacia delante y hacia los lados. Un dibujo luminoso apareció de repente en el suelo. Me recordaba a un patrón geométrico del antiguo Egipto, una espiral de líneas y ángulos rectos.

–Recorre el dibujo con la punta del pie.

Obedecí. Al momento, apareció otro a la altura de mis ojos. Espirales curvas, conectadas entre sí, formando un patrón infinito de líneas doradas.

—Recórrelo con la punta del dedo índice.

No estaba claro qué parte del dibujo debía delinear, pero fui trazando un camino al azar y nadie me corrigió. De nuevo sin previo aviso, el dibujo empezó a ampliarse. Una línea se convirtió en una franja de luz que parecía acercarse cada vez más. Había una sensación de velocidad vertiginosa a medida que se formaban nuevos patrones, lo que me hacía pensar en moléculas que se convertían en átomos y luego en partículas aún más pequeñas, que seguían fluyendo por mi campo de visión como un salvapantallas psicodélico.

—Joder —se me escapó. Las partículas luminosas se fueron sosegando hasta que revolotearon, más o menos estáticas, a mi alrededor.

—Tócalas con las manos, los pies, la nariz. Improvisa —me dijo la voz de los auriculares.

Las partes de mi cuerpo que podía ver, a esas alturas, eran simulaciones de ordenador que imitaban perfectamente mis movimientos. Seguí tocando los puntos de luz. De repente, mi punto de vista se desplazó hacia atrás y hacia arriba. Vi a mi cuerpo virtual ejecutando aquella torpe danza con brazos y piernas, obedeciendo todavía las órdenes de mi cerebro, pero estaba flotando en la misma corriente de las luces, alejándome cada vez más. Primero me sentí mareado, luego me entró un pánico repentino, realmente abrumador, de caer en el vacío oscuro y sin fin, sin referencias de ningún tipo. Era una fuerza gravitacional que me succionaba hacia un centro absoluto. Quería gritar, pero no me salía la voz.

—Hola, querido.

La sensación de caída hacia dentro fue disminuyendo y el vértigo dio paso a una extraña calma. Volví a sentir los pies en el suelo, vi que mis brazos y mis manos obedecían a mi voluntad.

—¿Dónde estás? —le pregunté.

La sala se me revelaba en pinceladas efímeras, como si apuntara con una linterna a un lado y a otro. Las paredes parecían una cúpula de papel reciclado y el suelo era duro y liso. De repente la vi. Era una figura totalmente blanca, con la forma de su cuerpo anterior, y se movía con una gracia afectada. El instinto me dijo que no la mirara directamente, que evitara sobre todo su cara.

—¿Qué quieres decirme, mamá?

—Será rápido. Mira.

Sonido e imagen aparecieron a mi alrededor. Mostraban a una criatura desnuda, un niño, jugando en una playa ventosa. Tenía el pelo enmarañado y lleno de arena. Cogía arena húmeda con las dos manos, se acercaba al mar y esperaba a que una ola le llegara a los pies para soltar los puñados pastosos y oscuros sobre la espuma blanquísima. El punto de vista era el de una cámara temblorosa y la textura era la de un vídeo doméstico. Estaba tratando de adivinar por qué mi madre simulaba aquello, y no cualquier otra cosa, cuando me di cuenta de que el niño era yo.

—Observa —dijo ella.

Yo saltaba de emoción cada vez que soltaba la arena en el mar. Unos cormoranes se zambulleron justo después de que una ola rompiera, y uno de ellos salió y echó a volar con un pez en el pico. Tenía la piel erizada de frío, las rodillas llenas de costras de heridas. El viento levantaba láminas de arena blanca que se deslizaban a lo largo de la playa y debían de azotarme las piernas, pues de vez en cuando me encogía y las tocaba. Un dedo de mi madre apareció un instante, como si obstruyera la lente. Caí en la cuenta de que las imágenes no estaban siendo generadas sobre la base de recuerdos o algo así. Era un vídeo que realmente había sido grabado por mi madre, probablemente con la cámara de uno de los primeros teléfonos móviles. Me lo estaba enseñando ahora, décadas después. De repente dejé de jugar con la arena mojada y me quedé mirando el mar. Mi madre ajustó el encuadre para mostrar a un pescador que salía de la desembocadura del río y se adentraba en las olas, empujando su colorida canoa con un remo largo. Después volvió a enfocar mi cara y acercó el zoom del móvil al máximo. La imagen se volvió granulada e incluso más temblorosa. Mi cara a los cuatro o cinco años, no más, contemplaba al pescador, las olas o quién sabe qué. Ojos apretados contra el viento, labios fruncidos, absorto.

–¿Te acuerdas de eso? –me preguntó mi madre. Pensando que la voz pertenecía a la grabación del móvil, me quedé quieto, mirando, pero de repente me di cuenta de que la pregunta pertenecía al momento presente y se refería a las imágenes del pasado. Las nociones de presente y pasado se volvían resbaladizas, y determinar la posición fija que ocupábamos en cada momento en aquella cámara fractal de recuerdos y simulaciones se convertía en un esfuerzo inútil.

–No me acuerdo.

–Mira el perfil que tienes. Cómo frunces el ceño. La curva airosa de tu nariz. La arena que vuela restallante ante tus ojos, pero tú ni siquiera parpadeas. Ahora la canoa del pescador va a desaparecer por detrás de las rocas, pero tú sigues mirando al horizonte. Ahora yo giro un poco la cámara del móvil para registrar la actividad de tus ojos, mira. Se mueven algunas veces, con precisión, queriendo captar la esencia del paisaje más que su conjunto. Hubiera querido saber, aquel día, lo que estabas sintiendo, lo que estabas pensando. Nunca antes mi amor por ti había sido tan intenso como en aquel instante. –Las imágenes se congelaron–. Mira con atención. Quería entender –dijo con la voz un poco más intensa, indicando que por fin empezaba a plantear su pregunta, el motivo de su llamada–, quería entender qué hace que la contemplación de un ser querido en instantes como ese, en el que se halla inmerso en su propia contemplación de cualquier otra cosa que nos excluye, en el que lo sorprendemos ajeno a sí mismo, absorbiendo lo que los sentidos captan, qué hace que en esos momentos…

Se detuvo. ¿Esa vacilación era parte de la simulación? No había forma de saberlo.

—... qué proporciona a esos momentos un peso eterno, aunque acaben relegados al olvido.

—¿Para eso es para lo que has pedido que me traigan aquí? No sé la respuesta.

—La pregunta no es esa, pero está relacionada. Mira.

La escena proyectada en el entorno virtual se transformó. Por todas partes apareció la noche y otra agua, clara y translúcida, iluminada por bombillas sumergidas. Era la piscina del hotel de Tokio. Mi madre estaba nadando, mirando las baldosas del fondo, haciendo burbujas, viendo las palmeras a través del plástico de sus gafas de natación cada vez que volvía la cabeza para respirar. Se paró en el borde y se quedó mirando sus muslos y sus rodillas refractados. Entonces me vio de pie en la puerta de entrada, justo donde recordaba haber estado mirándola años atrás. Tras unos instantes, empecé a acercarme. Intentando mantener la calma en la medida de lo posible, ponderé que en aquel caso, a diferencia de las imágenes de mi infancia en la playa, ella no disponía de registros audiovisuales para proyectar. Lo que estaba viendo esta vez era una recreación personal de sus recuerdos, o algo parecido.

—Mamá, eso no sucedió así —le dije.

Me acerqué, me quité la ropa y entré en el agua en calzoncillos. Observado por mi madre, desplegué una sonrisa incómoda y conciliadora, me sumergí y crucé la piscina buceando hasta el lado opuesto. Luego volví dando brazadas displicentes, deteniéndome a mitad de camino para contemplar el techo de cristal del hotel.

—Nada de eso ocurrió —repetí, fascinado y aterrorizado.

Me paré junto a mi madre en la piscina y nos quedamos un rato sin decir nada. Me di cuenta, en las imágenes que se proyectaban, de que ella había centrado toda su atención en mi cara. Estaba examinando mi perfil, y luego mis ojos, que vagaban tristes y perdidos por el borde de la piscina.

—La misma sensación, querido —me dijo, comentando lo que estábamos viendo—. Estoy viendo la inmensidad de tus sentimientos en la actividad de tus ojos. Exactamente como en la playa, cuando eras pequeño. Entonces no me di cuenta, claro. Hoy puedo tener acceso y comparar.

—Tú has construido eso. Yo lo recuerdo diferente. Estoy seguro de que fue diferente. No me metí en la piscina. Me quedé de pie, junto a la puerta, y me fui en cuanto nuestras miradas se encontraron.

—Presta atención —dijo.

En su recreación virtual, mis labios se movieron, como si enunciara una frase corta. No pasó nada durante unos cuantos segundos. De repente, me di la vuelta y salí de la piscina, impulsándome con las piernas y los brazos. Pasé por detrás de las tumbonas y salí por la puerta.

—Dijiste algo, querido. No lo escuché bien y no te pedí que lo repitieras. Te fuiste de repente.

—¿Eso es lo que quieres saber?

—¿Qué dijiste? Necesito saberlo.

—¿Para eso me has llamado?

Todo me resultaba tan confuso que pensé en quitarme la capucha y las gafas de realidad virtual, salir de aquel calabozo y no volver jamás. Era evidente, para mí, que ella se había inventado todo aquello. Lo que a ella le parecía una realidad innegable, basada en una sólida memoria digital, probablemente no fuera más que un juego del teléfono escacharrado. Por otra parte, pensando en la cuestión desde un punto de vista más distante, ¿no sería más probable que yo, el conjunto falible de carne y nervios, la marioneta de las emociones y los traumas, la colonia ambulante de bacterias, hubiera distorsionado el episodio en mi memoria? Había, decidí finalmente, una única cosa sólida, un único vínculo posible que valía la pena preservar. Y la idea de deshacer ese último grano de solidez me rompió el corazón con tanta fuerza que las lágrimas me empañaron el visor.

—Ahora lo recuerdo —solté—. Lo que dije, mamá, fue: «Te echo de menos».

No reaccionó de inmediato y temí que pudiera detectar fácilmente una mentira por la modulación de mi voz o por la monitorización de algún proceso fisiológico.

—Gracias, querido —me dijo—. Antes de que te vayas, ¿hay algo que quieras preguntarme?

—Preferiría que estuvieras viva.

—No seas dramático —respondió.

Y aquello me hizo sonreír. Busqué su presencia, la figura blanca, dispuesto a mirarla directamente a la cara, pero ya se había ido.

—Adiós —oí.

En el camino de vuelta a mi apartamento en São Paulo, me desperté de la sedación antes de lo previsto. No había rastro del hombre alto trajeado. Estaba solo en el asiento trasero, grogui, pero con recuerdos vívidos de mi breve visita al complejo de Heracle, y a través de la ventanilla oscura del vehículo podía ver los contornos fantasmagóricos del paisaje. Todavía no estábamos en el centro urbano, sino en alguna zona intermedia. Bultos de edificios bajos o parcialmente derruidos se alternaban con vislumbres del sol poniente. Le pedí al conductor que parara el coche. Tras recuperarse de la conmoción que le supuso escuchar mi voz, declaró que no estaba autorizado a hacer paradas intermedias y que si necesitaba ir al lavabo, o algo así, había material desechable para esa finalidad en la bolsa que tenía enfrente de mi asiento. Le pedí que detuviera el coche de nuevo, esta vez gritando. Apreté los puños y respiré hondo, sentía claustrofobia. Un odio reprimido crecía en mis venas y en mi garganta, pero no tenía culpables ni dioses a los que vociferar. Después de avanzar un poco más, el conductor redujo la velocidad y se detuvo. Volvió la cabeza hacia atrás y me dijo en voz baja que, en caso de que abriera la puerta, él seguiría su camino y me dejaría allí. Me mostré de acuerdo y, al abrir la puerta trasera de la furgoneta, se oyó un leve sonido de despresurización. El conductor me dijo que saliera rápido porque el aire del exterior estaba entrando. Cerré la puerta tras de mí, traté inmediatamente de ponerme la mascarilla que llevaba en el bolsillo del pantalón, y la furgoneta arrancó haciendo derrapar las ruedas sobre el polvo que cubría el asfalto deteriorado. El sol era un disco rojo pálido en el cielo gelatinoso. El aire caliente me invadió los pulmones, primero sentí que se dilataban, y después pareció que se me llenaban de una sustancia viscosa. La vegetación se reducía a macizos de gramíneas de color verde claro y algunos árboles resecos. La línea de los edificios del centro de la ciudad estaba a la vista y parecía bastante cercana. Pensé en mis perros, luego en mis peces y en mis plantas. Las posibilidades de que pudiera sobrevivir a la caminata, aunque no tuviera agua ni medios de defensa, no eran pocas. Menos eran las posibilidades de escapar de uno o múltiples contagios. Pero no tenía miedo. Estaba allí, fuera del perímetro urbano, por primera vez en casi veinte años. Caminé entre construcciones en ruinas y otras casi intactas, vallas publicitarias descoloridas, huesos, enjambres de insectos voladores y rastreros, charcos rebullendo de organismos diminutos. Por las ventanas de algunos edificios, figuras humanas corrían a esconderse o me observaban con cautela, algunas envueltas en telas como beduinos del trópico, otras muy flacas y desnudas, pero ataviadas con llamativos adornos que resignificaban el metal, el plástico y la silicona dejados atrás. Las bocanadas de aire traían olor a carroña, vinagre, yogur, brasas. Una hoguera en medio de un parque infantil cubierto de hollín se usaba probablemente para quemar cadáveres. Al mismo tiempo, a lo lejos, podía oír música de percusión y de algún instrumento de viento aterciopelado. Tras unos minutos más de caminata, escuché una risa. La vida siempre ha sido una reacción a la hostilidad del entorno, desde las primeras moléculas. Caminé durante más de una hora y lo que menos me podía esperar ocurrió. Me sentí ligero, vivo entre los vivos, a la espera del siguiente instante. Sin embargo, a medida que los portones de la ciudad se acercaban, con los altos edificios cada vez más voluminosos en la noche sin estrellas, volví a sentirme maldito por la medida de dolor y abandono que podría haberse evitado. Sobrevivíamos, sí, pero condenados. Ya muy cerca del portón que se abriría con la lectura de mi chip, una pequeña jauría de perros se alimentaba del cadáver de una mujer, mientras que al lado, no muy lejos, a apenas unos metros, una mujer se alimentaba del cadáver de un perro.

# BUGONÍA

Que nada muere, solo cambia la forma,
Vivo cada principio a las estrellas vuela.

Virgilio, *Geórgicas IV*

# 1

En el amanecer violeta, Chama se aleja del Organismo por el
sendero que lleva a las colmenas. Sus chanclas hechas de goma
de neumático y cables de cargador aplastan grumos de tierra
seca, el inmundo poncho de fibra de cáñamo roza sus caderas
estrechas, los zahones de piel de jabalí en los muslos y las espinillas impiden que la maleza alta y espinosa desgarre su piel
morena, en la que heridas superficiales han dejado cicatrices
lisas y blancas. Recorre el sendero que toma habitualmente
a través del campo de eucaliptos muertos, una maraña de
troncos caídos, finos y extrañamente bien conservados en el
aire seco; rodea la colina desde donde se avista el valle, saluda
con la mirada a Boloto, el vigilante de aquel turno, encara-
mado en el esqueleto retorcido de la antigua torre de transmisión; sube la elevación rocosa, salpicada aquí y allá por una
pelusa de líquenes rosáceos, y divisa, por fin, la ciudadela de
termiteros marrón claro, algunos más altos que ella, que se
ven tiernos e inocentes en el terreno oscuro circundante como
si fueran brotes de montañas. Aminora el paso y se detiene
unos metros antes de llegar a la primera colmena. No hay
necesidad de acercarse demasiado. Ya se nota la diferencia,
esa otra atmósfera, como si el aire transpirara en la cálida mañana. Algunas abejas se han despertado temprano como ella
y rodean con un vuelo suave y circular las estrechas entradas
de sus termiteros, selladas con propóleos y adornadas con
minúsculas flores amarillas y moradas. Levanta la barbilla,
respira hondo, abre la boca, extiende un poco los brazos y

vuelve hacia arriba las palmas raspadas de las manos. Su lengua seca se humedece primero, luego se mojan todas las mucosas de la cabeza, del cuerpo. Sus rodillas se ablandan. Para Chama es como si las estrellas apagadas derramaran saliva en su garganta. La humedad le brota en los ojos, entre las piernas. Unas cuantas abejas se posan en su cara y en sus manos, curiosas o simplemente entretenidas con esa aliada que las visita casi todas las mañanas. Ese aire tan seco, siempre tan seco. Chama comprime los muslos, los pulmones se le vacían en ráfagas breves y se le vuelven a llenar, irrigados. Pronto, el sol blanco invadirá la tierra y las abejas empezarán a buscar agua en el arroyo para iniciar su prodigioso esfuerzo por enfriar las colmenas, batiendo las alas como ventiladores, soplando el vapor fresco en las celdillas de miel translúcida. A veces, cuando se atreve a acercarse lo suficiente, siente el aire fresco y húmedo que emana de las grietas de los termiteros junto con el aroma dulce y rancio de la necromiel que inmuniza contra la peste de la sangre y la mantiene viva allí en la Cima. Así era el aire acondicionado de la tierra antigua, le dijeron. El aire se podía enfriar o calentar en el trozo que se quería. Las abejas detectan antes que ella la aproximación de los otros. Suena un zumbido bronco de alas revoloteando. Una de ellas se le posa en el hombro y repiquetea como una broca, como si quisiera entrar en su piel. Chama retrocede con respeto y cautela. La alianza, que la Vieja no se cansa de aleccionar, es un pacto que se reescribe a cada momento. Una sintonía frágil entre cuerpos, una danza. Voces de humanos doblan la curva de la colina y llegan a la colmena. Son los otros que traen el nuevo cadáver. Chama se queda donde está, no le da vergüenza humedecerse así, todos conocen su costumbre. Cuando ya están muy cerca, se da la vuelta. Tão y Deia llevan dentro de un capullo tejido con lana de oveja el cadáver de la pequeña Ramona, mordida por una víbora yarará dos días antes mientras correteaba jugando detrás de una cabritilla. Tras ellos camina una fila de humanos del Organismo que vienen a honrar la ofrenda, entre ellos

Celso con su larga barba pelirroja y sus guantes de apicultor, Sereia y su falda hecha de pantallas de cristal de teléfono móvil con reflejos centelleantes del paisaje de la Cima, los hijos gemelos de Alfredo, y detrás el propio Alfredo, con uno de sus cuadernos llenos de caligrafía menuda y uno de sus preciosos bolígrafos esferográficos. El fragor de las abejas se detiene de repente. Las que revoloteaban se posan en la superficie de sus termiteros y descansan las alas, observando, intercambiando información y reordenando sutilmente sus cuerpos, desconcertando una vez más la mirada de Chama, que casi cree detectar patrones en esa geometría colectiva, formas de un lenguaje. Tão y Deia depositan el cadáver a pocos metros de las colmenas, sobre macizos de hierba seca. No hay ningún ritual. Solo desenvuelven a Ramona de la mortaja de lana y la depositan allí. La niña está desnuda, tiesa, cérea, peinada. Chama recuerda haberla lavado cuando era un bebé y haberla alimentado con leche de cabra cuando se destetó, haber velado su sueño y cortado sus uñas blandas cuando le tocaba el turno de ocuparse de los pequeños del Organismo. La pequeña Ramona, a quien le gustaba subir a la carcasa herrumbrosa del tractor y echar tierra en el depósito como si estuviera echando gasolina, hasta el día en que el depósito se desbordó y nadie pudo vaciarlo. Que meaba de pie sobre las flores para que crecieran fuertes y proporcionaran mucho néctar a las abejas. Tão y Deia sollozan y se abrazan. Chama también siente ganas de llorar, pero se contiene. Se acerca a los padres biológicos de la niña y les quita la mortaja de las manos, permitiendo así que se abracen con más fuerza. Aspira el aroma salado de la lana de la mortaja, alisa el tejido y frota entre sí sus dedos engrasados con lanolina. Después de que todos se hayan ido, Chama sigue observando las colmenas durante un rato, ahora más alejada, sin querer interferir. Las abejas se demoran como si también quisieran respetar el luto. Nubes finas se deslizan en varias capas por el cielo violáceo como si fuera la Cima, y no ellas, la que se desplazara a gran velocidad. Chama se sienta en una piedra y siente un mareo familiar, que proviene del miedo. El miedo que siente de vez en cuando al contemplar tanta violencia y afecto en ciclos vertiginosos, toda esa generación y destrucción de la que no hay escapatoria ni alivio duradero, miedo al dolor físico que la perseguirá durante toda la vida, miedo a no estar preparada para los fenómenos del próximo instante, ni ahora ni nunca, a pesar de que busca valor en el pecho y claridad en el pensamiento. Hace lo que puede para tener acceso límpido a la belleza de los procesos de los que forma parte, como le advirtió más de una vez la Vieja en sus conversaciones. Entrena sus sentidos para ello, como le enseñaron desde la infancia, dejándolos abiertos, expectantes, renovados. Pero la belleza no la reconforta como reconforta a los demás. Todavía no ha descubierto dónde reside su alivio. El zumbido de las abejas la saca de sí misma. Sobre el pequeño y duro cuerpo de Ramona, los insectos voladores se agrupan formando un gran ovillo. El enjambre forma figuras y una de ellas, Chama está convencida, es un rostro que la mira fijamente. Comprende que está abusando de la hospitalidad. Sonríe, llena de ternura y asombro, da la espalda a las abejas y toma el camino de vuelta a casa.

# 2

Somos setenta y ocho brazos y setenta y ocho piernas, dice la Vieja. Chama escucha sentada en círculo con otros veinte humanos del Organismo, mientras una brisa templada mece las hojas de los árboles cercanos y el sol poniente parece arrancar de las colinas de la Cima una luz cálida y amarillo verdosa. Setenta y siete ojos y treinta y nueve cabezas, sigue diciendo la Vieja. Setenta y ocho manos y trescientos ochenta y ocho dedos en las manos. Treinta y nueve estómagos y treinta y nueve corazones. Somos uno y somos muchos cuando es necesario. Y nuestro modo de vida es conseguir aliados. La Vieja es la persona más anciana del Organismo. Tiene unos ojos verdes que brillan tras unos párpados arrugados y flácidos, y vive rodeada de grullas zancudas, sus aliadas en la Cima antes de todos los otros humanos. Vive en una casa con un porche cuyas tablas han sido reforzadas durante décadas con piedras, barro, enredaderas y lonas. Dicen que está aquí desde el principio. Fue la primera en llegar. La Vieja no confirma esta historia, pues para ella no debe existir una historia. Hay que resistirse a inventar el pasado, enseña, olvidar las historias y deshacer los registros. No hace falta pasado, pues el presente contiene todos los indicios que necesitamos para mantener vivo el Organismo. Ves una hilera de piedras y sabes que en otro tiempo, no importa si ayer o hace mil años, alguien trazó allí mismo una frontera para proteger un pozo de agua o señalar un peligro en la topografía. Ves la hierba aplastada y sabes que por allí pasan manadas de jabalíes. Ves el sufrimiento en los ojos de un humano y sabes que debes tolerar su ira y su violencia, pues actúa así en ese momento a causa del sufrimiento que él mismo no percibe. El dorso de una mano indica la edad de una persona. Las torres de transmisión y los residuos de metal y plástico de los teléfonos y televisores demuestran que esas tecnologías estaban destinadas a ser efímeras o simplemente inútiles. Además, el pasado refuerza la identidad, y la identidad es el veneno de las comunidades. La pertenencia es una ilusión y una deformación del miedo. La Vieja ha abolido el recuerdo y ha entronizado la experiencia. Dice que un humano no debe ser más que lo que va a ser en el instante siguiente. La Vieja prohíbe los libros, los diarios y las notas para cualquier propósito. Así era en el Organismo hasta que llegó Alfredo y se instaló en la Cima. Alfredo trajo libros. Y Alfredo escribe desde hace décadas un relato de lo que ocurrió con la tierra, mezclando sus recuerdos con los recuerdos de las personas con las que habla. Chama lo sabe porque los seguidores de Alfredo se lo han contado. Alfredo dice que sin el recuerdo no sabremos evitar los errores y las tentaciones que condujeron a las catástrofes. Que incluso para vivir solo en el presente necesitamos construir un sentido de la vida que se extienda en el tiempo y en el espacio. El Organismo está dividido por la mitad. Algunos participan en los encuentros que organiza Alfredo para compartir recuerdos e interpretar los libros y diarios. Otros, y Chama forma parte de ese grupo, participan más en los corros de conversación de la Vieja, en los que se debate sobre lo que somos en este momento y lo que deseamos que sea. No hay enemistad entre las dos partes, solo un rencor diluido, quizá más una melancolía que un rencor. Es una pena, le dijo Chama una vez a la Vieja, que no se pueda alcanzar una armonía que parece siempre al alcance de la mano y que dejamos escapar a causa de la visión diferente de ellos, de la otra mitad, de los otros. La Vieja solo respondió que antes había sido mucho peor.

# 3

Los brazos de Celso miden lo mismo que Chama de la cabeza a los pies. Es el humano más alto que ha pisado la tierra, todos están convencidos de ello. Cuando llegó al Organismo, mucho antes de que naciera Chama, trajo una mujer y dos niñas, un gato que los jabalíes cazaron la primera noche, brazos fuertes como grúas y sus conocimientos en el trato con las abejas. En aquella época se hacían colmenas en cajas construidas por humanos que habían habitado la Cima antes del gran calor y la falta de energía, por pobladores que ya no existían, que murieron por la violencia o la peste de la sangre, que huyeron a otros lugares, gente que había dejado tras de sí vestigios como esqueletos, ordenadores y algunos cuadros llenos de manchas y rayas que a la Vieja le encantan y tiene colgados en las paredes de su casa entre el follaje y las flores antiguas que cultiva. Con su vestimenta de apicultor, un saco de lona blanca que le protegía de las picaduras, Celso extraía los panales gordos de miel de flores silvestres y manejaba los enjambres. Le contó a Chama que en aquel tiempo las abejas se enfurecían por su intrusión y le atacaban con una violencia aterradora. Los insectos voladores se le pegaban a la ropa de apicultor como gruesas gotas de lluvia, dispuestas a matarlo en cuestión de segundos. Podía ver los abdómenes de las abejas defensoras picoteando la tela protectora de su capucha, intentando acercar los aguijones a su cara. Pero la miel se fue haciendo cada vez más escasa, incluso en la Cima, pues cada año la vegetación moría un poco más, castigada por la sequedad y el calor, y las abejas morían por los venenos que se esparcían en los campos y los cursos de agua. Las pocas abejas que sobrevivían subían las laderas buscando refugio en la Cima, donde el aire era un poco más fresco y los venenos nunca se acumulaban. Con el tiempo, escuchando las enseñanzas de la Vieja y aprendiendo más sobre el funcionamiento del Organismo, Celso fue retirando las cajas de madera construidas por los más antiguos y dejó que las abejas buscaran cobijo en los huecos de los árboles y en la tierra, en nichos entre las piedras y en termiteros abandonados. Celso tenía que recorrer distancias más largas para recoger la miel, a veces acampaba a la intemperie dos o tres días corriendo gran riesgo de morir presa de los jabalíes, y volvía con la barba pelirroja enmarañada de musgo y la cara arañada por las espinas. Pero la miel silvestre, aunque escasa, era más abundante y espesa, gruesa y dura como el ámbar. Era como debería ser, el alimento de los dioses descrito en los libros antiguos, dice Alfredo. Con todo, aquella todavía seguía siendo miel común, no tenía ningún efecto sobre la peste de la sangre. Chama, que nació cuando ya existía la necromiel, solo puede imaginar cómo era perder a humanos del Organismo todo el tiempo debido a la saña de las bacterias. Las muertes superando a los recién llegados, reduciendo la comunidad al olvido mientras jabalíes y humanos asesinos atacaban cada vez más. Así fue durante muchos años antes de que ella naciera, hasta la primavera en que un morador llamado Farid desapareció. Bezudo y musculoso, licencioso con los humanos y respetuoso con los demás animales, desdeñoso del dolor físico, Farid era cabrero y un eximio cazador de jabalíes, sabía construir trampas de madera y alambre, arrojaba lanzas y tenía una escopeta y una reserva de balas. Su desaparición, como cuentan los diarios de Alfredo, hizo mucho daño al Organismo. Pasaron muchos días hasta que Celso, recorriendo las colinas lejanas para recoger la miel de una colmena, se encontró con el cuerpo retorcido de Farid tendido en una gran roca. Después de tantos días, los restos deberían haber sido devorados por los buitres, las grullas y los jabalíes, pero el cuerpo estaba allí cubierto por un fantástico enjambre de abejas que entraban y salían de todos los orificios. El cadáver estaba entero, pero un poco ajado, y Celso se dio cuenta de que las abejas salían de él con el abdomen lleno y se dirigían a una colmena situada a un kilómetro de distancia. Los humanos del Organismo le preguntaron después si había visto alguna vez algo parecido y Celso dijo que no, que ni siquiera había oído hablar de ello. No quería regresar a aquella parte de la Cima para nada, aquello parecía cosa de la bacteria de la peste de la sangre, pensaba que las abejas también enfermarían, pero la Vieja le dijo que tenía que volver sin miedo, que se trataba de algo muy diferente. Dijo que las abejas estaban creando algo nuevo para que nosotros, humanos, pudiéramos ser nuevos también y que así era como debería funcionar el Organismo. Celso tardó en armarse de valor, pero fue. Cuando llegó a la colmena alojada en un agujero en el suelo y empezó a cavar con el machete para buscar los panales, se dio cuenta de que las abejas no atacaban la vestimenta de protección. Al cabo de un rato, se bajó la cremallera y se quitó el casco. Vio que el enjambre revoloteaba a unos metros de él en una aglomeración extraña que producía visiones hipnóticas y parecía observarlo con interés mientras trabajaba. Algunos panales contenían la conocida miel de flores, ambarina y fragante, pero otros estaban llenos de una miel más clara, casi transparente, una baba con un aroma que no se asemejaba a nada que Celso hubiera encontrado en la vida. Cada humano describe el olor de la necromiel de una manera diferente. A Chama, el olor le recuerda a la manteca de cerdo caliente y a los pomelos que empiezan a pudrirse. Celso sabe que a ella le encantan las abejas tanto como a él y quiere ser su aprendiz, quiere ocupar el lugar de Celso cuando este muera, y a él le gusta la idea. Celso le ha enseñado que las abejas le siguen picando cuando les quita la cada vez más escasa miel de flores, pero que lo acogen de buen grado cuando recoge la necromiel. Que los enjambres tratan de decirle cosas formando figuras que él, sin embargo, nunca entiende. Que las reinas se aparean con los zánganos siempre en el mismo lugar, encima de la copa de una higuera muerta de sed, un poco más allá de los límites de la Cima, volando a una altura tan elevada que da la impresión de que las nubes succionarán a los amantes. Para fabricar suficiente necromiel para el Organismo y seguir inmunizando a los humanos contra la peste de la sangre es necesario dejar a las abejas más o menos un cadáver por estación. Y eso, sumando ancianos y niños, los que se matan cuando quieren y los que nacen muertos, sobrando o faltando uno aquí o allí, es la cantidad de humanos que muere en el Organismo sin necesidad de hacer nada. Lo que Chama no sabe, y teme preguntar, es qué pasará cuando no haya un cadáver de muerte elegida o natural, cuando no haya accidente ni enfermedad, cuando no haya vejez.

# 4

Chama le pregunta a la Vieja si alguna vez fuimos simples. Desde pequeña, vivir le parece tan complicado que quizá no merezca la pena. Sabe que debería buscar en tanta complicación la levedad de las posibilidades, pero la mayor parte del tiempo encuentra un peso idéntico y difícil de llevar que la arrastra lejos de la paz. La Vieja le explica que la simplicidad existe, pero que es un peligro. Que siempre que las cosas se simplifican hay violencia desmedida y aniquilación de lo diferente. Las abejas parecían simples hasta que empezaron a comerse a nuestros muertos y a producir a cambio nuestra medicina. Piensa en el agua, dice la Vieja. Una molécula de oxígeno, dos de hidrógeno, dibuja la Vieja con un palo en el suelo, repasando una química que ya explicó. La costumbre nos ha hecho pensar que esa disposición es una regla. Pero el oxígeno de la molécula no es la misma entidad que el oxígeno libre. Las disposiciones pueden ser diferentes, pero en el universo hay hábitos tan llamativos, que ejercen tanta fuerza en nuestra vida, que pueden parecer reglas. A cada momento el agua es impulsada a seguir siendo agua, cree la Vieja, y puede ser que, en caso de que algún día cambie, ya no haya vida para atestiguarlo. Pero el cambio puede suceder y esa potencia para otras disposiciones es el tejido de las cosas, la premisa en torno a la cual todos los fenómenos y organismos son posibles. Las alianzas son complicadas, no son simples, dice la Vieja, dándole a entender, con un silencio melancólico, que ya ha acabado. Pero si todo puede convertirse en cualquier cosa, piensa Chama en secreto, ¿cómo se puede estar seguro de que la voluntad de vivir no es una especie de espejismo? Le da las gracias y asiente con la cabeza, rumiando, preguntándose si está de acuerdo.

# 5

Ciertas noches, cuando las tonalidades lilas del crepúsculo se tiñen de rosa y naranja y las corcovas de las colinas se dibujan contra el horizonte con una nitidez mayor de lo habitual, dando lugar a una noche hueca en la que los ruidos no se propagan tan bien, es posible vislumbrar muy a lo lejos las luces de una ciudad, la única que produce luz fuerte, dicen, desde las altitudes de la Cima hasta las ruinas del mar alto. Desde que Chama nació, solo un habitante del Organismo ha estado en la ciudad y ha regresado, Quêni, el padre biológico de Sereia, cuidador de otras cuatro criaturas y de los gavilanes. La muchacha se acuerda de la mañana en que se fue porque la noche anterior hubo una gran conmoción, una pelea a golpes y gritos entre un hombre y una mujer. Aquella noche Chama estaba durmiendo en el monte, y cuando se acercó tras ser despertada por el alboroto vio a Quêni tirando a Aura del pelo, dándole puñetazos, y a la mujer golpeando y atizando a Quêni con un látigo, y todo el Organismo transformándose en una única turbulencia, como si quisiera acallar un eco a gritos. Qué deseaban que no tenían, se preguntó Chama, encogida cerca de la escena, llorando de miedo, todavía conmocionada por el filo de la violencia. Al amanecer, Quêni se marchó diciendo que volvería algún día, pero que no tendría sosiego mientras no recorriese otros lugares y viese otras cosas. Anunció que si podía traería cosas útiles, ollas de hierro, cuchillos buenos, utensilios de enfermería, con mucha suerte medicinas. Le rogaron que no hablara nunca de las abejas y de la necromiel en caso de que se cruzara con otros humanos, pues si eso ocurría la Cima sería invadida y el Organismo entero moriría en un abrir y cerrar de ojos. La Vieja suele decir que la alianza con las abejas pertenece al Organismo y no hay garantía alguna de que se pueda replicar con otros humanos fuera del acuerdo que se estableció hace décadas en la Cima. La alianza es nueva y delicada, un diente de león que puede deshacerse en el aire con el soplido de cuerpos extraños. Chama entiende lo que quiere decir la Vieja, pero al mismo tiempo sueña con ofrecer la inmunidad a los humanos de fuera. Proyecta un futuro en el que, ocupando el lugar de Celso en el manejo de las abejas, encontrará una manera ventajosa para todos de producir necromiel en abundancia, irrigando con el néctar transparente otras tierras donde haya cadáveres adecuados para esos insectos voladores. Quêni, tras el violento incidente con Aura, se marchó con sus dos gavilanes más queridos sobre los hombros y una mochila casi vacía colgada a la espalda. Otros gavilanes aliados que vigilaban la Cima y chillaban cuando veían invasores fueron tras él, pero regresaron al cabo de uno o dos días, para alivio de los que se habían quedado y contaban con sus graznidos agudos para alertar de la presencia de manadas de jabalíes y humanos violentos. Chama contó los días transcurridos desde la partida de Quêni con piedrecitas alineadas debajo del porche de la casa de la Vieja, fueron cuarenta o cuarenta y un días, porque hubo un día en que no recuerda si colocó o no la piedra. Quêni regresó vivo, pero casi muerto de hambre. Dijo que la ciudad, que solo había visto cuando era pequeño y que no recordaba muy bien, estaba prácticamente sumergida por el agua y que era casi todo ruina. Las luces no se encendían todos los días y se concentraban en los últimos pisos de los edificios más altos que tenían una gran cantidad de placas solares. No era posible acercarse a esos edificios porque había muros altos y guardias con armas de fuego. También vio comunidades aisladas que vivían en balsas en un gran río y en las que la actividad de los humanos vista de lejos se parecía un poco a la de las colmenas. Y otros viajeros le contaron que caminando dos o tres meses sin descanso hacia el norte o el sur se llegaba a ciudades gigantescas, rodeadas de murallas, que todavía funcionaban como las antiguas, con luz permanente, ordenadores y coches. Era el tipo de cosa que muchos humanos del Organismo sabían pero nunca habían presenciado. Quêni vio vendedores de ollas, armas y curiosidades antiguas, pero no tenía nada para hacer trueque y solo volvió con una gran sartén que cambió por media docena de liebres cazadas por los gavilanes. El aire en las tierras bajas, relató, era más rojo que violeta y se volvía húmedo hacia el mar. Allí donde la plaga de sangre aún proliferaba, vio montones de cadáveres abandonados apresuradamente por los que todavía resistían. Se quedó horrorizado con los pocos enfermos aún vivos que vio por el camino, febriles y enrojecidos, con los ojos purulentos, transidos de dolor, delirantes o inconscientes, con el pecho jadeante de un aliento fétido. Lo más importante que descubrió fue que la inmunidad que ofrecía la necromiel se mantenía fuera de los límites de la Cima. Cuando una vez a la semana ingería una cucharada de la provisión que se llevó en un tarro de cristal, temía que nuevas mutaciones de la bacteria hubieran perdido el gusto por el néctar, pero nunca enfermó. Por último, Quêni contó que vio de lejos la caravana de los carboneros. En ese momento, muchos en el Organismo pensaron que estaba mintiendo. Incluso la Vieja sospechaba que la caravana de los carboneros era una leyenda moldeada por muchos y muchos años de historias magnificadas y mal contadas. Pero Quêni avistó hileras de humanos, unos doscientos, según él, tirando del enorme camión. Mientras hablaba de ello, abrazaba a sus hijos con la mirada perdida. Cuando Chama recuerda las cosas que describió Quêni, entiende por qué en las historias más antiguas había tantas figuras como ángeles de la muerte y tantos apocalipsis. La Vieja dice que la muerte y el nacimiento son los extremos de un camino que da muchas vueltas pero siempre se cierra. Que la diferencia entre estar vivo y no estarlo es un poco como soñar sabiendo que estás soñando, y de repente te despiertas y no estás seguro de si sigues soñando o no. Que no es más que nuestra versión humana de la transformación de una cosa en otra, que es el funcionamiento constante de todas las cosas que nos rodean. Que transformar no es tanto cambiar de forma, sino pasar de un lugar a otro de todos esos lugares de duda sobre dónde, precisamente, se encuentran el sueño y la realidad. Tampoco en eso está segura Chama de estar de acuerdo con la Vieja. O quizá solo lo entienda mal y necesite seguir observando y sintiendo. Porque para ella nacimiento y muerte son menos una especie de circo o juego de ilusionismo y más una lucha. Una lucha que parece reñida pero en la que la muerte pelea con un brazo atado a la espalda para no ganar con facilidad. La muerte sabe, como en el fondo saben todos los que nacen mientras viven, que le basta con desatar el brazo para ganar sin esfuerzo. Cuando Alfredo habla de cómo los humanos antiguos descritos en los libros hacían sacrificios, Chama entiende que con ello creían poder convencer a la muerte para que la lucha fuera justa.

# 6

Lo que Chama sabe de la caravana de los carboneros es que se formó porque hay un hombre llamado Esquilo que cree que su misión es matar a los humanos que todavía quedan en la tierra. Alfredo piensa que el nombre de ese hombre se refiere en realidad a Esquilo, que era un escritor muy antiguo, y quizá tenga razón, porque el animal esquilo, o ardilla, no existe en esta parte del planeta y sería muy raro que alguien eligiera ese nombre. Pero Tão dijo que las imágenes de esquilos eran comunes en la antigüedad y que una vez encontró en un hoyo que estaba cavando una bolsa de plástico muy vieja que tenía el dibujo de una ardilla, así que vete a saber de dónde procederá de verdad el nombre de ese hombre que lidera la caravana. La caravana de los carboneros se conoce así porque los seguidores de Esquilo abrieron las entradas de las viejas minas de carbón que había en las tierras más bajas, a tres o cuatro días de camino desde la Cima, en zonas donde Chama nunca ha estado ni pretende estar. Alfredo ha dejado constancia en sus cuadernos de que mucha gente se fue a vivir a esas minas después de que el calor insoportable y la peste de la sangre llegaran. Esquilo, cuenta la versión más difundida, era un niño que creció en las minas y empezó a predicar que el humano era una plaga peor que las bacterias y que sería mejor que fuera exterminado hasta que no quedara ninguno. Las personas que estaban de acuerdo con él fueron capaces de abrir pasajes muy profundos dentro de las minas, tan profundos que pudieron extraer más carbón de donde se suponía que se había agotado. De día y de noche entraban y salían de los agujeros con los ojos muy blancos en contraste con la sucia piel negra, borrachos de algo llamado charrúa, bebida hecha de frutos de palmera de la jalea, gasolina caducada y agua. Hoy en día Esquilo recorre la tierra encima de un enorme camión de carga fabricado para transportar carbón, una máquina ya muy vieja y maltrecha incluso antes del calor y la peste, y que según dicen se asemeja a un elefante oxidado que se desliza sobre neumáticos de la altura de tres humanos adultos. Los seguidores de Esquilo arrastran el camión por los viejos caminos de tierra batida y asfalto agarrados a manojos de cuerdas enmarañadas que recuerdan, según lo que vio Quêni, a los complicados juegos de cordel que hacen los niños con manos y cuerdas. Cuando aparece en el camino una pendiente muy pronunciada, encienden el motor del camión con un horno de carbón que los más antiguos utilizaban para fabricar acero. Quêni no sabe explicar bien cómo lo hacen funcionar, pero el estruendo provoca que todos los animales pierdan la orientación y de una chimenea del camión sale una columna de humo muy espesa y muy negra que se eleva en el aire azul y lila en volutas espiraladas que luego se extienden como sangre negra diluyéndose en las nubes. De este modo, la caravana consigue tirar del camión en las pendientes difíciles e incluso puede avanzar solo en distancias cortas. Cuando llega a lo alto de la elevación, apagan el fuego del motor y dejan que el camión descienda desbocado por el otro lado mientras Esquilo y los carboneros gritan y silban como si el maíz hubiera vuelto a crecer en el campo. Hombres y mujeres se afeitan el pelo de los lados de la cabeza, pero se dejan crecer el pelo por arriba. Las mujeres también tiran del camión y matan humanos, y no pueden tener hijos. Pueden, pero lo tienen prohibido. No dejan vivir a ningún nacido. Chama se pregunta si los carboneros se matarán entre ellos si algún día consiguen acabar con la vida del último humano de la tierra que no forme parte de la caravana, o si no resistirán la tentación de volver a empezar todo de nuevo pensando que con ellos, quizá, la humanidad funcione mejor. Chama también se pregunta cómo la caravana no disminuye de tamaño hasta desaparecer a causa de la peste de la sangre. A lo mejor, piensa, muchas de las personas que Esquilo y sus seguidores encuentran en el camino acaben decidiendo formar parte de la caravana, reponiendo a los perdidos por la enfermedad. Cuando se lo comentó a Alfredo, este le dijo que se trataba de una ironía, una palabra que ella recordaba aunque no entendía muy bien su significado, pero que parecía querer decir que los carboneros eran muy tontos. Esquilo no es un profeta, dice Alfredo, porque no tiene visiones ni cree en un mundo más allá de las apariencias. Esquilo solo cree firmemente que no debe haber más humanos y que es su deber facilitar esa inexistencia. Por eso, ellos mismos no se matan. Primero necesitan ser útiles. Para matar a quien se cruza en su camino, utilizan machetes y piedras. A veces, si hay mucha resistencia, armas de fuego. Algunos carboneros son expertos en matar solo con sus propias manos, añade Alfredo, y si alguna vez la caravana llega a la Cima es de esos de los que debe huir porque es la peor muerte de todas. Sin embargo, tanto la Vieja como Alfredo coinciden en que es muy difícil que la caravana alcance un día la Cima, porque la Cima es muy alta y las laderas muy empinadas, pedregosas y largas para que el camión pueda subir, ni siquiera aunque tiren de él con cuerdas y enciendan el motor al mismo tiempo. Chama no quiere, está claro, que la caravana aparezca, pero a una parte de ella le gustaría verlos de lejos como los vio Quêni, desde una distancia muy segura, sin que la vean. A veces sueña con el elefante de hierro que escupe fuego por la trompa apuntando hacia arriba y con la carnicería eficiente y orgullosa de los carboneros borrachos de charrúa que emergen serenos del humo ardiente, convencidos de su festival de sangre y dolor como si nada pudiera ser más evidente que el hecho de que están haciendo un bien. Desde la distancia, quizá viese en la caravana la misma diligencia y el mismo engranaje tácitos que ve en las abejas, el ballet reverente de las trabajadoras en torno a la reina, el avance inexorable de un acuerdo armonioso por la sucesión de los días. A Chama le gustaría que el Organismo fuera capaz de esa misma armonía implacable. Pero para ello, quizá fuera necesario que cada habitante renunciara a una parte de su juicio y sus voluntades, un intercambio que, sospecha, les llevaría a la perdición.

# 7

Las abejas podrían matarnos con la misma facilidad que cuando necesitan un cadáver, recuerda la Vieja, removiendo una olla de ñame triturado con carne de cordero, zumo de limón y hojas de rábano, mientras Chama lava cuencos de madera y antiguos platos de porcelana con estropajo y jabón. Si no nos matan es porque algo las beneficia en un Organismo sin miedo, y tal vez ese algo sea solo nuestra satisfacción. Chama pregunta si eso significa que las abejas quieren nuestro bien y la Vieja se limita a enarcar las cejas, como si decir las cosas con tanta claridad nos desviase necesariamente de la verdad. La cocina de la casa de la Vieja, siempre frecuentada libremente por todos en el Organismo, refulge temblorosa al calor de última hora de la mañana con aromas de grasa caliente, infusión de mate y cera de abeja. Las imponentes grullas zancudas circulan por los aposentos de la casa con permanente aire de precaución aunque se sepa que son aves valientes, capaces incluso de atacar a los jabalíes. Algunas son solitarias y otras forman parejas que nunca se separan. Sereia, eximia hacedora de adornos y trajes, tiene una tiara que imita sus hermosas crestas tiesas. Una grulla entra por la puerta con una serpiente grande en el pico. La serpiente todavía se debate y la Vieja la mira y sonríe, dando las gracias al ave. Con movimientos amplios y vigorosos del cuello, la grulla golpea la serpiente contra el suelo. Un alboroto se apodera del recinto cuando el grupo de niños más mayores aparece para decir que le han arrancado un diente a Lalita, una niña de pelo negro muy enmarañado, acicalada con adornos de caparazón de armadillo y siempre abrazada a un viejo termo. La cara de Lalita reluce debido a las lágrimas y babea sangre por un lado de la boca mientras un niño enseña la muela podrida a los adultos, orgulloso de la operación que le ha practicado a su amiga. La Vieja le arranca la piel a la serpiente y prepara otra olla para cocinar. Las grullas la alimentan porque ella alberga sus nidos y sus huevos dentro de la casa. Desde la enfermería se oyen los gemidos de Tão, que había ido al campo del otro lado de la colina a curar con árnica a una oveja agusanada y fue sorprendido por un jabalí enfurecido que le clavó un colmillo en el muslo y por poco le desgarra la arteria. El jabalí es el único animal con el que el Organismo nunca se entiende. Los jabalíes han aprendido hasta cierto punto de las abejas a repartir tareas, a proteger a sus reyes y reinas y a formar enjambres. Comen de todo y no se enferman. Se han vuelto invencibles y numerosos, y quizá por eso parezcan un poco ajenos a la vida e incapaces de establecer alianzas. Allá por donde pasan dejan rastros de carroña y tierra pisoteada que muere y tarda meses en volver a nacer. Aun así a Chama le dan pena, pues le parecen criaturas perdidas de su lugar de origen, aturdidas por su propia proliferación descontrolada, sin nada que las amenace salvo su propio metabolismo. Si no hubiera decidido ya dedicarse a las abejas, Chama quizá se hubiera impuesto como propósito intentar un acercamiento a los jabalíes, un riesgo que se había corrido pocas veces, hasta donde ella sabe. Incluso la Vieja parece desdeñar esa posibilidad. La comida está lista y otros van llegando, trayendo sus aportaciones de carne de lagarto seca, champiñones, pulpa de frutos de palmera con miel silvestre. El Organismo come en las tórridas primeras horas de la tarde. Detrás del drama soporífero de los días repetitivos se forman y se destruyen moléculas, se cambian y se transforman, como enseñan las lecciones de la Vieja e incluso algunos libros de Alfredo. En las laderas de la Cima hubo ciervos y vacas, liebres y pumas. Abundan los esqueletos de caballos cuando el fuerte viento excava la tierra, animales majestuosos que eran muy proclives a las alianzas. El cielo, dicen los más ancianos, fue una vez azul y ocre. Chama mastica con sus dientes podridos y piensa en el agujero de la encía de la pequeña Lalita, en los pelos de los brazos de la Vieja, en los pezones doloridos de sus pechos y en la sangre que en cualquier momento le volverá a correr por los muslos. Siente que se acercan, en ese juego entre sus sentidos y lo que captan, las respuestas a las grandes preguntas que rondan su corazón. Dentro de su pecho es como si una palangana de agua caliente se agitara vigorosamente, cada derrame es a la vez un desperdicio y un gozo. Chama se da cuenta, no por primera vez, de que se siente muy sola allí. Los niños son demasiado pequeños y los adultos demasiado mayores para ella. El Organismo funciona en la acogida de las diferencias, pero echa de menos una unidad que no sabe describir ni para sí misma en la semilla sin palabras de su ser. Sabe perfectamente la suerte que tiene de vivir en la Cima y no fuera de ella, de ser aliada de las abejas, de contar con la tutela de la Vieja y de Celso, pero no se siente satisfecha. Hay, en las otras vidas que es capaz de imaginar y en los otros entes a los que desea acercarse, un rompecabezas que la persigue y la desafía. No descansará hasta que lo resuelva, pero ¿será posible? Después de comer, siente la boca más seca que nunca. ¿En qué aires brota el rocío que un día la calmará? Al caer la noche, la Vieja y Alfredo van dando cucharadas de necromiel a los humanos del Organismo. Chama se traga su dosis y poco después siente un cosquilleo en la piel y se le inflaman un poco las entrañas. La miel de cadáver, le explicó una vez Celso, no mata ni neutraliza las bacterias de la peste de la sangre. Al contrario, la miel las atrae y las alimenta. Se sacian hasta tal punto que no necesitan consumir nuestro cuerpo. Pasan a defender su hogar, ávidas de algo que solo el néctar que corre por nuestras venas puede proporcionar. Invisibles e incontables, es en la alianza del Organismo donde también encuentran algo de paz. En cualquier otro lugar, esas bacterias son invasoras del ser humano. Aquí no. Aquí no están en nosotros, le dijo Celso. Están con nosotros. Chama se tumba en la hierba cálida y quebradiza y piensa en ello. En dónde empieza ella y dónde terminan las demás cosas. La noche llega más pesada y oscura que de costumbre. Parece que haya una luz tenue en los bordes del cielo y un agujero interminable y vacío en el centro. De ese agujero emana un zumbido familiar, una vibración que presagia la imagen que se forma a continuación, la del enjambre de abejas que viene a su encuentro y se cierne primero como un rostro humano, después como una calavera con cuernos, de esas que aún se encuentran bajo la tierra seca, y finalmente como un chorro que se extiende en miles de partículas voladoras trazando arabescos rítmicos, una afluencia sin indicio de figura alguna, solo abejas siendo abejas.

# 8

En medio de esa noche pesada y oscura un estruendo y un temblor despiertan al Organismo. Mientras duerme plácidamente en la hamaca que cuelga entre los árboles, Chama abre los ojos y acecha la negrura en busca de perturbaciones. Nada se mueve entre las ramas finas del bosque, que es su lugar preferido para dormir, allí donde los troncos de los árboles altos con raíces muy profundas que extraen agua de subsuelos inaccesibles para cualquier otra criatura de la superficie se revisten de líquenes rojos que solo sobreviven en el aire más puro. Chama oye los gritos de alerta de los gavilanes y las grullas, y después, poco a poco, ruido de puertas y ventanas abriéndose. Se encienden antorchas y se pronuncian nombres con voces angustiadas que solo se callan cuando obtienen respuesta. La visión de Chama se ajusta lentamente a la luminiscencia espectral de las nubes de estrellas y distingue las siluetas de los humanos y de las ovejas lanudas que se desplazan entre los abrigos de la Cima y por los campos limpios y seguros de los alrededores. Chama baja de la hamaca, se pone las chanclas y explora. La Vieja está de pie en el porche de su casa, apoyada en la barandilla y mascando algo con la mandíbula inquieta. Alfredo, Celso y otros adultos, algunos empuñando sus porras, cuchillos o los preciados fusiles reservados para los invasores más temibles, empiezan a reunirse en círculo cerca de la hoguera comunal que lleva días sin encenderse y está reducida a un montón de tocones medio deshechos. Chama ve a un grupo de niños que corren hacia lo alto de la colina, uno de ellos llevando una antorcha que dibuja una cola anaranjada en la oscuridad y revela en su halo la posición de las conocidas piedras que viven en el camino, compañeras inamovibles del Organismo. En lugar de seguir a los niños en busca del punto de observación más elevado, Chama echa a correr en sentido contrario por el camino que baja la loma y luego la rodea, pasando por el almacén de alimentos y por la salida que lleva al antiguo cementerio, en desuso desde hace décadas, y luego sigue hacia las colmenas. En mitad del camino se cruza con Misabel, que estaba subida a la torre de transmisión haciendo de vigía y ahora corre presurosa hacia las casas. Una bola de fuego, dice Misabel. Primero un débil destello de luz tras las nubes, un chispazo, incluso se podía dudar de que hubiera visto algo, pero de repente un chorro de luz roja brillante, instantánea, el ruido profundo y atronador, el suelo temblando. Misabel sale corriendo de nuevo para contar a los demás lo que ha visto y Chama sigue por el sendero que bordea la colina hasta llegar al rincón de las colmenas. Un silencio profundo se cierne sobre los termiteros y se sorprende de que tanto alboroto no haya despertado a las abejas. Cuando se acerca cautelosa a una de las colmenas y atisba por la entrada, descubre que no hay rastro de los insectos voladores que montan guardia por la noche. Chama invoca las enseñanzas de la Vieja para intentar calmarse. Nuevos fenómenos, otros acuerdos, desgarros en el manto somnoliento de las costumbres. No hay nada que temer. Sus ojos captan un débil destello por encima de la arboleda que oculta el viejo cementerio. Corre en esa dirección pasando junto a las casi inservibles trampas para jabalíes, el pozo de agua utilizado por las abejas, la calavera de caballo alrededor de la cual los niños inventan cuerpos extravagantes hechos de piedras, plantas y trozos antiguos de plástico, después pasa junto a las lápidas de piedra del cementerio esparcidas entre el denso entramado de ramas y lianas secas, monumentos conmemorativos de los cadáveres que las abejas aún no se han comido, las últimas víctimas de la peste de la sangre en la Cima. A veces Alfredo y algunos de sus seguidores van hasta allí para hacer extraños rituales de respeto a los muertos. Entre ellos hay quienes creen en la existencia del alma, una excrecencia del cuerpo que persiste tras la descomposición y necesita muestras de afecto y ciertas palabras y cánticos para descansar definitivamente. Alfredo dice que el alma no tiene nada de otro mundo, que es un calentamiento peculiar de las partículas más pequeñas de la materia. Según él, son como brasas que se mantienen ardiendo en el centro de la leña con un calor que se percibe al acercar la palma de la mano, produciendo únicamente un humo tenue e invisible. Chama no cree en eso. En todo lo que ha observado morir y descomponerse, ha visto el calor disiparse sin ningún rastro discernible de lo que una vez lo animó. El calor de la vida, le parece más sensato concluir, no se aferra a las formas a las que los humanos se aferran. Sobre este tema prefiere la visión de la Vieja, la de una continuidad de la creación que borra las instancias anteriores, siendo solo permanentes las materias y fuerzas dotadas de voluntad pero sin identidad. El cementerio queda atrás y después de superar otra subida pedregosa Chama avista la región de fuego y humo alrededor de la cual los niños, que han llegado antes por caminos que solo sus ágiles e intrépidos pies conocen, corren y saltan emocionados. En el centro de esa hoguera, visible de vez en cuando entre cortinas de chispas, conservando tras la caída vestigios de su forma oval, hay una máquina incandescente de diez o doce pasos de longitud. Llamas azules y verdes se mezclan con las llamaradas rojas y naranjas. Pequeñas explosiones lanzan astillas y escombros al aire nocturno. Chama se acerca sin prisa, admirando la estatua crepitante. Los niños vuelven la cabeza al notar su llegada y le muestran los ojos blancos y fascinados. Por los caparazones de armadillo y el termo agarrado al pecho, Chama reconoce a la pequeña Lalita paseando a ciegas con la cabeza cubierta con una esfera de cristal llena de grietas. Se parece a algo que Chama conoce pero que le cuesta recordar. Un casco, se le ocurre instantes después. Algunos moradores guardaban cascos que los antiguos utilizaban para pilotar coches y motos, no era muy difícil encontrarlos y se mantenían bien conservados aunque no tuvieran ninguna utilidad en el Organismo. Huele a pelo quemado y a algo más que no puede definir, un vapor embriagador y ardiente que la marea. Uno de los niños señala a un lado y Chama ve por primera vez a la criatura que se arrastra por el suelo a unos pasos de distancia del fuego. Durante unos instantes no está claro si se trata de un humano o de algún otro organismo que se mueve de forma similar, pero, tras acercarse, distingue bien la cabeza, el tronco y las extremidades cubiertos con una ropa diferente a todo lo que ha visto, gruesa, amarilla y llena de tubos y tecnologías. A pesar de los esfuerzos de Chama por alejarlos, dos niños y una niña del Organismo se aproximan por turnos al superviviente, pisoteando y pateando el cuerpo que intenta arrastrarse, delirante y chamuscado, como si creyera que la oscuridad de unos pasos más adelante pudiera salvarlo.

# 9

El almacén de carne, construido sobre una plataforma a un brazo de altura del suelo y rodeado de alambre de espino, es el lugar escogido por los adultos para alojar al hombre. Chama ayuda a cargar los barriles llenos de carne de oveja, cabra y jabalí conservada en grasa, hasta el cobertizo más grande en el que se almacenan las demás provisiones. Instalan en el almacén una cama con un colchón de paja y una almohada y terminan de preparar el recinto con un cuenco de agua, otro con mandioca hervida y un cubo para las heces. Esa primera mañana no se permite entrar a nadie en el almacén excepto a la Vieja, Alfredo, Celso y Boloto, que es designado como enfermero para cuidar de las heridas del hombre. Chama recapitula lo ocurrido desde la caída y tiene la impresión de que los instantes pertenecen a un sueño angustioso del que aún no ha despertado del todo. Cuando intervino para alejar a los niños que lo golpeaban sin motivo aparente, Chama se dio cuenta de que la cabeza y las manos del hombre estaban negras y que su ropa amarilla estaba quemada por varias partes. Envió a los niños a buscar a los adultos y se sentó junto al hombre cantándole en voz baja melodías inventadas y preguntándole su nombre, pero él no respondía, solo respiraba profundamente y soltaba un aire sibilante por la boca. Cerca de la máquina ovalada en llamas, dos niños chutaban el casco de un lado a otro como si fuera una pelota y la pequeña Lalita jugaba con un par de guantes que emitían reflejos plateados contra el fuego incandescente. Chama tocó la cara del hombre y este se encogió, lleno de dolor. Primero apareció Tão, precediendo a los demás pese a cojear por la herida de jabalí en la pierna, después Misabel y Celso, a continuación Alfredo, y Chama se percató de que todos ellos parecían saber de qué se trataba aquello, pero hablaban muy poco y en voz baja. El Organismo no solía tener secretos. Transportaron al hombre en una hamaca hasta el porche de la casa de la Vieja, y luego entraron su cuerpo desfallecido y la puerta se cerró. Chama nunca había visto cerrada la puerta de la casa de la Vieja. La aurora ha despuntado como todas las mañanas y ahora, después de ayudar a trasladar los barriles de carne, Chama está sentada cerca del almacén imaginando al hombre que hay dentro, con ganas de cuidarlo como si fuera su madre. El alambre de espino que siempre había protegido las provisiones de los jabalíes y otros seres hambrientos tenía ahora otro significado, separando a aquel humano de todos los demás. Pero ¿por qué, exactamente? Chama quiere pasar al otro lado de la alambrada y conocer mejor al recién llegado. Siente que tiene cierta responsabilidad sobre él y que debe velar por su bienestar. Todavía no entiende por qué los niños le agredieron y escuchó a uno de los adultos referirse al hombre como un fugitivo. ¿Un fugitivo de dónde? ¿Y qué trato merece un fugitivo? Chama se da cuenta de que ignora cosas obvias que hasta los niños comprenden y trata de apartar los sentimientos de inferioridad que surgen de esa constatación, ya que la Vieja le dijo que eso sucede porque ella dirige sus sentidos a cosas diferentes, que tiene una forma de prestar atención que no coincide con la de otros humanos entre ellos, y que habrá momentos en los que esas peculiaridades le traerán orgullo y satisfacción. El trato dado al hombre caído le deja un sabor amargo en la boca. Hay una violencia para sobrevivir y una violencia que no tiene nada que ver con la supervivencia, le enseña la Vieja. La que no tiene que ver con sobrevivir es una revancha contra un sentimiento de injusticia basado en la ilusión engañosa de que se nos debe algo solo por existir. La violencia se produce porque pensamos que la deuda no se pagará, o que se está pagando a los otros antes o en detrimento de nuestra propia deuda, o que correspondería a las víctimas de nuestra violencia, de alguna manera, hacer el pago en nombre del universo silencioso e invisible. Sin embargo no hay deuda, dice la Vieja, solo dádiva. Sentada allí delante del almacén, percibiendo que los adultos parecen asustados y que cosas prohibidas a los más jóvenes comienzan a ser dichas en susurros, Chama empieza a temer que la caída del hombre pueda hacer que el Organismo se olvide de esa enseñanza y traiga de vuelta, después de mucho tiempo, violencias que nada tienen que ver con la supervivencia.

# 10

Chama es enviada junto a Misabel a investigar los destrozos de la nave. Dos niños las acompañan, saltarines y silenciosos, uno con un peto de piel de cabra y el otro con un antiguo vestido adornado con trozos de plástico que casi parece una armadura blanquecina. Chama no se acostumbra nunca al aura de amenaza inocente que flota en torno a los niños del Organismo. Son serviciales, pero torturan a animales. A veces son juguetones como niños mucho más pequeños, pero la mayor parte del tiempo se encierran en una profunda apatía. Sus cuerpecitos delgados y vulnerables parecen infinitamente flexibles e indiferentes al dolor. El sol de mediodía hace vibrar la tierra, hierve cualquier sustancia viscosa y estimula a las plantas. Tábanos zumban cerca de sus oídos y se camuflan en el dorso de algunas piedras en legiones inmensas que de repente se desplazan y se hacen visibles al ojo humano. Los tábanos casi nunca atacan a los humanos de la Cima porque son contraatacados por las abejas, pero estas siguen desaparecidas desde la caída de la máquina y Chama tiene la impresión de que un tábano la puede picar en cualquier momento. Siente la nariz y la garganta secas, el vientre ardiendo, la punta de los dedos hormigueando. Sabe que el cuerpo se queja y se enfada cuando crece, pero los síntomas ahora parecen provenir de cambios en su entendimiento y no en su cuerpo. Querría entender exactamente qué es lo que se reconfigura en las relaciones entre las cosas para suscitar tales efectos en ella, pero sabe que solo tiene acceso aún a centelleos insuficientes. Cuando llegan al lugar del impacto, Misabel hace un gesto para que los menores se detengan detrás de ella. Está calculando el riesgo de una explosión y olfateando la presencia de cualquier sustancia tóxica. Sus ojos estrechos parecen buscar más allá de las inmediaciones, en la curva del planeta o en algún infinito. Sus fosas nasales se expanden y tiemblan, y vuelve un poco la cabeza, direccionando los oídos. El padre biológico de Misabel, Chama lo sabe, era un famoso físico especializado en energías. Misabel aprendió esos conocimientos de él muy pronto, antes de que la peste de la sangre lo inflamara. Dicen que una vez, cuando aún era una niña, Misabel consiguió hacer funcionar un viejo generador que el Organismo intercambió con una caravana pacífica que recorría los valles de alrededor de la Cima. Misabel guardaba en aquella época algunos litros de gasoil, los últimos de los que se tenía noticia por allí, en el depósito del tractor, y se las arregló para reparar los mecanismos rotos del generador, que escupió humo negro y erizó las laderas de las colinas con un ruido que ninguna criatura había oído desde hacía mucho tiempo. Intentaron encender lámparas y poner en marcha un congelador todo oxidado, pero nada de eso funcionó hasta que alguien se acordó del televisor que se utilizaba como estantería en la casa de la Vieja. Para asombro de todos, aquella televisión se encendió mostrando una lluvia de puntitos blancos y negros y emitiendo un chirrido irritante. Los habitantes del Organismo se daban codazos para acercarse y que la luz eléctrica iluminara sus rostros. Al colocar las manos en la pantalla iluminada, algunos sentían un cálido cosquilleo. Misabel creó una antena con cables y alambres que guardaba en su maletín de herramientas, y entonces sonaron voces entrecortadas de robots junto con imágenes temblorosas que nadie entendía bien y que pronto fueron olvidadas. Alfredo cuenta que todos los relatos que escribió ese día hablan de una sensación extraña de vacío. Ricos y formidables recuerdos conservados por los ancianos cobraron vida solo para revelarse, al instante siguiente, como espejismos que palidecían y se desvanecían. Fantasías e imaginaciones que los más jóvenes habían creado en sus pensamientos sobre los encantos perdidos de los tiempos antiguos se convirtieron en cenizas que la brisa esparció. En poco tiempo el generador dejó de funcionar. El gasóleo estaba demasiado estropeado y obstruyó los mecanismos. Chama, que todavía era un bebé cuando ocurrió este episodio, no tiene ningún relato propio que ofrecer, pero recela mucho de esas historias que hablan de aquella pantalla que se encendió como un soplido que puso fin a un hechizo. Cree que el hechizo era y sigue siendo real. Solo faltan los aparatos que lo susurren sin cesar como en los tiempos de juventud de la Vieja y nos sumerjan de nuevo en sus ritos y sensaciones. Frente a los hierros humeantes, Misabel se ajusta la falda andrajosa alrededor de las piernas, gira la cabeza coronada por un vistoso turbante de colores y hace una seña a los menores para comunicarles que todo parece lo suficientemente seguro como para que se acerquen. Chama había escuchado en las conversaciones de los adultos una palabra que ahora le enseña Misabel. Lo que cayó del cielo sobre la Cima es una nave y el hombre que viajaba en su interior es un astronauta o habitante de las órbitas. De vez en cuando las naves se quedan sin combustible como el tractor y se estrellan, pero esa es la primera nave que aparece allí. Se ha formado un cráter a cuyo alrededor se amontona la tierra seca en abultadas jorobas de aroma mineral, adornadas con guirnaldas de raíces secas. Chama le pide a Misabel que le cuente más sobre las naves. Mientras señala a los niños ciertos materiales y trozos que hay que recoger porque tienen un alto valor de intercambio, Misabel le explica con cierta vacilación, como si ella misma ya no estuviera muy segura del pasado, que naves pequeñas como aquella o enormes como ciudades están estacionadas en el espacio entre las nubes del cielo violáceo y las nubes de estrellas, en una región conocida como órbita. Chama ha oído hablar de la órbita. Una región del cielo poblada por máquinas antiguas, la mayoría de ellas apagadas como la televisión, pero que a veces siguen apareciendo como pequeñas estrellas que viajan lentamente en línea recta. Con todo, esas máquinas con humanos dentro debían de ser alguna especie de tabú, porque no recuerda que Alfredo ni la Vieja ni nadie más las hubiera mencionado. Misabel le indica que preste atención a cualquier cosa que le parezca fuera de lugar. La carcasa carbonizada de la nave es solo un poco más grande que la del tractor y está hecha de viscosos plásticos negros y espumas que se han derretido y secado, trozos de tejidos extraños que no se han quemado, superficies metálicas lisas y curvadas sobre las que apetece mucho pasar la mano, tubos de un material duro de color bronce, muchos fragmentos de vidrio en forma de pequeños cuadrados o hexágonos. Chama encuentra un pequeño esqueleto carbonizado y se lo señala a Misabel, que después de pensarlo un poco opina que debe ser un gato, un animal que no se ha visto en la Cima desde hace décadas. Los niños trepan a las partes más elevadas del esqueleto de metal aún caliente, posándose sobre las aristas como si fueran pájaros y avistando trozos de la nave arrojados lejos. Chama y Misabel deciden investigar algunas de esas piezas. Misabel recoge un instrumento dañado que parece un teléfono antiguo y uno de los niños encuentra una navaja con sangre seca en la hoja. Justo cuando están a punto de dar por terminada la búsqueda, Chama encuentra entre arbustos secos a decenas de metros de la nave una caja que permanece intacta y que a primera vista parece inviolable. La cerradura, sin embargo, es de apertura simple. Dentro hay una foto de un hombre, una mujer y una niña. También hay otras cosas. Dos anillos de oro con fechas inscritas que Misabel dice que son muy antiguas, de antes de la invención de los ordenadores y las naves, un pequeño libro que ninguna de las dos sabe leer, un artefacto del tamaño de un dedo que sirve, cree Misabel, para almacenar información informática, y un tubito en espiral que parece hecho de hueso liso y que enseguida se da cuenta de que es una concha marina, descrita más de una vez por la Vieja en sus enseñanzas sobre la variedad de formas de vida. Chama pide a Misabel quedarse con la concha, y esta se lo concede. Sin embargo, lo que más le intriga es la fotografía de colores todavía vivos. Nunca ha visto una imagen tan bien conservada. La mujer sería quizá la esposa del hombre y la niña, ya medio crecida y puede que con una edad similar a la de Chama, debía de ser la hija biológica de ambos porque se parecía mucho a ellos. Están sentados en una colcha de colores, sonriendo. No se puede ver bien la cara de la mujer porque lleva unas enormes gafas oscuras. La niña luce un reloj de pulsera grande con una pantalla iluminada. ¿La peste de la sangre ya existía cuando tomaron la foto? Se los ve limpios, la mujer es gorda, la niña tiene los dientes blancos. No sabe decir la edad del hombre que ha llegado en la nave, pero en la foto parece joven, su piel no es ni clara ni oscura, tiene el pelo corto como el de un jabalí, también los dientes blancos como el sol de mediodía. Chama busca conexiones entre el hombre de la fotografía y el rostro quemado y cortado que se arrastraba por la tierra seca. Misabel pone el teléfono y el artefacto de guardar información encima de una piedra y los destruye golpeándolos con otra piedra, luego recoge algunas piezas de valor. En el camino de vuelta a sus casas, pensando en la familia antigua de la fotografía, Chama siente por primera vez un poco de tristeza al pensar que Misabel y Celso ya no viven cerca de ella aunque sean su madre y su padre biológicos. Los demás la dejan atrás mientras ella se queda mirando la fotografía de los tres humanos en familia. Pero Misabel retrocede y al darse cuenta de lo que le ocurre acaricia la cabeza de Chama y le recuerda que fue ella misma quien quiso separarse desde pequeña, quien les dijo que quería vivir sola y buscar sus propias alianzas. Le habla de cómo fue amamantada por varias mujeres y cuidada por todo el Organismo, en especial por la Vieja. Y de cómo Celso la veía como su sucesora en el trato con las abejas. Las palabras surten efecto y Chama empieza a serenarse de nuevo. Tener una familia como la de la fotografía no la libraría del vértigo que supone ser una entre muchos. La Vieja y Alfredo coinciden en pocas cosas, pero una de ellas es que en la vida y en los libros nunca ha habido un modelo de alianza que tenga en cuenta las vicisitudes, abismos e inclinaciones del ser humano. Chama pregunta a Misabel si se ha percatado de que las abejas han desaparecido. Misabel la acaricia de nuevo y después la abraza, diciéndole que las abejas volverán. El impacto de la nave debe de haberlas asustado. Chama siente el contacto de las piernas fuertes y cortas de Misabel, el olor penetrante y embriagador de sus bacterias. Los niños las observan en la distancia, riendo. Dos grullas zancudas graznan a lo lejos, doblando el cuello hasta tocar la espalda y dirigiendo a las alturas su poderoso grito. Chama aprieta su concha en la mano y recita mentalmente la palabra que acaba de aprender. Astronauta, astronauta.

# 11

El planeta es un cuerpo y nosotros hemos sido su peste de la sangre, dice Alfredo. Convocó al Organismo para que se reuniera frente a su casa al caer la tarde y comparecieron casi todos, incluso los oyentes más entregados de la Vieja, pues el clamor de la Vieja por el olvido del pasado y por el constante llegar a ser les suena insuficiente a muchos desde la caída del astronauta. Chama no quiere alejarse de las enseñanzas de la Vieja, que tanto sentido tienen para ella en la concordancia y en la discordancia. Le gusta la sensación de tener la respuesta a cada duda en otra duda, el suelo firme transformado en barro profundo, las raras certezas rápidamente enfrentadas a su contrario. Para Alfredo existe un mapa del conocimiento que lo explica casi todo y bastaría con tiempo y acceso suficientes a ese códice para dilucidar casi todos los misterios y tener alimento para casi todas las decisiones. Ese conocimiento de todo nos permitiría saber qué ocurrirá en los momentos venideros, sin nuestra intervención, y decidir si es el caso o no de intervenir y de qué manera. ¿Cómo, piensa Chama, no sospechar un poco de toda esa confianza en la forma de observar y entender lo humano? Pero es cierto que la caída del astronauta ha abierto una herida en el Organismo y la cicatrización parece depender de insinuaciones del pasado. Ella misma siente esa sed de historias y recuerdos como si el astronauta fuera un puntito brillante en lo alto de la colina que revela una grandiosa reliquia enterrada. Los oyentes se quedan de pie o se acomodan sentados en pieles de oveja y bancos de madera. Algunos beben manzanilla o mastican carne y frutos secos. Quêni lleva a sus gavilanes al hombro y su hija biológica, Sereia, está subida sobre la espalda de Tão, aún de luto por la pérdida de Ramona. Los niños y niñas se pasan una serpiente verde de mano en mano y juegan con ella un poco apartados de los adultos, pero tranquilos y respetuosos con la asamblea en curso. Los gemelos, hijos biológicos de Alfredo, que ya saben leer y viven hojeando libros, están cerca de su padre, pero se distraen con su juguete favorito, una antigua cámara de fotos que no funciona, lo que no les impide apuntar a las cosas y pulsar los botones como si capturasen la luz de los instantes. Uno de ellos va siempre vestido de murciélago y el otro de araña, o al menos así explican ellos mismos los extraños trajes que llevan. Chama mira por encima del hombro y ve a la Vieja apoyada en Deia junto al tronco de la higuera muerta, las dos también atentas a Alfredo y a su ayudante, de pie sobre la piedra plana que han elegido como púlpito, y más al fondo se puede ver el almacén de carne donde descansa el astronauta prisionero y herido. Un viento cálido agita los cabellos y las hojas del Organismo. Alfredo está diciendo que los libros enseñan que no solo la historia del ser humano es fractal, sino también la composición de todos los seres animados e inanimados. Son palabras extrañas que Chama reconoce pero no entiende bien. Todo fenómeno se compone de versiones más pequeñas de sí mismo, dice Alfredo, y así las bacterias de la sangre están en nosotros como nosotros en el planeta. Cierra el libro de tapas verdes que está consultando y se lo entrega al ayudante que está a su lado, y que se ocupa de una pequeña mesa con otros volúmenes de la biblioteca. A continuación coge con cuidado una pila de hojas de papel de color amarillo oscuro que parecen muy finas y frágiles y que se deshacen un poco más al ser manoseadas. Son noticias de mucho tiempo atrás, de la época del petróleo y la electricidad en todas partes, dice Alfredo. Los textos hablan de la escasez de alimentos y de las grandes epidemias. Del mar avanzando sobre las ciudades costeras y del calor diezmando los pastos y las plantaciones que cubrían regiones más amplias que el horizonte. De las variedades de seres que no resistieron la infestación humana. Mientras habla manosea las hojas y las muestra a la luz violeta del atardecer. Hay un texto aquí, dice Alfredo, que explica cómo una porción muy pequeña de los humanos que existían en esa época, puede que doscientas o trescientas familias con mayor riqueza que todas las demás que poblaban los cuatro rincones del planeta en gran densidad, se embarcaron en naves espaciales que flotaban en la órbita y empezaron a vivir en estaciones que eran como pequeñas ciudades. Se removieron montañas enteras para extraer de la tierra montones de minerales necesarios para fabricar esas naves y estaciones. El dinero empleado en su construcción podría alimentar durante toda la vida a una cantidad de humanos que hoy ni siquiera podemos imaginar, y el humo caliente que esas máquinas voladoras expelían al aire superaba en grandeza al de todos los coches, tractores, trenes y camiones. Los fugitivos, comprende Chama de repente. Alfredo manosea las hojas y elige otra. Lee durante unos instantes y continúa diciendo que, años después de su huida, algunas de esas naves empezaron a regresar a la tierra que habían abandonado. Que la tierra se hallaba en una situación aún peor que cuando se fueron, pero al parecer la situación de esos humanos en la órbita se había vuelto todavía peor que la situación en la tierra. La comida y el combustible se agotaban y el cuerpo y la mente humanos no prosperaban adecuadamente en las cápsulas de metal y plástico. Los primeros fugitivos que regresaron creyeron que serían bienvenidos en la tierra, pero solo encontraron hostilidad. Los terrícolas enfermos, desesperados y amargados, cometieron actos de violencia indecibles contra ellos. Gracias a la tecnología de la radio e internet, los astronautas que seguían en la órbita fueron alertados por los que habían regresado sobre dicha animosidad y trataron de prolongar todo lo posible su estancia en los habitáculos flotantes. Al poco tiempo, sin embargo, no tuvieron más opción. Tarde o temprano, dice Alfredo, tendrían que volver o morirían allí arriba porque se habían olvidado de planificar adecuadamente la reposición de la energía que mantenía sus viviendas funcionando en la órbita, o porque la violencia que practicaban los unos contra los otros se hacía insoportable. La mayoría fue torturada y asesinada tan pronto como caía a la tierra. Los que se salvaron y fueron escuchados relataron atrocidades y sufrimientos inimaginables dentro de las naves y estaciones. Enfermedades aún peores que la peste de la sangre, humanos comiéndose los cuerpos de los otros e invadiéndolos por la fuerza, agresiones y odio de una especie hasta entonces desconocida. Ese hombre que ha caído en la Cima, dice Alfredo, es uno de esos humanos que primero huyeron de aquí y después huyeron de allá. Es importante que todos entiendan lo que significa su llegada. El hombre habla una lengua que desconocemos y representa una degeneración de las antiguas sociedades de las que todavía estamos protegidos en la Cima. La mayoría de los astronautas de los que se tiene noticia se estrellaron cerca de grandes ciudades con luces. Su caída aquí solo puede haber sido un accidente, pero es un accidente con consecuencias muy peligrosas para el Organismo. El hombre conoce tecnologías de las que nos alejamos hace mucho tiempo y no sabemos qué pretende ni de qué es capaz. Puede atraer a otros humanos que no respeten el modo de vida del Organismo. Humanos que quieran robarnos la necromiel, los pozos de agua sin veneno y el aire fresco. Mientras Alfredo profiere estas últimas palabras, Chama oye movimiento a su espalda. Deia escolta a la Vieja más cerca del orador. La Vieja pregunta a Alfredo qué cree que significa exactamente la llegada del astronauta, porque ese significado, que parece tan obvio para Alfredo, a ella se le escapa. Luego añade que nada de lo que aparece en los libros y en los periódicos viejos puede decirnos qué hacer con ese humano, pero lo que hagamos con ese humano dirá lo que seremos a partir de este momento. La Vieja mira en derredor y ruega que las acciones del Organismo no se guíen por el pasado, sino por la observación atenta y generosa del presente. A su alrededor, Chama observa cómo los humanos del Organismo manifiestan sus opiniones y temores, un coro de voces desajustadas, diferente a todo lo que ha escuchado. La Vieja empieza a retirarse y Alfredo muestra a la asamblea el pequeño libro que Chama ha encontrado la víspera en la caja de objetos personales del astronauta. Alfredo dice que es un libro religioso escrito en una lengua extranjera, un libro en nombre del cual se masacró y esclavizó a pueblos enteros, y al oír esto el Organismo se asusta aún más. Alguien pregunta por las abejas. Alfredo dice que no entiende muy bien las razones, pero que sería absurdo no relacionar la llegada del astronauta con la desaparición de esos insectos voladores. Sobre la Cima empieza a caer el peso de esa coexistencia misteriosamente sustraída, la ausencia de la actividad constante de las abejas en la vida del Organismo, ese olor dulce y medio putrefacto de los enjambres que llega a las viviendas humanas con la brisa cálida, el zumbido reconfortante que emiten al recorrer largas distancias en sus quehaceres, sus voluntades aparentes y ocultas en constante juego con las voluntades del Organismo, que depende desde hace tanto tiempo de la necromiel que su ofrecimiento a cambio de los muertos se da por sentado. La Vieja dice que nada se da por sentado, pero no todos los que están allí en la Cima la escuchan, y muchos de los que la escuchan no la entienden realmente. Chama se aleja de la asamblea a medida que el vocerío aumenta y camina desnortada entre las casas y barracas como si tratara de distraerse de un grito de gran sufrimiento procedente de un ser querido. Cuando se da cuenta, está cerca del almacén de carne. Pega el oído y las palmas de las manos contra la madera sebosa de la cabaña para auscultar los latidos del astronauta herido, pero no capta ningún sonido, olor o movimiento. La Vieja tiene razón, piensa Chama, habría que acoger primero al hombre, absorber sus lenguajes, dejarse afectar por su presencia concreta antes de decidir qué significa y cómo, por consiguiente, debe ser tratado. Chama rodea el almacén, rozando las paredes con la punta de los dedos, respirando jadeante, deseando no sabe bien qué. La puerta del almacén está cerrada con una cadena y un candado. Desde que nació, Chama sabe que en el Organismo no hay candados, ni cerraduras ni llaves, pero allí hay ahora un candado oxidado, señal inequívoca de que ya no sabe dónde vive, de que ya no reconoce su lugar ni sus alianzas, y esta quizá sea, piensa, la misma sensación que espantó a las abejas, el horror repentino a dejar de pertenecer.

## 12

El Organismo duerme en silencio. Chama se despierta con inquietud en el pecho y la boca seca. Se levanta de la hamaca y recorre a oscuras el camino desde su refugio entre las ramas hasta el porche de la casa de la Vieja, donde siempre hay un cuenco de agua fresca. El agua hincha sus labios, que se deslizan en la suavidad texturizada de uno contra otro. El silencio, se da cuenta ahora, parece excesivo, como si la Cima fuera el objetivo de una emboscada. Se dirige al almacén donde duerme el astronauta. Oye movimientos, como si estuviera dando vueltas de un lado a otro en la cama. Desde la caída, los adultos no autorizan a Chama a entrar en el almacén, pero a menudo se acerca al cobertizo cuando no hay nadie cerca y trata de establecer algún intercambio con el hombre preso dentro. Ahora golpea ligeramente una tabla, y poco después las maderas del suelo crujen y oye la voz del hombre diciendo palabras en un idioma desconocido. Chama se aparta un poco, temerosa de lo que deseaba obtener solo un segundo antes, y toma el sendero que conduce a las colmenas abandonadas, pasando entre los eucaliptos muertos y junto a la primera torre de transmisión donde Val, un niño dócil que es aliado de todas las cosas del cielo y puede leer las estrellas e interpretar el tiempo, la saluda sin extrañarse de su presencia, pues sus andanzas nocturnas son harto conocidas por los vigilantes. La luna creciente aparece entre las nubes y dibuja en un azul espectral la ciudadela de termiteros abandonados por los insectos voladores desde la caída de la nave cinco noches atrás. Las cabras y las ovejas se reacomodan en sus lechos de hierba amarillenta a doscientos o trescientos pasos de allí. Chama se aleja de las colmenas, se levanta la falda, se agacha y moja la tierra con un chorro de orina ardiente. El olor bacteriano de sus axilas, que emana de la vida de los microbios que alberga, penetra en sus fosas nasales y la reconforta. De los aromas de su propio cuerpo es el que más le gusta, el que más refuerza su sensación de ser un todo. Es como oler la miel silvestre. De nuevo en pie, Chama recorre con la mirada los contornos casi invisibles que conforman el paisaje nocturno trazando límites entre diferentes oscuros sin mucho contraste. En dirección al valle de los jabalíes, pasando la segunda torre de transmisión, una zona más oscura que todas las demás la invita a visitarla. Está acostumbrada a mirar la oscuridad total y sabe por instinto que alguna anomalía se aloja ahora en ese lado de la Cima. Es el lado menos visitado, porque es lugar de paso de los jabalíes y alberga en el fondo del valle el arroyo envenenado que es el límite más importante del Organismo, uno que nunca debe ser cruzado excepto por aquellos que parten dispuestos a no volver. Chama camina en esa dirección y no tarda en notar que el aire cambia. Un resquicio de humedad se deja sentir en sus cavidades y una vibración lejana refuerza la sensación de una llamada que se hace para ella y para nadie más. Desciende la colina hasta el final del sendero, cruza umbrales que no ha visitado en mucho tiempo. En la base de la Cima hay un bosque de árboles bajos con troncos retorcidos, demasiado cerca del arroyo para poder entrar en él. Chama persigue la vibración entre el entramado de ramas, escuchando por primera vez en su vida el delicado rumor del arroyo prohibido. Al poco ya no sabe dónde está y es muy posible que haya superado los límites de la Cima. Una cuesta empinada le sugiere que ha traspasado un fondo que aprendió desde muy temprano que no debía pisar, pero la llamada la impulsa, una curiosidad que es un amor por la vida mayor que el temor a perderla por imprudencia. Advierte un cambio repentino en los árboles, que se vuelven más altos y espaciados. De pronto un claro entre las copas deja pasar una neblina azul de luz de luna y Chama vislumbra un gran claro atravesado por lianas tan gruesas como sus piernas. La débil vibración que la ha atraído en esa dirección se convierte en un zumbido familiar. Algunas abejas se le posan en la cara y en el pelo. Siente una picadura en el dorso de la mano, después otra en la curva entre el cuello y el hombro. A Chama no le importa, su cuerpo conoce bien ese dolor punzante y ya no le resulta extraño, es como si los nervios alrededor de la picadura se transformaran en metal caliente que se enfría enseguida, y también sabe que las aliadas la reconocen y no la consideran una amenaza, a veces le pican porque es parte de su lenguaje, la manera propia que tiene el enjambre de tantear su entorno. El zumbido de las abejas en el claro del bosque es atronador, lo que induce a pensar en legiones mucho más numerosas que las desaparecidas habitantes de los termiteros. Las abejas circulan en torbellinos que apenas se distinguen en la penumbra insuflada de añil, pero lo que se revela parcialmente a los ojos de Chama sugiere patrones de complejidad y sincronía prodigiosos, organismos que forman organismos mayores que danzan y se mezclan con otros organismos. El revoloteo de tantas alas crea un viento fresco que transporta aromas de miel y tomillo, pero también hay indicios de algo que le revuelve el estómago, un olor a fertilidad excesiva. Chama recorre el perímetro del claro en busca de la fuente de ese malestar hasta que da con un cuerpo tendido, oscuro, en el que las abejas se posan para despegar instantes después más gordas y lentas hacia una senda del bosque. A pocos pasos del cuerpo se detiene, temiendo perturbar a las abejas que zumban con un canto propio, pero está lo suficientemente cerca para confirmar que se trata de un humano vestido con harapos, rígido e hinchado, con sandalias de neumático en los pies e indicios de un mechón de pelo largo en la parte superior de la cabeza afeitada. Se puede ver casi todo el cráneo entre restos de carne rosada comida por las abejas, y la piel aún intacta es negra y cerúlea. Algunos hongos adiposos ya están creciendo en la carne muerta. Alrededor del cuello del cadáver hay una tira de cuero que al inspeccionarla más de cerca, rodeando el cuerpo, Chama comprueba que está unida a unos prismáticos grandes, muy diferentes de los que utilizan los cazadores del Organismo. Después de examinarlo un rato más, empieza a retroceder lentamente y pisa algo liso y firme. Una botella de plástico transparente con un tapón rojo en cuyo interior hay un resto de líquido anaranjado con pequeños frutos amarillos flotando. Chama levanta la cabeza y mira atónita a su alrededor, como si acabara de comprender algo que las abejas le habían estado comunicando desde su llegada al claro. De repente el enjambre se metamorfosea en un aglomerado más denso y musculoso, que se retuerce, se contrae y enfila hacia el camino que se adentra en el bosque. Chama se percata de que empieza a amanecer y suaves rayos de luz amarilla y violeta atraviesan las copas de los árboles formando cortinas oscilantes. El sendero es ancho pero cubierto de hierba, indicio de un camino que los jabalíes han abandonado hace tiempo. Su caminata en pos del enjambre es pausada, parece interminable, aunque sepa que solo ha caminado trescientos o cuatrocientos pasos. El haz de abejas se disuelve y se dispersa. Chama mira hacia arriba y descubre las nuevas colmenas en lo alto de los árboles. Hay siete en total, y los panales de cría y miel están ocultos detrás de capas compactas de abejas que permanecen en reposo, apretadas unas contra otras con la cabeza vuelta hacia dentro. Las capas son barridas por ondas de vibración iridiscentes que producen un ruido espeluznante y maravilloso de miríadas de alas y abdómenes que concatenan movimientos en la duración de un parpadeo. Al saberse observados, los enjambres empiezan a centellear de otra manera, en ondas rítmicas que a ojos de Chama hacen que cada colmena parezca un enorme corazón palpitante que va coordinando sus latidos, poco a poco, con los del corazón que late dentro de su pecho. Luego hay en el escondrijo del valle ocho palpitaciones al unísono. Las reinas aparecen y se posan en su brazo, se dejan observar y se van instantes después. De una colmena situada en lo alto de su cabeza chispean gotas espaciadas de miel translúcida que le caen primero en el pelo y luego en la lengua, que saca hacia fuera, paciente. Se queda allí, dejando que la mañana irrumpa plenamente antes de volver sobre sus pasos hacia el Organismo, donde tendrá que decidir qué hacer con sus secretos.

# 13

A la mañana siguiente, Chama ayuda a Celso a abrir las colmenas de todos los termiteros. Consiguen extraer unos cuantos cuencos de miel silvestre y solo una pequeña porción de necromiel. Sumando la modesta cosecha a las reservas existentes, Celso calcula que tendrán suficiente para inmunizar a todos durante unos sesenta días. Chama no comparte con su padre biológico lo que sabe sobre el claro del bosque en el fondo del valle, las nuevas colmenas y el cadáver del carbonero. En esa nueva disposición hay algo que aparenta concernirle solo a ella, algo para lo que el Organismo no está preparado, todavía no. En las tierras de la Cima no hay rastro de las abejas desaparecidas y se celebra otra asamblea al caer la tarde. Alfredo proclama que el astronauta es el culpable de que se haya roto el equilibrio de alianzas en el Organismo y que solo la ofrenda de su cadáver puede traer de vuelta a las abejas. Misabel pide la palabra y recuerda que ningún humano ha sido sacrificado jamás por los otros en beneficio de las colmenas. Que el pacto siempre ha girado en torno a la muerte que ocurre a su debido tiempo, en el decurso de los accidentes y al término de los metabolismos. No es razonable, dice Alfredo, pensar que las abejas diferencian entre la muerte fortuita y un sacrificio deliberado. La palabra «sacrificio» suscita algunos refunfuños y sacudidas de cabeza, como si Alfredo hubiera abierto un agujero en un saco lleno de inmundicia. Desde la más remota antigüedad, prosigue, se ha provocado la muerte en ofrendas para activar los ciclos de renovación y fertilidad. Es posible sospechar, conociendo los libros, que el destino reciente de la humanidad está ligado al abandono de esas prácticas. Misabel replica que el asesinato es una enfermedad mucho peor que la peste de la sangre y que un acto así sería la perdición del Organismo. Si las abejas no regresan pronto, grita Sereia, no habrá más Organismo, en poco tiempo morirán todos, y por eso es legítimo intentarlo todo. La Vieja pide la palabra y dice que Misabel tiene razón. Que hay muchas pruebas para pensar que las abejas no solo reconocen, sino que también valoran el respeto a la vida del que son capaces los humanos de la Cima, y que el restablecimiento de la alianza pasa por la afirmación redoblada de ese respeto y no al contrario. Para restablecer el ciclo no debemos atormentar y mucho menos sacrificar al astronauta, sino recibirlo como uno de nosotros. Deberíamos incluso, dice la Vieja, ofrecerle necromiel. Sus palabras desencadenan una agitación como nunca ha visto Chama entre sus aliados humanos. El miasma de la discordia se abate sobre la Cima y, por primera vez en mucho tiempo, sus habitantes experimentan la ansiedad de los ardores crecientes y de las promesas de violencia que hacen que cada humano refuerce sus convicciones, un nudo que se hace más grande y se aprieta a medida que se intenta desatarlo. El discurso firme de algunos se transforma en grito. Chama ya no puede escuchar nada, no tolera esa superposición de voces que intentan hacerse oír por medio de un volumen y una velocidad crecientes. Las voces altas que penetran en sus oídos son una violación, como si la tocaran sin consentimiento. Pues todo alcanza un cuerpo de la misma manera, un toque, una mirada, una palabra, un olor, un sabor. No se puede, piensa ella, producir esos estímulos sin tener en cuenta antes la sensibilidad de la persona que los recibe. En medio de la confusión, Chama se escabulle lejos de la asamblea y camina con pasos silenciosos hacia la casa de la Vieja, aferrando la concha marina en la mano nerviosa. Pasa por la cocina abierta al uso de todos, llega a la pequeña sala que conduce a las dos habitaciones. En esas estancias viven todos los tipos de plantas que existen en la Cima y otras que Chama nunca ha visto fuera de aquellas paredes, follajes y flores enraizadas en macetas con tierra, algunas sobre piedras o tocones de madera. Hay árboles en miniatura que producen frutos de tiempos antiguos, melocotones, tomates. Allí hay seres difíciles de ver. Hormigas, arañas, pequeñas avispas amarillas o negras, mariquitas. La Vieja conserva en su casa un pedazo de tierra antigua con alianzas de otros tiempos. La temperatura está siempre un poco más fresca y el olor a limón, a tomillo, a flores del campo y a hierbas ancestrales llena el aire de mensajes incrustados en sustancias químicas y cuerpos extinguidos. Son las raíces de la Vieja, piensa Chama, su forma particular de pasado, diferente de las historias guardadas en palabras pero aun así un pasado. Chama no piensa mal de la Vieja por esa incongruencia. Comprende que sus enseñanzas sobre vivir solo en el presente son una verdad parcial, pero lo suficientemente cierta para la finalidad deseada, que es la supervivencia del Organismo. El presente sin pasado ha sido la herramienta que ha construido la comunidad en la Cima. La Vieja nunca lo dice, pero debe saber, en el fondo, como Chama también sabe, que sin ningún residuo de pasado el presente no puede nacer. Los vestigios de cada instante. Después de inspirar el aire delicioso del interior de la casa, recuerda lo que la ha llevado allí. Levantando un pequeño jarrón de barro con orquídeas pintadas de púrpura, Chama coge una de las copias de la llave del almacén de carne donde está el astronauta. Cuando sale repara en que la asamblea ya ha empezado a dispersarse, pero la discordia aún resuena en las veredas de la Cima. Con cuidado de no ser vista, Chama llega al almacén, traspasa la alambrada y abre el candado de la cerradura. El hombre está sentado en el suelo junto a la cama de paja, con las piernas cruzadas y las manos en las rodillas. No abre los ojos cuando Chama entra, y parece estar inmerso dentro de su propia cabeza. Su pelo quemado forma costras negras en su calva rosada y sus heridas relucen de pomadas cicatrizantes. El olor del cuerpo y del cubo de excrementos se mezcla con los residuos del olor de la carne que ha estado almacenada durante años en el cobertizo. De repente el astronauta abre los ojos blancos y fulgurantes en medio de su rostro ennegrecido y la mira fijamente. Chama cierra la puerta tras de sí y se sienta al lado del hombre. Él dice algo en su idioma desconocido y ella gesticula para enfatizar que no lo entiende. Entonces empiezan a comunicarse por gestos. Ella apunta a lo alto, quiere entender lo que hay allí arriba. Primero él mueve la cabeza a los lados y la mira con una expresión que sugiere que no hay nada más que dolor. Pero acto seguido el hombre comienza a hablar en voz baja y pausada, rememorando, quién sabe, los pasos que lo han llevado hasta allí. Sin entender nada, Chama recuesta la cabeza sobre las piernas del hombre y se queda quieta, respirando con él, imaginando cómo se sintió al partir de su propio planeta, el aspecto de su ropa nueva de astronauta, qué sensaciones y pensamientos experimentaba al utilizar sus tecnologías tan avanzadas y tan poco útiles, qué horrores indecibles practicó y vio practicar a otros humanos en las ciudades de la órbita para decidir escapar y volver a la tierra donde sería golpeado por niños y hecho prisionero en un almacén de carne. Al aspirar el olor del hombre, Chama se retuerce y siente los pechos sensibles. Él pasa los dedos por el pelo enmarañado de ella como si quisiera cartografiar la densidad y la posición de los nudos, buscando las raíces de cada uno y frotándolas ligeramente, llenando su pecho lentamente y exhalando con fuerza y ruido. De un momento a otro, Chama lo sabe muy bien, ese hombre puede revelar su crueldad o su intención de utilizarla como garantía para conseguir lo que desea. Las caricias pueden ser el preámbulo de la zarpa que agarrará su pelo con violencia, el brazo que apretará su cuello, la polla dura que la penetrará a la fuerza. Pero esos cálculos no la amedrentan, porque sabe defenderse de hombres mucho más fuertes que ese superviviente herido y desnutrido y confía en la sensación de alianza que la ha traído ante su presencia, algo que no surge en el cerebro ni en los agujeros, sino en la barriga. Al cabo de un rato Chama sale del almacén de carne, lleva apoyado en los hombros al hombre quemado y cojo, conduciéndolo despacio hacia la hoguera comunal en el trozo de la ladera que a esa hora de la tarde aún está bañada por un sol cálido encarnado. Poco a poco los demás habitantes del Organismo se dan cuenta de lo que pasa y los rodean con reacciones variadas que van desde el cuestionamiento confuso hasta la aprobación silenciosa. Los niños recogen piedras, pero permanecen a distancia. Nadie se atreve a impedirle que escolte al hombre, tal vez porque está claro que ya no hay vuelta atrás, pero Chama también absorbe con satisfacción el surgimiento de un respeto tácito a sus designios en el funcionamiento del Organismo. Ese poder la reconfigura por dentro, de repente se siente un órgano vital en aquella alianza. Alfredo no tarda en llegar. Chama pide que traigan también a la Vieja y a todos los demás. Cuando ve a toda la comunidad reunida de nuevo, empieza a hablar. Dice que de ahora en adelante la puerta del almacén permanecerá abierta y que el astronauta será libre de entrar y salir. Dice que necesita tomar el sol y caminar para no enfermar, y que debe recibir una dosis semanal de necromiel como todos los demás. Finalmente anuncia que ha descubierto dos cosas importantes. La caravana de los carboneros está cerca y ha enviado un explorador para espiar al Organismo. Y las abejas han fundado nuevas colmenas más allá de los límites de la Cima. Chama solo dirá dónde están el cadáver del carbonero y las colmenas nuevas si todos se comprometen en lo sucesivo a dar buen trato al astronauta caído. En la discusión que sigue, en la que no faltan reproches y amenazas que ella acepta sin reaccionar, sus condiciones son finalmente aceptadas, salvo una, el ofrecimiento de necromiel al astronauta, al que Alfredo y más de la mitad de los habitantes se oponen. Chama lleva al astronauta de vuelta al almacén de carne con la ayuda de Misabel y Tão. La puerta se queda abierta. A la mañana siguiente guía a Celso, Alfredo y Boloto hasta el cadáver del carbonero, del que solo quedan huesos y harapos. Sin embargo, cuando intentan seguir el camino a través del bosque que conduce al reducto de las colmenas nuevas, los enjambres irrumpen formando una falange agresiva que los ataca con una violencia medida para herir sin matar. Llenos de picaduras dolorosas, aturdidos por la agonía y el miedo, tropiezan y se arrastran colina arriba y luego recorren en silencio, estupefactos, el resto del camino de vuelta al Organismo. El zumbido de la ira de las abejas permanece en sus oídos durante el resto del día. Chama ya no está segura de haber entendido bien lo que debe hacer. Recuerda otra de las enseñanzas de la Vieja. Los desenlaces no dependen de la claridad de nuestra visión. Al contrario. La claridad, cuando se produce, forma parte del resultado.

# 14

A partir de ese día dejan al astronauta en paz. Son pocos los que se acercan a él, prefieren observarlo deambular por los alrededores del almacén de carne con la mirada perdida como si echara de menos un sueño olvidado. Al hombre le gusta mojarse todo el tiempo con el agua de las palanganas y tiene miedo hasta de las criaturas más mansas, para diversión de niños y adultos. Un niño consigue convencerlo de que se acerque a una oveja, a la que el hombre ofrece una naranja. La oveja la acepta y la mastica, pero le da un cabezazo cuando intenta acariciarla. Al tercer día de libertad, lo encuentran con magulladuras de una paliza cerca de los eucaliptos muertos. Chama cuida de sus heridas en el almacén de carne y entre los dos se susurran melodías. Ella empieza a dormir debajo de la casa de la Vieja, desde donde puede ver la puerta del almacén. Un día el hombre la encuentra en un campo más alejado donde Chama está recogiendo setas y raíces. Él le hace gestos para que se acerque y se agacha en el suelo. Utilizando las manos y emitiendo ruidos con la boca, el astronauta imita la caída de la nave y hace una marca en la tierra seca. Dibuja una línea con una piedra hasta otro lugar y gesticula sugiriendo que se trata del sitio donde están ahora, el Organismo, o quizá la Cima como un todo. Después traza otra línea mucho más larga en la tierra y hace otra marca. En ese punto empieza a cavar con la piedra y después con las manos, señalando y sugiriendo que hay algo valioso bajo la superficie que hay que descubrir o recuperar. El hombre vuelve las palmas de las manos como si fueran las páginas de uno de los libros de Alfredo, dice varias cosas en su idioma desconocido, se muerde los labios y parece angustiado. Luego hace otros gestos y sonidos, pero Chama no puede entenderlo. Ella también gesticula tratando de explicar que no se pueden sobrepasar los límites de la Cima. En el exterior hay violencia desmedida, suelos envenenados, poca agua y mucha muerte. Y aquí dentro tenemos la necromiel contra la peste de la sangre, dice, como si eso fuera obvio para el hombre, pero al mismo tiempo recuerda que las abejas se han retirado al otro lado. Chama dibuja con un palo en la tierra las estructuras de vida enseñadas por la Vieja, la membrana, el núcleo, los orgánulos. Los límites de la Cima son una membrana que, si se perfora, mata al Organismo. Las ovejas, las plantas, las abejas, las piedras, las bacterias, los humanos, todos lo saben y funcionan en consecuencia. Los intercambios que el Organismo soporta son los vientos, la luz, las raras lluvias, el flujo de los seres invisibles a nuestros ojos por su tamaño. Pero mientras dibuja estas enseñanzas para el astronauta, Chama comienza, por primera vez, a cuestionarse en cierta medida su validez. La mirada de confusión del hombre despierta en ella sospechas informes, pero suficientes para empezar a reblandecer determinadas certezas. Entre otras cosas, una membrana tan desafecta al intercambio empieza a parecerle sospechosa. Las membranas, dice la Vieja, organizan una disposición de alianzas en el tiempo y el espacio, pero su porosidad no elimina los intercambios vitales con el exterior. Para el aislamiento tenemos abismos y cercas. Puede ser que la membrana del Organismo se haya endurecido demasiado y se haya convertido en una cáscara, piensa Chama. Tiene un vislumbre fugaz y delirante de la visión que el astronauta tenía desde allá arriba de la tierra, de sus organismos dentro de organismos en órbita, y se siente tan mareada que tiene que agacharse también y apoyar las manos en el suelo. El astronauta señala por última vez el agujero que ha cavado y la mira con ternura y súplica antes de darle la espalda y continuar con su andadura errante.

# 15

Chama llega a plantearse la idea de una expedición con el astronauta más allá de los límites de la Cima en busca del agujero que cavó en la tierra, pero la oportunidad nunca llega porque a la mañana siguiente un aullido de dolor sobresalta al Organismo y Alfredo baja las escaleras de su casa llevando en brazos a uno de sus gemelos, el del traje de murciélago, que arde de fiebre, apesta a muerte y tiene costras purulentas en los ojos. El niño vestido de araña va justo detrás, mordiéndose la punta de los dedos, con los ojos muy abiertos por el terror. Poco a poco los habitantes salen de sus casas y refugios y de alguna manera saben lo que pasa incluso antes de cualquier pregunta y respuesta. Nadie se acerca mucho a Alfredo, excepto Boloto, que va a examinar al niño enfermo y, con el rostro fruncido de incomprensión, confirma las sospechas del padre. Poco después llega la Vieja, delibera con los demás y luego acompaña a Alfredo y al niño desfallecido a la cocina de su casa, donde introduce en la boca de la criatura una cuchara que contiene una gran dosis de necromiel, mucho mayor que la dosis habitual que todos los humanos consumen regularmente. Chama sigue atentamente todo ese ajetreo pero manteniendo una distancia prudente, menos por miedo a la enfermedad, que no ha presenciado en toda su vida, y más porque Alfredo la fulmina con la mirada como si ella fuera responsable en cierto modo de la enfermedad de su hijo biológico. Es el primer caso de peste de la sangre en la Cima desde hace al menos treinta años, dice Celso un poco más tarde, poniendo la mano sobre el hombro de Chama y masajeando sus músculos agarrotados alrededor del cuello. El Organismo suspende sus actividades habituales a la espera de la recuperación del niño. Chama se dirige al almacén de carne con porciones de comida y agua, y por gestos le dice al astronauta que no salga de allí y mantenga la puerta cerrada. Al caer la tarde, una tormenta de relámpagos garabatea el horizonte violáceo en las cumbres lejanas y la noche cae más pronto. Alrededor del fuego comunal encendido, las aflicciones y las dudas de la comunidad chisporrotean y se deshacen en el aire como chispas. ¿La necromiel ha dejado de funcionar? ¿Las abejas están castigando al Organismo por alguna razón? ¿El astronauta ha contaminado la Cima con otra especie de bacteria traída de la órbita? ¿Dónde ha estado durante los últimos días el niño que ha enfermado? Algunos dicen que hay que estar preparado para abandonar la Cima si la enfermedad se extiende. Otros señalan que la necromiel se está agotando y que si todos aumentan sus dosis ahora sin que las abejas restablezcan la alianza las existencias solo durarán diez o veinte noches. La posibilidad de que la muerte del niño ocurra en cualquier momento cristaliza de nuevo en la comunidad la idea de que las alianzas son ciclos, que los ciclos pueden durar mucho tiempo pero no para siempre, que el ciclo de los cadáveres y el néctar inmunizante parecía eterno pero se establecía entre seres tan diferentes mediante la más delicada alquimia de muertes, nacimientos, descomposición y nutrición. En plena madrugada se despejan las nubes y la luna llena aparece como un ojo escrutador. La inusual tormenta de rayos se ha alejado, pero todavía puede ser vista fustigando tierras lejanas con ráfagas intensas, produciendo destellos que evocan en los más ancianos la caída de bombas devastadoras sobre las ciudades y la explosión de las fábricas y las torres de energía. Exhausta de su vigilancia, Chama duerme un rato frente a la puerta del almacén de carne y cuando se despierta ya no hay luna ni rayos en la oscuridad uniforme. Voces desasosegadas resuenan en la casa de la Vieja. Chama entra y ve al niño temblando y respirando rápido en la cama improvisada sobre la mesa mientras Alfredo le refriega un ungüento en el pecho. Un olor floral y acre a infusiones desconocidas impregna el aire. En un rincón de la habitación las grullas zancudas incuban sus huevos atentas al movimiento, girando el cuello para guiar la lente de sus ojos primitivos. El niño parece quedarse dormido, pero súbitamente abre los ojos y recita palabras inconexas. Chama se retira, un poco porque está asustada, pero también porque se siente excluida por el trato que le dispensan. La Vieja y Alfredo no la miran y se niegan a reconocer su presencia allí. Es otra sensación nueva para ella, esa indiferencia, otra mutación siniestra de un Organismo que se va volviendo irreconocible. Se acurruca en los márgenes del asentamiento humano como un macho cabrío ahuyentado y acaricia el dorso familiar de las piedras que tiene al alcance de la mano, esperando. Minutos después de que el sol despunte en las colinas, Alfredo sale de la casa de la Vieja cargando el cuerpo del niño envuelto en un sudario de lana. Desde que Chama recuerda estar viva, la muerte visitaba el Organismo como el nacimiento, trayendo en su equipaje un júbilo enroscado en trauma. Una vuelta más con los dedos en el juego del cordel de las alianzas. Pero la muerte del gemelo trae algo nuevo, un tipo de miedo que ella creía que solo habitaba en una capa subterránea y lo suficientemente alejada de la sucesión de instantes como para no merecer consideración. Ya no se trata del miedo sólido sobre el que se construyen las alianzas, sino de un miedo vaporoso que no sustenta nada, que los humanos parecen ansiosos por hacer volar lejos con el vigor de una tormenta. Nadie se acerca mucho al niño muerto y a su padre por temor a posibles contaminantes para los que puede que ya no haya remedio. Sin las abejas, la comunidad no sabe qué hacer con el cadáver. Durante décadas se han alimentado de los muertos. Si ellas no consumen el cuerpo ahora, ¿será mejor dejarlo en otro lugar para que sea consumido por otros seres? Dicen que fuera de la Cima la costumbre más común es quemar los cadáveres porque eso ayuda a mitigar un poco la peste de la sangre. Chama se acuerda del cementerio antiguo con sus muertos enterrados, cadáveres de los que Alfredo y sus seguidores creen que queda un vestigio de partículas calientes, el alma. Esa alma, piensa Chama, si existe, quizá surja precisamente cuando la armonía de las alianzas se vea violentada por acontecimientos de ese porte, escisiones en la unidad de todas las cosas. Quizá el alma sea como la cicatriz de una herida en esa alegría que rige, misteriosamente, entre los seres que encuentran maneras de contemporizar. Chama siente un escalofrío al pensar que el pobre niño podría ser enterrado en una caja y dejar ese residuo de alma por ahí.

# 16

Esa tarde arrastran a Chama por el pelo lejos de la puerta del almacén de carne que vigilaba desde la madrugada. Alfredo no está entre los invasores, pero son casi todos pupilos suyos, humanos que presumen de vislumbrar en la memoria acumulada de los relatos una aproximación útil de verdades eternas, lo suficientemente buenas para guiar sus actos. Chama había puesto el candado por dentro y entregado la llave al astronauta, pero eso no supone diferencia alguna porque la puerta es derribada a patadas. El astronauta se encoge en la tierra seca mientras lo golpean y sus gemidos y súplicas son los únicos ruidos que hieren el silencio reverente que se abate sobre el Organismo a medida que la violencia avanza. Con la garra del humano aún aferrada a su pelo, Chama se siente vulnerable e insignificante, aplastada por el silencio abotargado de la comunidad. Algunos de los seguidores de la Vieja se unen al linchamiento. El astronauta se levanta y se tambalea, chorreando sangre por la nariz y la frente, pero enseguida cae de nuevo al suelo por los golpes de los adultos y las pedradas de los niños. Incapaz de moverse con el cuerpo, Chama se mueve con el pensamiento e intenta ocupar el lugar del astronauta en ese momento, experimentar el cansancio y la confusión de ese hombre que escapó de un lugar de horror solo para desembocar en otro. La Vieja y Alfredo llegan juntos mientras las agresiones continúan, y no levantan la voz para detenerlas. Es extraño verlos finalmente unidos no en torno a la armonía que Chama siempre ha soñado, sino en torno a ese estrago.

Chama nunca consideró necesario elegir los conocimientos de una en detrimento de los conocimientos del otro. Le parecía que ambos veían desde distintos lugares y con una mirada penetrante el mismo espectáculo caótico de luces y sombras, y de lo que ambos decían podía brotar una gota más de humedad para el espíritu. Pero los dos también parecían hasta entonces comprometidos con una luminosidad que ahora se convertía en oscuridad. Finalmente, Alfredo avanza unos pasos e interviene alzando la mano abierta, lo que hace cesar los ataques al astronauta, que ya no se vuelve a levantar. Alfredo tiene un libro en la mano, pero todavía no lo abre. Dice, mirando a lo lejos como si revolviera un manantial de recuerdos, que el astronauta es un traidor a la humanidad. Que los humanos como él provocaron las catástrofes de las que luego escaparon. Que ahora se creían con derecho a volver porque el destino de su huida había resultado ser un lugar sin comida, sin amor, sin suelo. Pero ya no tenían más derecho a volver que el que tiene un asesino a refugiarse en la casa de sus víctimas. Ese, dice Alfredo, era el mensaje de las abejas. La única manera de remediar el cisma que ha traído de vuelta la peste de la sangre y ha matado a su hijo era matar al astronauta y ofrecer su cadáver a los insectos voladores. Al escuchar todo esto Chama siente un deseo muy fuerte de creer, pues las palabras de Alfredo describen una solución, una historia en la que todos los acontecimientos se justifican entre sí. Pero el silencio de la Vieja la intriga, la Vieja que tan insistentemente desdeñaba la validez de las historias, que enseñaba que en un universo donde todo encaja no puede haber novedad, y la prueba de que las cosas no encajan con la precisión que nos gustaría es justamente que estamos rodeados de novedad todo el tiempo. O cada instante no es más que una repetición o es una novedad. ¿Por qué la Vieja no se opone a lo que sucede ahora? ¿Estará cansada? Chama escucha un pensamiento que no parece ser realmente un pensamiento, sino una voz que se dirige a ella desde un lugar indefinido, ni cerca ni lejos, ni dentro ni fuera. El pensamiento dice que le corresponde a ella, no a la Vieja ni a nadie más, interferir en el curso de los acontecimientos. Es como lo que ocurre en los relatos de algunos libros antiguos de Alfredo, en los que los humanos oyen voces con secretos u órdenes que provienen de entes que no están cerca pero lo saben todo. Chama golpea al hombre que la inmoviliza con los talones y los codos. El hombre la agarra del pelo aún más fuerte, pero a ella no le importa. Que se lo arranque todo. Consigue clavar sus dedos de uñas largas y astilladas en la cara del hombre que tiene a su espalda. Este le suelta el pelo para defenderse, pero enseguida la agarra por la ropa. Chama se debate hasta que el poncho se desgarra y por fin se libera. Transida de dolor, con el cuerpo expuesto, Chama se precipita hacia el astronauta postrado, lo rodea con los brazos y ruega al Organismo que detenga aquella violencia y que abra los ojos de nuevo. Alguien insiste en acercarse para sacarla de allí, pero Misabel interviene y le ofrece la primera mirada tierna, de escucha, que recibe en días. Chama se levanta, se dirige a Alfredo y a la Vieja y declara que desea convertirse en la madre del astronauta. Algunos habitantes se ríen con disimulo, pero la comunidad en su conjunto permanece circunspecta porque conoce y respeta las tradiciones y es conocedora de la gravedad de la petición. En el Organismo son pocos los que no poseen algún parentesco biológico con otros seres. Chama podría haber propuesto convertir al astronauta en su hermano o en su padre, pero dice que desde que lo encerraron en el almacén de carne ella alimenta y reconoce en sí la voluntad de convertirlo en su hijo. Que sabrá ser una buena madre y que el cuidado mutuo que surgirá de ese parentesco en el Organismo los ayudará a recuperar el equilibrio y tal vez pueda incluso traer de vuelta a las abejas. Misabel se apresura a votar a favor con la mano levantada y otras pocas manos la acompañan en medio del murmullo general. Tão y Deia, Celso y, tras alguna vacilación, la Vieja. Sin embargo, ante el asombro de todos, Alfredo da unos pasos hacia el centro del círculo y abofetea a Chama con el dorso de la mano. Esta cae encima del astronauta con la cara y los labios candentes, sintiendo el sabor a sangre. El niño gemelo superviviente se aferra a los pantalones de cáñamo muy blancos y limpios del padre, que le acaricia el pelo con la mano izquierda y con la derecha alza a la vista de todos el libro que sostenía, ahora abierto por una página elegida. «Todos tienen fe en el invento y en el remedio —recita Alfredo—. El lugar se adapta exiguo. En techo angosto breves paredes con tejado breve se asientan firmes. La luz penetra oblicua, de los vientos cardinales, por cuatro grietas». De ese lenguaje el Organismo solo entiende unas pocas palabras, pero lo que permanece ahora oscuro solo aviva el furor de los desesperados. «Reticente novillo, tú le tapes aliento y olfato. A golpes extenuado, en todo el cuero las vísceras contusas, sin vida lo encierres con ramas a la espalda reciente casia y tomillo». Alfredo hace una pausa para explicar con detalle lo que dice el texto y Chama se estremece de incredulidad ante lo que está siendo propuesto. «Hierve el tibio humor en los tiernos huesos, y es pasmoso ver primero ápodos gusanos que de alas luego de mezcla zumban —prosigue Alfredo con la voz cada vez más potente—, y el aire delgado más y más bebiendo parten, cual lluvia de las estivales nubes, o cual del nervio rechinantes flechas no empiecen pelea los leves Partos». Al terminar de recitar, cierra el libro y mira alrededor. Los antiguos poetas revelaron mucho antes que los modernos cómo traer a las abejas de vuelta, dice Alfredo, y este libro enseña el ritual. Llevad al astronauta caído al almacén, ordena, retirad todo lo de dentro y forrad el suelo con bastante paja y tomillo. Y así, sin escuchar las súplicas de Chama, con una luz ardiente de fuerza y esperanza en los ojos algunos hombres y mujeres obran prontamente sin preguntar.

# 17

Las dos ventanas basculantes situadas en las paredes opuestas del almacén de carne están entreabiertas de modo que dejan cuatro grietas para ventilar el recinto, pero los cristales, que pese a estar opacos y oscurecidos por la acción del tiempo todavía dejan pasar la luz, se cubren con tablas para asegurar la oscuridad más propicia para la putrefacción. Alfredo dirige los preparativos con su libro en la mano, consultando y recitando versos que contienen una sabiduría antigua para restaurar los enjambres. El astronauta se mantiene inmovilizado por brazos fuertes y protesta con palabras que nadie entiende, desperdiciando su voz ronca en la sordera colectiva que antecede a los rituales de la brutalidad. Las colinas de la Cima se sonrojan bajo la luz extraña del atardecer, como si algo ominoso contaminara el lila y el amarillo. La mayoría de los habitantes del Organismo exulta ante la inminencia de una renovación y para ellos, piensa Chama, el cielo enrojecido debe parecer el marco inaugural de tiempos mejores. Con la garganta más seca que nunca y la cara aún palpitante por la bofetada que ha recibido de Alfredo, intenta mantenerse cerca del astronauta, que busca su mirada cada vez que le falta el aliento entre las súplicas. Por el momento Chama no puede hacer nada por él. Tendría que sublevarse contra el propio Organismo y eso está más allá de sus fuerzas. Chama busca a la Vieja con la esperanza de convencerla para que intervenga en la violencia en curso, pero la Vieja se encuentra mal y se ha retirado a su habitación. El impresionante brillo verde de sus ojos, que parecía mágico en su cuerpo marchito y agostado, ha empezado a desvanecerse. Celso todavía trata de hablar con Alfredo diciendo que en su vasta experiencia en el trato con las abejas no hay nada que respalde eso que el libro antiguo prescribe. Pero Alfredo no cede. Alega que hay secretos de la transmutación de la vida que la humanidad ha rechazado y olvidado. ¿De qué estaba sirviendo toda la experiencia de Celso desde que el astronauta cayó y se fueron las abejas? ¿Acaso Celso había hecho algo para evitar la degradación de la necromiel, para evitar que su hijo muriera de la peste de la sangre después de que hubiéramos sido inmunes durante tanto tiempo? Es necesario otro tipo de muerte, dice Alfredo, para seguir renovando la vida. Dos hombres regresan del monte blandiendo las pesadas porras que Alfredo ha mandado traer. El astronauta es arrastrado cerca del almacén de carne. Los hombres le inmovilizan los brazos y las piernas. Mientras ruge y se debate, una mujer le rellena las fosas nasales y la boca con barro espeso. Los gritos se convierten en un rumor sofocado. Las ovejas y las cabras observan desde lejos con su neutra curiosidad intacta. Quizá parpadee en la intimidad de las lanudas, piensa Chama, el recuerdo residual de innumerables sacrificios perpetrados a sus antepasados por humanos ensimismados en sus rituales, creyendo que los ciclos de fertilidad y las alianzas entre los seres se veían afectados por su búsqueda obstinada de sentido. Pero el sentido es el ciclo, piensa Chama, es la alianza. No hay otro. Ante la observación muda y fascinada de los habitantes del Organismo, los hombres y mujeres inclinados en torno al astronauta sellan sus ojos con barro y vendas. Luego cosen con aguja e hilo sus fosas nasales y su boca. Le atan las muñecas y los tobillos y se apartan un poco para comprobar su obra. El humano que cayó de la órbita forcejea en la tierra seca con contorsiones prodigiosas, pero de sus gritos solo se desprende un murmullo que parece alcanzar la Cima procedente del otro lado de la esfera del planeta. Alfredo llama a los dos hombres que han traído las porras y, tras consultar de nuevo el libro, les susurra las instrucciones al oído. Chama no aguanta más. Se levanta y corre hacia el astronauta intentando detener lo que se avecina, pero enseguida es reducida por otros humanos y llevada a rastras hacia la casa de la Vieja. Alfredo ordena que la amarren a los palos que sostienen el porche, en el mismo lugar en el que a veces le gusta dormir, y así comprende que no la liberarán de allí pronto. Desde que nació, Chama nunca ha visto en la Cima a un ser vivo atado. Ni humanos, ni cabras, ni ovejas, ni gavilanes. Ella es la primera. Misabel trae el poncho desgarrado que le arrancaron del cuerpo y la cubre como puede. Los hombres empiezan a golpear al astronauta con las porras, y pronto desfallece. Alfredo insiste en que tengan cuidado. Deben desintegrar las vísceras y romper los huesos pero dejar la piel intacta, para que los humores no se derramen fuera. Chama se obliga a mirar hasta el final. Necesita absorber cada instante para endurecerse lo suficiente. Los golpes son firmes pero cuidadosos, rítmicos, y se prolongan durante mucho tiempo. La sangre del astronauta no brota, pero bien podría estar vertiéndose en ríos en los bordes del cielo, pues un crepúsculo francamente rojo, como pocas veces ocurre, tiñe el cielo durante unos minutos y luego da paso a la noche. En la penumbra Chama aún puede ver a los hombres y mujeres de Alfredo cargando el cuerpo del astronauta, ahora reducido a un saco de piel que contiene un amasijo de órganos deshechos, hasta el almacén de carne, donde lo tienden sobre paja y lo cubren con ramos de las flores del campo más apreciadas por las abejas. La puerta se cierra con llave. Alfredo guarda el libro en su bolsa en bandolera y se dirige al grupo de humanos cuya silueta se perfila en la noche inerte. Dentro de nueve días, anuncia, el enjambre se habrá restaurado. Del cadáver del astronauta surgirán nubes estridentes de abejas, preñadas del néctar espumoso con el que fabricarán, para beneficio del Organismo, la límpida y eficaz necromiel.

# 18

Son nueve días de aire seco y abrasador bajo un sol blanco que se demora en la cúpula del cielo. A Chama la mantienen atada a un palo del porche de la casa de la Vieja, una cautiva más en el Organismo. Siempre vigilada por los seguidores de Alfredo, a su vez vigila de lejos la puerta del almacén de carne sabiendo que no hay nada que hacer salvo esperar, pero al mismo tiempo intuye que se avecina un gran cambio, un cambio que se producirá al mismo tiempo en ella misma y en todas partes. Cree entender ahora lo que le decían las abejas en la senda en medio del bosque, el camino que le sugerían. Se imagina las tierras vastas y desconocidas que circundan la Cima, las múltiples manifestaciones de la materia y la vida de las que ha estado apartada desde que vino al mundo. Misabel y Celso le traen agua y comida y le prodigan muestras de afecto siempre que los guardias lo permiten. Cuando le preguntan cómo se siente, Chama responde que es como si estuviera gestando algo y al mismo tiempo dándolo a luz. Chama pide a su madre biológica y al apicultor que busquen el claro del bosque de las abejas fuera de los límites de la Cima para comprobar qué pasa en las colmenas y quizá llevar o traer algún tipo de mensaje, pero ellos le dicen que no será posible. Alfredo se encarga personalmente de autorizar todas las excursiones lejos de las viviendas y cualquier desobediencia se castiga con crueldad. Con el paso de los días, Chama siente que un ánimo misterioso bulle en su carne, como si fuera en sus vísceras y no en las del astronauta donde se generan las abejas. Se despierta, mojada y jadeante, de sueños en los que chorros ondulantes de abejas ruidosas brotan de su boca y de su vagina, de las que también rezuman copiosas mieles que se encharcan a su alrededor. En esos días de espera la peste de la sangre mata a otros dos habitantes con síntomas que incluyen tumores rojizos ausentes de los relatos y recuerdos de la enfermedad. Sin embargo, mientras esa muerte se aleja lentamente, otros nacimientos se agitan. Desde lejos Chama divisa ramilletes de frutos maduros que han aparecido en las palmeras, y gusanos y escarabajos olvidados hace mucho tiempo empiezan a brotar de la tierra estéril como si despertaran de una larga hibernación para un gran diluvio de fertilidad. Al amanecer del décimo día después de la matanza del astronauta, Alfredo y sus secuaces degüellan cuatro cabritos y disponen los cadáveres alrededor del almacén de carne. Sin más ceremonias, la puerta se abre. Todavía atada a la viga del porche de la casa de la Vieja, Chama observa de lejos. Una nube oscura de insectos voladores escapa por la entrada de la cabaña y se arremolina emitiendo un zumbido tenebroso alrededor de los habitantes. Chama sabe en el acto que no son abejas. Los humanos empiezan a gritar y a golpearse unos a otros, angustiados. Un olor abrumador a podredumbre se extiende en oleadas que apestan el Organismo. Uno de los insectos voladores nacidos del cadáver del astronauta la alcanza en su prisión bajo el porche y se posa en su brazo. Chama se ríe suavemente y luego a pleno pulmón. Es un estro, una mosca de la muerte. Y enseguida aparecen escarabajos negros y verdes y otros tipos de moscas. La abundante proliferación sigue escapando por la puerta del almacén en un vómito interminable. Los insectos alados entran en las viviendas y se aglomeran en las ramas de los arbustos, colgándose de ellos en gordos racimos, frenéticos y estridentes, derrochando hambre y fuerza vital. Chama oye que alguien se aproxima y se vuelve dispuesta a defenderse. La Vieja camina con dificultad hacia ella, aún más encorvada de lo habitual, para poder desplazarse hasta la parte baja del porche, empuñando un cuchillo de acero brillante sin rastro de herrumbre. Con una sonrisa indescifrable, la Vieja le entrega el cuchillo. Chama pasa la hoja por la cuerda que la amarra por los tobillos, se ciñe la funda del cuchillo a la cintura de la falda, se ajusta el poncho en el pecho como si fuera una blusa ajustada y sale en dirección al almacén de carne, abriéndose paso entre los humanos desorientados que dan manotazos a las moscas y los escarabajos y aún se preguntan qué está pasando. En el interior del almacén ve que la masa semidescompuesta del cadáver del astronauta alberga hordas de larvas que se contorsionan en ondas hipnotizantes, demostrando poderes de coordinación similares a los de las abejas que cubrían las colmenas en lo alto de los árboles. Chama observa los movimientos de las larvas durante unos instantes sorbiendo la belleza improbable de aquella coreografía y entreviendo patrones reflejados en otros patrones, unificando lo pequeño con lo grande y lo lejano con lo cercano. El astronauta ha regresado a la tierra de la que vino. Ahora le toca a ella escapar.

# 19

Unos días después el Organismo la ve aparecer en lo alto de la colina. Parece llevar puesta una armadura de barro seco, pero cuando se acerca lo suficiente, bordeando las grandes piedras del camino, los habitantes constatan que está vestida de abejas. Los insectos voladores la cubren hasta los ojos y parecen guiarla como si fueran extensiones de un único organismo híbrido. Remolinos de abejas también la acompañan en los flancos y en la retaguardia, como un ejército alegre y disperso. Antes de que llegue al grupo de viviendas, las abejas se adelantan y atacan a las avispas que habían aparecido en gran cantidad para devorar a las moscas y que ahora también atacaban a los humanos. Cada avispa es rodeada por dos o tres abejas y las combatientes forman un nódulo erizado de patas, alas y aguijones que se despeña desde el aire y termina con la avispa paralizada sobre la tierra seca. Los niños no tienen miedo y corren hacia ella como si reconocieran a una figura habitual de sus juegos. A unos cincuenta pasos de la hoguera comunal, las abejas que la cubren empiezan a levantar el vuelo y revelan su figura esbelta y morena, matizada de cicatrices y picaduras, vestida con los zahones de cuero, una banda de tela atada en torno a la entrepierna, el poncho de cáñamo firmemente amarrado como una blusa sobre el torso, la concha marina en la mano izquierda, el rostro limpio y sonriente entre una melena nudosa y armada como un yelmo. Cerca de la hoguera están Misabel, Celso, Tão, Deia, Boloto, Val y Alfredo. Chama tiende la mano derecha, abre el puño y muestra ante ellos las siete reinas voladoras allí acurrucadas. La Vieja se limita a observar desde el porche e intercambia con Chama una mirada cómplice, sus ojos verdes centellean a lo lejos, su cuerpo anciano parece a punto de desplomarse bajo su vestido de flores descolorido. Los habitantes permanecen angustiados durante un tiempo por la actividad de los enormes enjambres, pero poco a poco aceptan que no serán atacados y que las abejas están con Chama y Chama está con las abejas. Ya tranquilizados, tratan de escucharla. Chama dice que necesitará de Misabel para identificar y aprovechar las tecnologías y artefactos que encontrarán en el camino. Necesitará de Celso para que la ayude a entender a las abejas y a hacerse entender por ellas, sobre todo por los nuevos enjambres que aparecerán. Necesitará de Alfredo para descifrar las escrituras y registrar en sus cuadernos la sucesión de instantes, pero todos los registros anteriores, todos los libros y relatos, deberán dejarse atrás. Habrá memoria, pero solo a partir de ahora. Alfredo asiente. Finalmente, Chama dice que necesitará de todos los demás porque los humanos necesitan de los cuerpos y los pensamientos de los demás para florecer. Dice que la caravana de los carboneros está a un día de camino de la Cima. Que los carboneros han dejado atrás el camión y se acercan con piernas y carros, borrachos de charrúa, liderados por Esquilo, dispuestos a masacrar al Organismo. Cuando alguien le pregunta por dónde van a huir, ella responde que no van a huir. A la mañana siguiente el Organismo parte de la Cima dejando atrás las escasas existencias de necromiel y solo a algunos de los suyos, la Vieja y sus cuidadores y unos pocos humanos más que prefieren cuidar allí mismo de los animales y limitar el confín de sus vidas a lo que conocen desde siempre. El Organismo atraviesa el arroyo venenoso y explora por primera vez las tierras alrededor de la Cima. Antes del mediodía Chama divisa la caravana de los carboneros trepando por las colinas espinosas. Se deja ver por los invasores en el promontorio de una gran roca y envía sus enjambres para atacarlos. Los carboneros que venían en firme embestida se desorganizan y se dispersan, dándose manotazos sobre el cuerpo y gritando. Las abejas se concentran en Esquilo, que poco después cae al suelo entre horribles convulsiones. A lo largo de todo ese día la caravana mantiene su posición en la ladera y duda, pero a la mañana siguiente todos se van por donde han venido, sin líder, reducidos a la mitad, algunos matándose entre ellos. Alfredo anota los acontecimientos y se los lee al Organismo alrededor de la hoguera. Chama guarda las siete reinas en un estuche de cuero que contiene un panal. No ha dejado de temer las variadas formas de violencia que encontrarán en tierras desconocidas, pero no es este el sentimiento que la domina, no es el único que le quita el aliento al pensarlo. Le han enseñado a no dar demasiado valor al futuro, pero no puede evitar sentir que ahora el futuro se abre ante ella como nunca antes lo había hecho. Chama se tiende de lado en el colchón de paja, coloca las manos entre las piernas y se acomoda con cuidado, procurando no molestar a las abejas cansadas que duermen en su pelo.

Este libro se terminó de imprimir
en febrero de 2024